Das Buch

Die plötzliche Stille ist lauter als ein Paukenschlag: Mitten in einer atemberaubenden Interpretation der Hammerklaviersonate bricht der international gefeierte Starpianist Marek Olsberg abrupt sein Spiel ab. Mit den Worten »Das war's« schließt er den Klavierdeckel und verlässt den Saal. Dieser Entschluss lenkt nicht nur sein eigenes Leben in ganz neue Bahnen, sondern auch das seines Agenten und all derer, die plötzlich Zeit haben. »Aus den Fugen« ist ein bewegender Roman, in dem sich auf engstem Raum eine Fülle menschlicher Schicksale entfalten. Ein Buch voll unvermuteter Wendungen und existenzieller Tiefe.

»Ein höchst unterhaltsamer, kluger Roman.«
Tagesspiegel

»Virtuos erzählt, hält der vielstimmige Roman den Leser von der ersten bis zur letzten Seite gefangen.«
TagesWoche

Der Autor

Alain Claude Sulzer wurde 1953 geboren und lebt in Basel und im Elsass als freier Schriftsteller. Er hat zahlreiche Romane veröffentlicht, zuletzt »Zur falschen Zeit« (KiWi 1249). Seine Bücher sind in alle wichtigen Sprachen übersetzt und vielfach ausgezeichnet worden. In Frankreich gewann sein Roman »Ein perfekter Kellner« gegen Ian McEwan, Richard Ford, Don DeLillo, Denis Johnson u. a. den Prix Médicis étranger 2008 und wurde ein Bestseller. Zuletzt erhielt er den Literaturpreis des Freien Deutschen Autorenverbands (2014).

KiWi PAPERBACK
1360

ALAIN CLAUDE
SULZER

Aus den Fugen

Roman

Kiepenheuer & Witsch

MIX
Papier aus verantwortungsvollen Quellen
FSC® C083411
FSC www.fsc.org

Verlag Kiepenheuer & Witsch, FSC®-N001512

4. Auflage 2015

Verlag Galiani Berlin

Umschlaggestaltung: Barbara Thoben, Köln, nach einer Idee von Manja Hellpap und Lisa Neuhalfen, Berlin
Umschlagmotiv: © Siri Stafford / Getty Images; Mona Schroeder
Lektorat: Wolfgang Hörner
Gesetzt aus der Stempel Garamond
Satz: Fotosatz Amann, Memmingen
Druck und Bindung: CPI books GmbH, Leck
ISBN 978-3-462-04604-5

Für meinen Bruder Francis, 1949–2010

I

Marek

Olsberg war kein besonders ordentlicher Mensch, aber über seine Auftritte führte er seit dreißig Jahren Buch. Wozu das gut war, wußte er genau. Alles, was er in die altmodischen Wachstuchhefte notierte, die er vor Jahrzehnten in London gekauft hatte, war Teil jenes Lebens, das er mit niemandem teilte. Es gehörte ihm allein. Diese Buchführung wäre nicht nötig gewesen, wäre es lediglich darum gegangen, sich Rechenschaft über die Stationen seiner langjährigen großen Karriere abzulegen. Die Angestellten von Heinrich & Brutus, der Konzertagentur, die ihn seit fünfundzwanzig Jahren betreute, hielten getreulich fest, wo und wann er aufgetreten war, was zu spielen programmiert worden war und was er am Ende tatsächlich gespielt hatte, lediglich über die Zugaben waren sie nicht informiert, da Olsberg sich stets kurzfristig, oft erst nach dem Abschluß des offiziellen Programms entschied und seine Entscheidungen nachträglich nur ausnahmsweise mitzuteilen pflegte. Vertreter seiner Agentur besuchten seine Konzerte vor allem dann, wenn sie in der Carnegie Hall oder im Wiener Musikvereinssaal stattfanden. Ein Anruf oder eine E-Mail hätten genügt, um sich über jedes Konzert zu informieren, das er in den letzten Jahren gegeben hatte, und notfalls abzugleichen, welche Sonate, welche Etüde oder welchen Zyklus er in dieser oder jener Stadt bereits gespielt hatte. Nein, es ging nicht darum, Wiederholungen zu vermeiden. Er liebte es, durch diese Zahlen und Buchstaben wie durch einen Wald zu gehen, in dem er jeden Baum kannte, Zahlen und Buchstaben, die in seinen Augen keineswegs so nackt daherkamen, wie es einem Uneingeweihten oder Unbeteiligten erscheinen mußte. Er war nun einmal kein Unbeteiligter, für ihn war es von Bedeutung, ob er am 12. Juni 1979 Mozarts KV Nr. 333 oder Schuberts G-Dur-Sonate gespielt hatte, ob er am 3. Oktober 1998 Beethovens Diabelli-Variationen oder Schumanns Karneval und ob er als Zugabe Bachs Jesus bleibet meine Freude, ein Nocturne von Chopin oder den Mephistowalzer von Liszt gewählt hatte. Es gehörte zu seinen Lieblingsbeschäftigungen, morgens – meist in einem großen, geräuschlosen Hotelzimmer – in seinen Wachstuchheften zu blättern und unbeobachtet vor sich hinzusummen. All das, was diese Nummern und Opuszahlen bezeichneten und bezifferten, strömte durch sein Blut und erregte es ebenso wie ihn die Nähe eines anderen Menschen erregt hätte, wäre dieser tatsächlich da gewesen. Aber da war niemand.

Olsberg lebte seit Jahren allein. Er hatte es längst aufgegeben, sich darüber Gedanken zu machen, ob die Partner, die in seiner Jugend häufig gewechselt hatten und im Lauf der Zeit immer seltener geworden waren, unter seinem Charakter oder seiner Lebensweise gelitten hatten. Gab es da überhaupt einen Unterschied? Hatte die Lebensweise auf die Person abgefärbt oder der Charakter die Lebensweise gefördert? Er war ein Reisender in eigener Sache. Er war die Sache, die auf das Reisen angewiesen war. Er und die Musik. Er litt nicht darunter, aus dem Koffer zu leben, er schätzte es, daß Astrid Maurer, seine Sekretärin, die ihn stets begleitete, alles für ihn organisierte. Sie war sein selbstloser Kalender. Marek Olsberg war seit seinem achten Lebensjahr auf einer unendlichen Reise durch die Welt, auf allen Kontinenten.

Auf die Güte der diversen Steinways und die Qualifikationen der Klavierstimmer, mit denen er fast täglich in Berührung kam, war er in weit höherem Maß angewiesen als auf die Gunst irgendwelcher Liebhaber, von denen sich einige schon nach kürzester Zeit als launische, unerträgliche Zeitgenossen herausgestellt hatten. Ohne seine Klaviere wäre er verloren gewesen, ohne Liebhaber konnte er gut leben. Die Konzertflügel und Klavierstimmer waren verläßlichere Größen als unberechenbare und eifersüchtige Liebhaber. Kein Konzertveranstalter konnte es sich erlauben, ihm einen problematischen Steinway – auf andere Klaviere verzichtete er – hinzustellen oder einen unfähigen Klavierstimmer vorbeizuschicken, während die Liebhaber, die er gehabt hatte, mit Problemen aufwarteten, die sich nicht durch ein paar Griffe beheben ließen, weder durch sanfte noch durch handfestere. Er wußte es zu gut. Und deshalb war es ja auch nicht von Nachteil, wenn sie immer seltener geworden und am Ende ganz ausgeblieben waren.

Es war nicht an ihm, sondern an ihnen, sich den Kopf darüber zu zerbrechen, warum ein gemeinsames Leben mit ihm auf Dauer unmöglich war. Sie waren es gewesen, die dies gewollt hatten. Er hatte des öfteren, ohne rechte Überzeugung, mitgemacht, doch am Ende war es stets auf dasselbe hinausgelaufen. Er ließ immer eine Menge mit sich geschehen, bis alles vorbei war. Dann setzte er sich ans Klavier und spielte. Das war, wie jeder wußte, der einzige Ort, an dem ihn niemand belästigen durfte.

Natürlich lag es daran, daß er berühmt war. Seine Prominenz hatte zunächst einmal jene Probleme aus der Welt geschafft, von denen Olsberg wußte, daß sie früher oder später durch die Hintertür wieder hereingelassen würden. Nichts war so anziehend wie sein Ruhm, nichts so attraktiv wie die Zuneigung und der Applaus des Publikums, das ihn auf Händen trug. Es liebte ihn. Sie liebten Olsberg. Doch hätten sie ihn auch ohne Publikum geliebt? Konnten sie auf Dauer den lieben, von dem sie über kurz oder lang jene Gegenliebe fordern würden, die er im Grunde allein seinem Klavier zu geben vermochte?

Nun, Olsberg war eine Erscheinung, die die Blicke außerhalb eines Konzertpodiums nicht unbedingt auf sich zog, um so mehr aber, je näher der Augenblick seines Auftritts rückte. Zum Magneten wurde er, wenn er die Bühne betrat. Sobald er spielte, war er der Mittelpunkt der Welt seiner Zuhörer. Darüber, daß es etwas ganz anderes war, ihn live zu erleben, als ihm lediglich auf einer CD zuzuhören, waren sich alle einig, die ihn je in einem Konzertsaal gehört hatten. Seinem Spiel war etwas Unberechenbares eigen, das sich einer klaren Definition entzog. Es schien, als müßte er den Flügel wie einen Berg bezwingen, der ihm doch technisch nicht den geringsten Widerstand bot. Er mußte gewinnen, und er gewann auch immer, je schwieriger die Stücke, desto souveräner hatte er sie im Griff.

Wer Olsberg gegenüberstand, konnte feststellen, daß er auf der Bühne größer wirkte. Unter dem teuren Stoff, in den er sich kleidete, schien er so gebaut zu sein, als ob er seinen Körper regelmäßig trainierte und sich gesund ernährte. Doch von seinem Körper zeigte er wenig, seine Hände, mehr nicht. Lange Zeit sehr jugendlich, schien sein Alter inzwischen eingefroren, heute wirkte er aufreizend alterslos. Daß er bald fünfzig war, sah man ihm nicht an. Daß er unverheiratet war, wußten nur wenige, im klassischen Konzertbetrieb interessierte sich außer den echten Groupies niemand für solche Details. Sein Zivilstand ließ sich im Internet mühelos recherchieren. Was er bedauerte, war seine Unfähigkeit, seine Auftritte auf jenes Minimum zu beschränken, das anderen Pianisten genügte.

Olsberg jagte von einem Termin zum nächsten. Er war ein Wunderkind gewesen, stets war ihm alles in den Schoß gefallen. In wenigen Wochen würde er fünfzig werden, und er wollte diese Schwelle nicht überschreiten, ohne eine Entscheidung zu treffen. Aber er hatte keine Ahnung, wie diese aussehen sollte, auch nicht, wozu sie gut sein könnte. Es war nur so eine Idee. Sich zu entscheiden bedeutete womöglich auch weiterhin, nicht umzukehren.

Auf dem Weg von Tokio nach Frankfurt zog er sein Notizbuch aus der Innentasche seines Jacketts, um sich das Programm, das er in drei Tagen in der Berliner Philharmonie spielen würde, in Erinnerung zu rufen. Zweimal Scarlatti, Samuel Barber, Beethoven Nummer 29 und Schumanns Davidsbündler. Der Bundespräsident und der Regierende Bürgermeister würden anwesend sein und sicher auch ein paar seiner früheren Liebhaber.

Esther und Thomas

»Was wird er spielen?« fragte er Esther, die gerade dezent Lidschatten auflegte. Der mauvefarbene Lilaton würde das Grün ihrer Augen zum Leuchten bringen, die, wie sie sich einbildete, von den Lidern schon leicht verdeckt wurden, ihre Wirkung also nicht mehr vollständig – und immer weniger – entfalten konnten. Natürlich machte sie weiter. Ein Grund zum Verzweifeln, aber keiner, um plötzlich aufzugeben. Das war sie sich und ihrer Umgebung schuldig. Kajal und Wimperntusche. Wie konnte sie verhindern, daß sie eines Tages Schlupflider wie ihre Mutter und deren Schwestern haben würde? Bei ihrer jüngeren Schwester waren sie schon heute ausgeprägter, als sie bei ihrer Mutter und deren Schwestern je gewesen waren. Würden die Gene sie überspringen und verschonen oder eines Tages nur um so schonungsloser zuschlagen?

»Ich glaube Chopin. Und Beethoven! Keine Ahnung. Noch irgend etwas Unbekanntes. Man kann nicht alles kennen.«

»Du brauchst nicht zu schreien, ich versteh dich.« Er saß unten vor dem Fernseher, sie glaubte, besonders laut sprechen zu müssen.

Das Licht heute abend würde zweifellos gut für sie sein. In der Philharmonie war gedämpfte Beleuchtung vorherrschend, keine grellen Scheinwerfer, nicht einmal in der Nähe des Podiums, wo sie mit Sicherheit nicht sitzen würde. Ihre Freundin Solveig hatte ein Abonnement auf einem der seitlichen Ränge, mit Blick auf Olsberg hoffentlich, den Solisten des Abends. Musik ohne Bild tendierte dazu, ein wenig langweilig zu sein. Laut hätte sie das nie geäußert.

Es war sinnlos, darüber nachzudenken, was sie hätte anders machen können, um jünger auszusehen, ohne zu einem Chirurgen zu gehen. Das war bekanntlich der einzige Weg, und es war der, den sie niemals gehen würde. Ihre Angst, sich den Künsten eines Arztes auszuliefern, vor dem sie sich genauso fürchtete wie vor einem betrunkenen Messerwerfer, war größer als die, sich eines Tages nicht mehr im Spiegel sehen zu können, ohne aufzustöhnen und davonlaufen zu wollen. Was für ein Massaker! Wie konnte man das wieder in Ordnung bringen? Wie die meisten Frauen hatte auch sie schon an Unterspritzung mit Hyaluronsäure gedacht, nachdem sich Massagen und Thalassokuren nicht nur als kostspielig, sondern auch als wirkungslos erwiesen hatten. Auf dem Ergometer, der im Keller stand, strampelte sich seit langem ausschließlich Thomas ab, nicht sie. Die Wirkung all dieser Hilfsmaßnahmen beschränkte sich auf den finanziellen oder energetischen Aufwand, den man damit betrieb, auf die Ausgaben und die Verausgabung, und die waren beträchtlich, selbst jene, die versprachen, man würde im Schlaf abnehmen, den sie einem in Wahrheit raubten. Der Rest war Wunsch, Suggestion und Wahn. Auch an Botox hatte sie gedacht, glaubte aber, jede Frau, die sich damit hatte mißhandeln lassen, schon von weitem an ihrer erfrorenen Jugendlichkeit zu erkennen. Wozu also das Risiko einer teilweisen Lähmung auf sich nehmen, für die der Arzt weder Haftung noch Verantwortung übernahm, und sich tagelang verstecken, um danach nur noch entfernte Ähnlichkeit mit sich zu haben? Und bei ihr würde die Behandlung sicher noch etwas katastrophalere Folgen haben.

Esther war nicht mondän, sondern eine normale, gut organisierte Ehefrau, deren Kinder seit kurzem aus dem Haus waren, und dennoch zerbrach sie sich den Kopf über ihr Äußeres. Sie war nicht anders als jene, die sie verachtete. Aber sich selbst verachtete sie nicht. Das hatte nicht zuletzt damit etwas zu tun, daß sie mit Thomas eine gute Ehe führte. Eine gute Ehe war eine, um die die anderen einen beneideten.

Sie war vierundfünfzig und dachte jeden Tag mindestens einmal daran, daß sie auf die sechzig zuging, wenn nicht schon beim Aufstehen, dann sicher, wenn sie ungeschminkt vor dem Spiegel stand, während Thomas bereits auf dem Weg zur Klinik war. Auch tagsüber gab es unzählige Gelegenheiten, mit seinem Äußeren konfrontiert zu werden, Schaufenster, Aufzüge, Rolltreppen, die an Spiegelwänden vorbei nach unten in die Lebensmittelabteilungen, nach oben in die Bekleidungsrayons führten, zum einen dorthin, wo die perfekten Dickmacher, zum anderen dorthin, wo die perfekt sitzenden Kleider lockten, die sie schon lange nicht mehr tragen konnte. Sie war nicht fett, aber sie war eine Spur zu umfangreich. Sie war nicht unansehnlich, aber keiner drehte sich nach ihr um. Höchstens dann und wann ein dunkelhäutiger Migrant, dem es, wie sie sich sagte, nicht um die Befriedigung sexueller Bedürfnisse, sondern um Heirat ging. Sie würde erst dann zu ihrer ursprünglichen Konfektionsgröße 36 zurückfinden, wenn es völlig abwärts gegangen sein würde, kurz vor ihrem Tod, auf der Pflegestation.

Sie war kokett, ohne es sein zu wollen, und fühlte sich alt, ohne es zu sein. Das zehrte an ihren Nerven. Thomas hatte diese Probleme nicht. Er mochte andere haben, über die er nicht sprach, weil er darüber nicht sprechen konnte, ohne sein Gesicht zu verlieren, aber Eitelkeit gehörte nicht zu seinen Charakterfehlern, wie man die Laster heute nannte. Oder vielleicht doch? Immerhin hatte sie ihn nie dazu zwingen müssen, täglich zu duschen. Die teuren Deos, die sie für ihn besorgte, benutzte er tatsächlich, die After shaves und Eau de toilettes, die in seinem Bad standen, waren fast – aber nur fast – so schnell geleert wie der zwanzigjährige Aberlour im USM Sideboard, der, wie sie annahm, um ein Vielfaches teurer war als Calvin Kleins One. Sie kümmerte sich so wenig um die Quittungen seiner Spirituoseneinkäufe wie er sich für die Belege ihrer Shoppingtouren bei Lafayette oder im KaDeWe interessierte.

Außer auf ihr Geld waren die Kinder auf ihre Eltern nicht mehr angewiesen. Anne, die Tochter, studierte in München Psychologie und noch dieses und jenes, was sich ständig änderte und wofür eine deutlich weniger gute Abiturnote ausgereicht hätte, Gustav war beim Militär, aber nicht etwa als Rekrut. Er ließ sich dort zum Systeminformatiker ausbilden. Esther, die schon zufrieden war, wenn sie nicht über die Berufsbezeichnung stolperte, teilte

Thomas' Ablehnung nicht. Ihm war es peinlich, Gustavs Berufswahl in Gesellschaft zu erwähnen, und manchmal fragte sie sich, ob für Gustav die Herausforderung, sich seinem Vater zu widersetzen, nicht größer gewesen war als die, die ihn an der Waffe erwartete. Die er übrigens, wie er behauptete, nie gebrauchen würde. Die Uniform stand Gustav recht gut, auch wenn ein dunklerer Stoff besser zu seiner Haarfarbe gepaßt hätte. Er fühlte sich wohl darin, es ging ihm blendend, wie er oft betonte. Zu oft, wie Thomas behauptete, gerade oft genug, um glaubwürdig zu klingen, wie Esther fand. Sie würden sich über ihre Kinder nie einigen. Die Auseinandersetzungen zwischen Vater und Sohn waren schier endlos gewesen. Gustav hatte, wie seine Schwester, ein glänzendes Abitur gemacht und hätte ebenso gut Medizin in Heidelberg wie Politikwissenschaften in Konstanz studieren können. Aber er hatte anders gewählt. Den Bund! Er hatte sich für das Unaussprechliche entschieden, das, wo man niemanden kannte, keinen Einfluß geltend und keinen Gewinn machen konnte. Berufssoldat in der Bundeswehr. Wie absurd und altmodisch. Manchmal hatte Esther den Eindruck, Thomas wäre es lieber gewesen, sein Sohn wäre – für ein paar Jahre – in der Fremdenlegion untergetaucht, um eines Tages geläutert in die einst verachtete Gesellschaft zurückzukehren. Doch Gustav verachtete die Gesellschaft nicht. Anders als sein Vater hatte er sich nicht anpassen müssen. Er hatte den Anforderungen, die man an ihn stellte, immer schon entsprochen.

Nun, solange er nicht in irgendwelche ausländischen Händel verwickelt würde, sondern seine Kriegsmaschinen von zu Hause aus, am Computer sitzend, aus gebührender Entfernung bedienen konnte, war ihr im Gegensatz zu Thomas alles recht. Hauptsache, er lebte. Im Grunde hatte sie keine Vorstellung, was er dort studierte und was er dort eines Tages acht Stunden täglich tun würde. Am Bildschirm sitzen vermutlich, wie alle anderen auch, nur, daß er es fürs Vaterland tat. Noch brachte er die schmutzige Wäsche nach Hause, sie wusch sie, und Bozica bügelte und legte sie so schön zusammen, wie Esther es nie geschafft hätte. Sie konnten sich glücklich schätzen, gesunde Kinder zu haben, die ihnen keinerlei Probleme bereiteten. Anne wusch ihre Wäsche selbst, sie hatte sich vor einem dreiviertel Jahr – vom Geld ihrer Eltern – ihre erste Waschmaschine gekauft, München war zu weit von Berlin entfernt.

»Und was machst du heute abend?« rief sie nach unten, während sie ihre Ohrclips befestigte, zwei in Silber gefaßte Türkise, die sie von ihrer Patentante geerbt hatte und nur zu besonderen Gelegenheiten trug. Sie paßten zu ihren Augen, auch wenn häßliche Augenverrenkungen seitens ihres Gegenübers nötig gewesen wären, um das zu erkennen. Hatte er sie nun gehört oder nicht? Der Fernseher lief leise.

»Hast du mich gehört!?«

Sie hatte ein feines Gehör und glaubte zu vernehmen, wie der Kühlschrank zufiel. Jedenfalls war Thomas in der Küche. Dann ohne Zweifel das Öffnen einer Bierflasche, 1664 wie immer. Das war die Antwort. Dann schlug die Uhr viertel vor sieben, sie mußte sich beeilen, das Konzert begann um acht. Thomas würde es sich vor dem Fernseher auf dem Sofa bequem machen. Genau das bedeutete das Öffnen der Bierflasche.

Er trat aus der Küche und blickte nach oben. Sie hatte den Kopf zur Seite geneigt und zupfte immer noch an ihrem Ohrläppchen herum.

»Soll ich dir helfen?« rief er. In diesem Augenblick schnappte der Ohrclip zu.

»Ist schon okay. Der Kühlschank ist voll«, sagte sie unnötigerweise, denn das hatte er ja selbst eben gesehen, dann wandte sie sich um und verschwand im begehbaren Schrank, in dem nun jene bangen Minuten anbrachen, in denen sie sich zwischen den Dutzenden von Kleidern für die richtige Abendgarderobe entscheiden mußte. Sie mußte sich beeilen, was es ihr nicht leichter machen, aber die Zeit der Unschlüssigkeit, die sie in diesem Augenblick mit vielen anderen Frauen teilte, merklich beschränken würde. Thomas ging nie ins Konzert, sie eher selten. Er hätte sich in einen seiner Anzüge gestürzt – Kiton oder Boss –, ohne überlegen zu müssen, ob er paßte, weil er wußte, daß er paßte und mit weißen Hemden immer harmonierte, denn andere Hemden trug er nicht.

Wie kleidete man sich zu einem solchen Anlaß? Sie wußte es natürlich, aber je länger sie überlegte, desto unsicherer wurde sie. Es wäre wohl nicht anders gewesen, wenn sie zum Bundespresseball eingeladen worden wäre, wohin sie natürlich nie eingeladen wurde. Aber da hätte sie sich bestimmt mehr Zeit zum Überlegen genommen. Gab es den überhaupt noch?

Als sie die Treppe hinunterging – jetzt fehlten nur noch die Schuhe – war sie eleganter denn je, und natürlich geizte Thomas, der sich auf dem Sofa nach ihr umdrehte, nicht mit Lob. Halb saß, halb lag er, zwei Bierflaschen vor sich – eine volle, eine leere – sowie einen Teller mit Roastbeef von vorgestern und Käse von Maitre Philippe, die Ärmel hochgekrempelt. Er sah tatsächlich diesem Schauspieler ähnlich, den sie kürzlich im Fernsehen gesehen hatte, an dessen Namen sie sich gerade nicht erinnerte, nein, eigentlich viel besser.

»Grüß Solveig von mir«, sagte er zum Abschied, und sie gab ihm einen Kuß auf die Stirn, indem sie sich von hinten übers Sofa beugte. Gerade in diesem Augenblick verging ihr, völlig überraschend, jede Lust, das Haus zu verlassen.

Um wieviel befriedigender wäre es gewesen, jetzt nicht wegzumüssen, sondern hierzubleiben und sich neben Thomas aufs Sofa zu legen, etwas Roastbeef und Käse zu essen, ein Glas Chablis oder Sauternes zu trinken, durch die Kanäle zu zappen und schließlich früh zu Bett zu gehen, nachdem man des öfteren vor dem Bildschirm eingeschlafen war, weil das Programm langweilig und die Aussicht auf Bettruhe so verlockend war. Und vielleicht auf sonst etwas. Zuvor vielleicht auch eine Scheibe foie gras, sie liebte foie gras über die Maßen, es war selten, daß in ihrem Kühlschrank keiner greifbar war. Zu spät. Sie hatte nun einmal zugesagt, Solveig, die ein Abonnement hatte, ins Konzert zu begleiten, nicht nur, weil Solveigs Mann sie verlassen hatte, sondern auch, weil sie ihre Gesellschaft schätzte, selbst wenn sie nur schweigend neben ihr saß.

Johannes

Johannes legte auf und wählte neu, diesmal nicht vom Festnetz, sondern von seinem iPhone aus. Angesichts der schwindelerregenden Telefongebühren, die in Hotels immer noch berechnet wurden, und deren Berechtigung mit jedem Jahr, in dem die Zahl der Handybesitzer zunahm, abnahm, kam ihn das vermutlich billiger zu stehen.

Er war hellwach. Es war die Wachheit des Jetlags, unter dem er immer stärker litt. Drei Wochen lang hatte er in New York City an einer neuen Kampagne für West Landmarks gearbeitet und Fototermine mit zickigen Models und einem unberechenbaren Kunden wahrgenommen, der offenbar das ganze Gewerbe neu zu erfinden gedachte, nachdem er sich für Johannes' Agentur entschieden hatte. Die Aufnahmen in Queens und Brooklyn waren jeweils nach wenigen – wenigen teuren! – Stunden abgebrochen worden. Kaum war Benjamin Pears, der Auftraggeber, aufgetaucht – »Hi, I'm Benny, these are my babes« –, war erst die gute Stimmung und dann eines der halbverhungerten, gespenstisch geschminkten, blutleeren Models umgekippt. Mit Vitaminspritzen und anderen Sachen wurde sie erstaunlich rasch wieder aufgerichtet. Danach ging es nach Brighton Beach und dem gottverlassenen Coney Island, am Ende auf die Lower East Side, wo sie am häßlichsten war, den Namen der Straße hatte er ebenso vergessen wie den Wochentag, den sie bis zur Dämmerung damit zugebracht hatten, auch den Rest der Mädchen wie Albinos aussehen zu lassen und die neugierigen Ureinwohner mit ihren ohrenbetäubenden, seltsam museal wirkenden Ghettoblastern vom Set fernzuhalten. Er war geschafft, doch er konnte nicht schlafen.

Er hätte jetzt unbedingt eine Zigarette gebraucht, aber auch in Berliner Hotels war das Rauchen längst nicht mehr erlaubt. Rauchen war nicht nur auf diesem, sondern auf allen Stockwerken verboten. Es gab keine Raucheretagen, keine Raucherzimmer, keine Raucherecken. Man war irgendwo angelangt, wovor man früher geflohen wäre. Aber keiner floh. Nie haßte er seine Sucht mehr als in solchen Augenblicken, und nie war die Lust größer, ihr zu erliegen.

Einen Balkon gab es nicht, und die Fenster ließen sich nicht öffnen. Er hatte damit gerechnet, bevor er es versuchte, er hatte es trotzdem versucht. Immerhin gab es Fenstergriffe, aber was nützten sie, wenn man sie nicht einmal herunterdrücken konnte?

War es eigentlich auch verboten, Räucherstäbchen abzubrennen? Was, wenn eine Religion von ihren Anhängern die Einhaltung dieser Regeln verlangte, so wie andere Religionen geboten, den Gebetsteppich auszurollen und sich in Richtung Mekka auf den Boden und in die Brust zu werfen? Oder auf die Stirn? Oder wohin auch immer! Er versuchte sich zu konzentrieren, wußte aber nicht, worauf. Worauf sollte er sich konzentrieren, wenn er doch an nichts anderes denken konnte? Er dachte an Rauch und Räucherstäbchen, an Qualm und Zigarette und konnte dennoch nicht einschlafen.

Um zu rauchen, hätte er einen Ort auskundschaften müssen, an dem Rauchen gestattet war, aber außer der Dachterrasse und dem Bürgersteig vor dem Haupteingang kam da wohl nichts in Frage. Ob es tatsächlich eine Dachterrasse gab, wußte er nicht, an den Bürgersteig vor dem Hotel konnte er sich nicht erinnern. In jedem Fall hätte er, um das herauszufinden, das Zimmer verlassen müssen. Dazu hatte er in diesem Augenblick nicht die geringste Lust. Er hatte dem Gebäude keinerlei Aufmerksamkeit geschenkt, als er das Taxi verlassen hatte, es sah aus wie alle Hotels, die er kannte, also hatte er selbst das ignoriert, was es möglicherweise von anderen unterschied. Irgendeinen Unterschied gab es immer.

Johannes war ungern allein. Er war lieber unter Leuten, auch wenn er sie nicht ausstehen konnte. Selbst wenn sie ihn langweilten und unruhig machten, störten sie ihn nicht. Was ihn störte, war das Alleinsein, dieser unerquickliche Zustand, der ihn an seine Kindheit erinnerte. Er fingerte eine Zigarette aus der Schachtel, roch daran und steckte sie sich zwischen die Lippen. Tabak! Krümel! Hauchdünnes Papier! Aber das war ihm nicht genug.

Wozu sich an die Verbote halten, wenn man sie spielend umgehen konnte. Spielerisch! Das war genau sein Job. Mit allem spielerisch umgehen. Schweiß, Not und Arbeit durfte man dem glänzenden, witzigen, originellen, genuinen, fantasievollen, unerreichten, unerreichbaren, vollendeten Produkt, das abzuliefern seine Aufgabe war, so wenig ansehen wie dem, was damit beworben wurde und manchmal sogar Tote und Verletzte forderte.

Er stand auf, ging ins Bad, zog eines der drei Handtücher von der Handtuchleiste und hielt es im Waschbecken unters Wasser. Ins Zimmer zurückgekehrt, zog er die Hausschuhe aus, kletterte aufs Bett, verlor beinahe das Gleichgewicht, aber nur beinahe, und preßte das nasse Handtuch von unten gegen den Rauchmelder. In dieser Position war es nicht einfach, die Zigarette, die er sich zwischen die Lippen gesteckt hatte, mit dem Feuerzeug anzuzünden, das er nun aus seiner rechten Hosentasche zog. Das Papier knisterte, Qualm stieg auf, er nahm den ersten Zug. Er ließ das Feuerzeug aufs Bett fallen, nun hatte er eine Hand frei. Er dachte daran, wie es wäre, wenn jetzt eine Frau anwesend wäre, die ihm einen geblasen hätte. Er dachte ständig an solche Dinge, im Büro, im Flugzeug, im Taxi, bei Kunden-, Telefon- und Beratungsgesprächen, insbesondere natürlich dann, wenn weibliche Angestellte anwesend waren. Was er erbärmlich fand, waren ausgemergelte Models. Rauchen war wohltuend, gesundheitsfördernd, beruhigend, anständig und verhältnismäßig billig. Nun mußte er bloß aufpassen, daß er nicht doch noch den Alarm durch eine falsche Bewegung auslöste. Er nahm schnell hintereinander drei tiefe Züge.

Er konnte die Zigarette nicht ausdrücken. Er mußte sich beeilen. Mit der brennenden Zigarette in der Hand wedelte er den Rauch weg. Dann ließ er den Rauchmelder los, drückte die Zigarette ins feuchte Handtuch und sprang mit einem Satz vom Bett. Er hätte sich ein Bein brechen können. Einem anderen wäre das vielleicht passiert. Doch Johannes brach sich kein Bein, wenn er vom Bett sprang. Er war trainiert. Da war es dann fast egal, wie alt man war. Er lief ins Bad, es gab keinen Alarm, vielleicht hätte es ohnehin keinen gegeben, womöglich war der Rauchmelder nichts weiter als eine der Einschüchterung dienende Attrappe.

Er rief Karen, eine ehemalige Kollegin aus Düsseldorfer Zeiten, an, kam aber während des stockenden Gesprächs zu dem Entschluß, es dabei bewenden zu lassen, sie nach ihrem Befinden gefragt zu haben, ohne ihr zu erzählen, wo er sich gerade aufhielt. Sie konnte das – falls ihr Telefon über ein dafür ausgerüstetes Display verfügte – nicht erkennen, da er ja nicht vom Festnetz aus anrief. Karen war schwanger und sprach fast nur von ihrem Mann. Das genügte, um ihn von der Frage abzuhalten, ob sie an diesem Abend schon etwas vorhabe. Sicher hatte sie etwas vor. Sie hatte jetzt immer etwas vor. Irgend etwas in ihrer Stimme war anders als früher. Das Ende ihrer Karriere als Stylistin hatte sie mit zwei Sätzen so knapp umrissen, daß sich weitere Fragen erübrigten. Sie würde nicht in ihren früheren Beruf zurückkehren. Sie war glücklich. Sie würde sicher noch weitere Kinder haben wollen. Und dann haben.

Er versuchte es noch bei einem Studienkollegen und bei seiner verwitweten Kusine. Doch niemand nahm ab, und in beiden Fällen ließ er den Anrufbeantworter unbeantwortet.

Er legte sich aufs Bett, verschränkte die Hände im Nacken und starrte an die Decke. Dann fiel ihm die E-Mail des Berliner Designbüros ein, das hin und wieder für ihn arbeitete. Er hatte der Nachricht, die er ein oder zwei Tage zuvor in New York erhalten und lediglich überflogen hatte, kaum mehr Beachtung geschenkt als einem Spam. Er öffnete das E-Mail-Programm seines iPhones, scrollte, bis er fündig wurde, und öffnete die Nachricht. Er würde die Einladung, die er unter anderen Umständen bei nächster Gelegenheit ungelesen in den Papierkorb bewegt hätte, annehmen. Man hatte ihm an der Abendkasse zwei Tickets für ein Konzert in der Philharmonie hinterlegt. Vielleicht hätte er ja Lust. Sollte er die Karten nicht in Anspruch nehmen, bräuchte er ihnen das nicht einmal mitzuteilen. Er solle das Angebot nicht als lästige Verpflichtung, sondern als informelle Anregung betrachten.

Je länger er darüber nachdachte, desto konkreter wurde die Vorstellung, in den Wogen satten Orchesterklangs zu baden, am liebsten in Tschaikowski, Bruckner oder Mahler, Komponisten, deren Namen er kannte, deren Sinfonien er allerdings nicht auseinanderhalten konnte. Er hatte die Philharmoniker nie live gehört, wer war eigentlich deren Chef? Abbado? Er suchte nach dem Namen. Rattle natürlich. Renate, die sich auskannte, hatte Rattle kürzlich erwähnt. Mehrfach verheiratet. Interessant. Ein Mann für Frauen. Das hatte sie sicher aus der Brigitte. Nachdem er den Entschluß gefaßt hatte, den Abend kunstvoll zu verbringen, schlief er fast augenblicklich über einer sanften erotischen Fantasie ein. Er war eigentlich anderes gewöhnt. Ach ja, er mußte Renate noch anrufen.

Sophie und Klara

Es war Monate her, seit sie ihre Patentochter zum letzten Mal gesehen hatte. Hatte Klara sich verändert? Klara war siebzehn. Sophie sah ungeduldig auf ihre Uhr und war nahe daran, zu hupen. Warum stand sie nicht wie abgemacht um 18.30 Uhr vor der Tür? Warum hatte Klara darum gebeten, zu Hause abgeholt zu werden? Was kostete es eine Siebzehnjährige für Mühe, die S-Bahn oder den Bus zu nehmen und zur Philharmonie zu fahren, in die Schule wurde sie schließlich auch nicht chauffiert, oder doch? Klaras neuem Vater traute sie alles zu. Klaras neuer Vater war Sophies erklärter Feind.

Mußte sie jetzt aussteigen und klingeln? In diesem Augenblick ging das Licht im Flur an. Klaras Mutter war offenbar nicht zu Hause. Wo trieb sie sich herum? Nein, es ging sie nichts an.

Seit sie in Zehlendorf wohnten – seit fünf Jahren –, hatte sie ihre Schwester nicht mehr gesehen. Noch länger war es her, daß sie zum letzten Mal miteinander gesprochen hatten. All dies nach einem wochenlangen Zwist, für den sie sich noch heute schämte, wenngleich sie überzeugt war, daß man ihr keine andere Wahl gelassen hatte. Sophie hatte bis zu jenem Augenblick geglaubt, sie könnte die Beherrschung nicht verlieren. Der Streit vor sieben Jahren, der die Schwestern entzweit hatte, hatte sie eines Besseren belehrt.

Klara sollte in die familiären Streitigkeiten nicht hineingezogen werden. Aber vermutlich war es unmöglich, diese völlig vor ihr zu verheimlichen. Ob sie sie belasteten, wußte Sophie nicht. Woher auch, da sie mit ihrer Schwester nicht sprach. Klara selbst redete nicht darüber. Sie schien sich für ganz andere Dinge als familiären Zoff zu interessieren, aber Sophie wußte nicht für welche, da sie sich in der Gefühlswelt pubertierender Mädchen nicht auskannte. Sie war sich nicht einmal darüber im klaren, ob Sophie die Pubertät bereits hinter sich hatte oder noch mittendrin steckte. Darüber konnte man mit einem Mädchen sicher nicht sprechen. Oder war es das, was sie von ihrer Patentante erwartete? Sophie hatte keine Erfahrung damit, sie war nicht geübt.

In diesem Augenblick trat Klara endlich aus dem Haus, und bei ihrem Anblick lösten sich die Vorwürfe, die Sophie ihr eben noch gemacht hatte, in nichts auf.

Klaras Gesicht schien zu strahlen, und das lag nicht allein am Schein der Außenbeleuchtung, die aufleuchtete, als sie die Haustür öffnete. Niemand stand hinter ihr, um sie zu verabschieden, und wenn doch, war man darum bemüht, unsichtbar zu bleiben. Sie war wohl nicht allein. Man wollte mit Sophie nichts zu tun haben. Klara war nicht warm genug angezogen.

»Du solltest dich wärmer anziehen«, sagte sie, doch Klara ignorierte die vorwurfsvolle Begrüßung, die unfreundlicher ausfiel, als Sophie zumute war. Klara hatte den Tadel oder das tantenhafte Gemeckere mit Sicherheit nicht überhört, aber sie machte weder Anstalten, beleidigt zu sein, noch ins Haus zurückzugehen, um wärmere Sachen zu holen. Da Sophie ihrer Schwester keine Gelegenheit bieten wollte, sich über ihren Einfluß auf Klara zu wundern, insistierte sie nicht. Sofern sie sich tatsächlich im Haus aufhielt. Sie würde Klara nicht danach fragen, wo ihre Schwester war, Almas Name kam nicht über ihre Lippen!

»Geht's dir gut? Ist dir nicht kalt?« fragte sie später, als sie bereits fuhren, und Klara antwortete: »Mir ist doch nie kalt.«

»Dann ist ja gut«, sagte Sophie. Es ging jetzt nicht mehr darum, sich Sorgen um Klaras Gesundheit zu machen.

»Ist ja erst September. Kann ich das Fenster ein bißchen öffnen?«

»Jetzt?! Ist dir etwa zu warm?«

»Schlechte Luft.«

Wortlos ließ sie sie gewähren, Klara kurbelte das Fenster nur einige Zentimeter herunter.

»Interessiert dich das überhaupt? Ich meine das, was Olsberg heute abend spielt?«

»Irgendwie schon, warum nicht?« erwiderte Klara achselzuckend, ohne Überzeugung, aber auch ohne zu zögern, als ob sie sich darüber schon Gedanken gemacht und sich mit ihren Freundinnen ausgetauscht hätte.

Dann fragte Sophie sie das, worauf sie sie nicht hatte ansprechen wollen: »Spielst du noch Klavier?«

»Rühre ich nicht mehr an.«

»Schade«, sagte Sophie.

»Ja, schade, aber ich kann es nicht ändern.«

Sophie wünschte sich, Klara hätte sich etwas weniger dezidiert ausgedrückt, weniger überzeugt.

»Das klingt endgültig«, bemerkte sie, doch darauf gab Klara keine Antwort. Wohl, weil Sophie recht hatte. Ihre Entscheidung war endgültig, weil es gar keine Entscheidung, sondern der Lauf der Dinge war, sie wurde erwachsen und tauschte ihre alten Interessen, die ihr einst von den Erwachsenen aufgeschwatzt worden waren, gegen neue ein. Die neuen kannte Sophie nicht. Wahrscheinlich Jungs in ihrem Alter. Oder verheiratete Lehrer, die unerreichbar angehimmelt wurden?

Sie wäre dem Eindruck gern entgegengetreten, sie habe sich nur deshalb nach Klaras musikalischen Fortschritten erkundigt, weil sie ihr damals das Klavier geschenkt hatte, aber ihr fiel nicht ein, wie sie das hätte bewerkstelligen sollen, ohne vorwurfsvoll zu klingen. Sie merkte, daß sie ihren Zorn kaum unterdrücken konnte, und so kam es ihr gelegen, daß ihr eine Katze vors Auto lief. Sie bremste heftig ab.

»Glück gehabt«, rief Klara, und lockerte ihren Gurt. »Das war kurz vorm Airbag, was?«

Sie lachte und Sophie sagte: »Uff, die arme Katze.«

Sie habe Olsberg vor zwanzig Jahren zum ersten Mal gehört, hier in Berlin, und sie besitze fast alle seine Aufnahmen, sagte sie später und stellte erfreut fest, daß sich ihre Stimme in einer unbeschwerten Tonlage bewegte. So wie es sein sollte, wenn die unverheiratete Patentante ihr Patenkind ausführt.

»Wow«, kam es aus der Ecke, in die sich Klara inzwischen gedrückt hatte, als wollte sie unbedingt Abstand wahren. Das zweite »Wow«, das dem ersten folgte, klang weniger begeistert, eher erschöpft.

Fast hätte Sophie sie gefragt, ob ihr ein anderes Konzert lieber gewesen wäre, aber sie wollte nicht wie die spitzzüngige Spielverderberin erscheinen, als die sie sich spätestens dann entpuppen würde, wenn der Abend weiter so humorlos und verkrampft verlief wie bisher.

»Wir haben noch Zeit, etwas zu essen, wenn du magst«, sagte Sophie versöhnlich, als in der Ferne endlich das gelbe Äußere der Philharmonie auftauchte und sie damit beginnen konnten, nach einem freien Parkplatz Ausschau zu halten. Aus welchem Material waren diese goldgelben Verkleidungen? Es hätte sie nichts gekostet, Klara nach ihrer Meinung zu fragen. Warum gestand sie ihr nicht zu, eine Meinung zu haben? Es wäre doch möglich, daß sie das, was Sophie nicht wußte, in der Schule durchgenommen hatte. Doch sie zog es vor, sie weiterhin wie ein Kind zu behandeln.

Die Suche nach einem oberirdischen Parkplatz erwies sich wie immer, wenn sie um diese Zeit mit dem Auto unterwegs war, als aussichtslos. Der hauseigene Parkplatz war schon besetzt, und so sah sie sich gezwungen, in den Untergrund des Parkhauses Bellevuestraße abzutauchen. Um etwas zu essen war es wohl doch schon zu spät.

Dann eben nur ein Gläschen Wein und eine Cola light oder was sonst das Mädchen sich wünschte.

Warum hatte er sein Mathematikstudium abgebrochen, was war mit Schach, warum war er nicht Taxifahrer oder Barkeeper geworden, warum hatte er es sich nicht anders überlegt? War er nun, da er nichts bis zu Ende durchdacht hatte, mit achtunddreißig Jahren dort angelangt, wo sich nichts mehr verändern ließ?

Einmal mehr verwünschte er seine Entscheidung, sich zu nichts entschieden zu haben. Was war das für ein Leben? Substanzlos freies Flottieren, keine verläßlichen Einnahmen, ständig wechselnde Orte und Kunden, ständig wechselnde, unberechenbare Arbeitgeber, willkürlich bezahlte Arbeit, und dann wieder tagelang nichts, als wäre nie etwas gewesen, als hätte man ihn vergessen, als müßte man sich nicht an ihn erinnern, als gäbe es ihn gar nicht, als könnte man auf ihn verzichten. Und das stimmte ja auch.

Er war wie jeder andere teilzeitarbeitslose Springer ersetzbar. Wäre er in Münster, wo er aufgewachsen war, heute besser aufgehoben als in Berlin? Auch in Münster brauchte man ihn nicht. Worauf er lange, aber am Ende doch nicht auf ewig hatte bauen können, sein gutes Aussehen, ging allmählich den Weg jeder Attraktivität. Was übrig blieb – und nicht ganz so viel zählte –, waren die guten Manieren, das sichere Auftreten, die feinst austarierte Balance zwischen Arroganz und Unterwürfigkeit, die es zu halten galt, lauter Dinge, die für einen Leihkellner noch etwas wichtiger waren als für einen Angestellten im Restaurant. Leihkellner, wie das klang! Es klang wie ein abgetragener, speckiger Anzug, den man in den Kostümverleih gebracht und dort vergessen hatte. Aber Angestellter hatte er nie sein wollen. Allein die Vorstellung peinigte ihn. Er blickte in den Spiegel, dann auf die Uhr. Der Dreitagebart mußte weg, die Haare, die im Nacken nachgewachsen waren, ebenfalls. Haare wurden von empfindlichen Kundinnen mit Speisen assoziiert, in denen sie nichts zu suchen hatten.

Eines allerdings war an seiner ungesicherten Existenz von unschätzbarem Vorteil: die ungewöhnlichen Arbeitszeiten. Lorenz liebte die Nacht und die Stunden, die in den blassen Morgen übergingen. Nichts hingegen haßte er mehr als die Mittagsstunden, denen er entging, indem er im Bett lag und schlief, so lange er wollte, denn ein Leihkellner wurde morgens nicht in Anspruch genommen. Solange er den Morgen verschlafen konnte, war die Welt noch in Ordnung. Tatsächlich hatte er in den elf Jahren, in denen er sich auf diese Weise verdingte, ohne den Beruf je erlernt zu haben, nie eine Aufforderung erhalten, morgens zu arbeiten. Er war kein Frühstückskellner. Allein der Gedanke! Das waren die, die morgens ungewaschen in ihre verschwitzte Uniform schlüpften, der sie sich am Abend zuvor achtlos entledigt hatten.

Nun war es kurz nach sechs. Während er vor dem Badezimmerspiegel stand, hörte er mit halbem Ohr, was der Fernseher über Stars, Sternchen und irgendwelche Events von sich gab, die in Hollywood stattgefunden hatten oder dort zumindest erfunden worden waren. An einem Ort, von dem er einst geträumt hatte, und an dem er nie gewesen war. Das würde er – wenn überhaupt – wohl nur noch als Pauschaltourist schaffen. Er machte sich nichts vor.

Das Badezimmer war klein, neben Dusche, Waschbekken und Klo blieb nur wenig Raum, um sich frei zu bewegen. Er mußte um halb neun in Potsdam antreten, der

Empfang war auf 22.30 Uhr angesetzt. Er hatte also noch Zeit. Erfahrungsgemäß kamen die ersten Gäste eine Viertelstunde nach den Gastgebern und die letzten zwei Stunden später, meist kurz bevor die Gastgeber die Runde am liebsten aufgelöst und das Personal nach Haus geschickt hätten. Ein Teil des Büffets würde zumindest so lange auf die Seite geschafft bleiben, bis die Hauptattraktion des Abends angekommen war. Das konnte bis gegen Mitternacht dauern. Es kam vor, daß der Star als letzter erschien.

Er zog den Duschvorhang beiseite und duschte wie immer erst warm, fast heiß, dann kalt, je nach der Jahreszeit eiskalt. Früher hatte er sich beim Duschen manchmal befriedigt. Früher war schon länger her. Er achtete darauf, daß der nasse, mit Muschelmotiven bedruckte Duschvorhang sich nicht in seinen Beinen verfing. Er haßte es, wenn das feuchte Tuch am Körper klebte.

Nachdem er sich abgetrocknet und in den nicht ganz makellos weißen Bademantel gehüllt hatte, begab er sich in die Küche, den größten Raum der engen Wohnung, und startete die Kaffeemaschine. Er ertappte sich dabei, gedankenverloren – nicht gedankenlos – vor sich hinzustarren, fast wie sein Vater, der sich seit seiner Pensionierung kaum aus dem Haus bewegte. Warum war er allein? Weil es nicht so anstrengend war wie zu zweit? Warum hatte er sich diesen Job ausgesucht? Weil er nicht so anstrengend war wie ein anderer? Warum hatte er sein Studium geschmissen? Weil es zu anstrengend gewesen war? Immer dieselben Fragen, auf die keine eindeutigen Antworten paßten. Es gab auch eine andere Möglichkeit, der Wahrheit ins Auge zu blicken. Sie ließ sich durch ein einfaches altmodisches Wort ausdrücken. Er war ein Versager. Er war sich darüber im Klaren oder zumindest nicht völlig im Unklaren. Sobald er darüber nachdachte, erschien ihm seine Situation unhaltbar und aussichtlos.

Nur nicht so starren wie sein Vater. Also stand er auf und öffnete den Eisschrank, entnahm ihm um 18.54 Uhr das, was andere zum Frühstück aßen, Cornflakes, Nutella, Honig, Milch, stellte alles auf einem Tablett zusammen und setzte sich damit vor den Fernseher. Statt ins Leere zu glotzen, starrte er nun auf den Fernseher, als blickte er ins Nichts.

Um sieben Uhr, als die Nachrichten begannen, fragte er sich, was er bis dahin wohl gesehen haben mochte außer Werbung, erinnern konnte er sich an nichts. Börse, Wetter, Mainzelmännchen? Ob die wohl immer noch so hießen? Er wußte, daß er das gesehen hatte oder hätte gesehen haben müssen. Nichts war wichtig, weder in seinem Leben noch in dem der anderen. War es diese Einsicht, woran er krankte oder die ihn krank machte? War es das, was ihn an seinen Vater erinnerte, was ihn ihm so ähnlich machte? Fehlendes Interesse. Keine Erschütterung würde ihn je zu Boden werfen. Er war ein Zombie ohne relevante Erinnerung. Was an ihm vorüberzog, vergaß er augenblicklich.

Es war der erste Auftrag seit fast zwei Wochen. Elf Tage, die vergangen waren, als hätte er einmal ein- und ausgeatmet, einmal gehustet, zweimal gezwinkert, und dies, obwohl man ihm schon oft genug attestiert hatte, er mache seine Arbeit zur größten Zufriedenheit sowohl der Firmen, für die er arbeitete, als auch der Kunden, bei denen er bediente. Heute war Freitag, der 16. September. Werktags war seit Wochen nur noch wenig los, kaum Empfänge, Partys nur in großem Stil für junge zugereiste Leute. Dort hatte er nichts verloren. Viele verzichteten inzwischen darauf, jene beeindrucken zu wollen, denen es finanziell schlechter ging. Jetzt ging es ihnen selbst nicht viel besser. Man zog sich zurück und rückte zusammen. Irgend jemandem ging es immer sehr gut und anderen ganz schlecht.

Als er eine Viertelstunde später vor dem Kleiderschrank stand, entschied er sich schnell. Die Cateringfirma, für die er arbeiten sollte, hatte um schwarze Bekleidung, weißes Hemd und Fliege gebeten. Was sonst? Wozu diese Anweisungen? Kannten sie ihn nicht? Nein, das Mädchen am Telefon hatte ihn natürlich nie gesehen. Es blieb wenig Entscheidungsspielraum für den Rest: streifenlose schwarze Strümpfe, schwarze Schuhe. Er hob den Fuß, und stellte fest, daß die Schuhe, die er trug, dringend neue Absätze benötigten. Da die Ränder der Absätze dunkel waren, würde es allerdings niemandem auffallen, daß sie schon schiefgelaufen waren.

Er öffnete das Fenster, es roch nach Herbst. So roch der Herbst auch in Münster. Das hatte nichts zu bedeuten. Wie sah er aus? Er betrachtete sich im Spiegel, zog die Hemdärmel straff, so daß sie zwei Zentimeter unter den Jackettärmeln hervorsahen, und drehte sich einmal um sich selbst, wobei er hinter sich blickte. Man braucht zwei große Spiegel, um sich von hinten und vorne zu sehen, vier Stück, um sich von allen Seiten zu begutachten, er selbst besaß nur einen. Er sah immer noch gut aus, war aber nicht mehr anziehend genug, um Geld mit seinem Aussehen zu verdienen, wie er es früher hin und wieder getan hatte, als Fotomodell, manchmal sogar für Bademode. Er hatte den Absprung nach oben verpaßt, falscher Agent, schlechte Zeit, nicht die richtigen Freunde, eigentlich gar keine.

Bevor er die Wohnung verließ, aß er noch eine Schokoladentrüffel. Für den Rest des Abends war das alles. Er hatte nicht die schlechte Angewohnheit, sich an den Büfetts fremder Leute, die nicht für ihn bestimmt waren, zu bedienen oder von den nur halb abgegessenen Tellern zu naschen, die er oder die Kollegen abtragen mußten. Die Berliner Küchen waren üblicherweise recht geräumig, die Wege meist lang genug, um sich über die Reste herzumachen. Er tat es nie.

Er trug einen leichten Mantel, aber es war kein Kaschmir. Sollten in nächster Zeit etwas mehr Aufträge kommen, was unwahrscheinlich war, würde er sich das überlegen. Er schaltete alle Lichter aus – viele waren es nicht – und schloß hinter sich ab. Im Hausflur begegnete ihm ein junges Paar, das er noch nie gesehen hatte. Sie grüßten nicht, obwohl er ihnen zunickte, sie wohnten wohl gar nicht hier, sondern waren Feriengäste, wie es in diesem Haus inzwischen viele gab. Er unterdrückte seinen Verdruß, sie gegrüßt zu haben und nicht gegrüßt worden zu sein. Möglicherweise würde er heute abend dem einen oder anderen Kollegen begegnen, den er schon lange nicht mehr gesehen hatte, vielleicht würde man nach der Arbeit, weit nach Mitternacht, irgendwo noch ein Bier trinken und eine Currywurst essen. Hinter einer Tür bellte ein kurzatmiger Hund. Fehlende Ausdauer konnte man ihm nicht vorwerfen.

Claudius und Nico

Claudius hatte das Taxi auf sieben bestellt, es kam fünf Minuten zu spät, aber er unterdrückte die spitze Bemerkung, die ihm auf der Zunge lag. Es würden sich an diesem Abend mit einiger Sicherheit noch etliche Gelegenheiten bieten, seiner Neigung zu fiesen Seitenhieben nachzugeben. Daß sie von denen, die sie erwarteten, nicht immer goutiert wurden, war ihm bewußt. Von Nico am wenigsten.

Er stieg hinten ein, obwohl der Beifahrersitz leer war, keine Plastikaktentasche, keine Thermoskanne, keine Alditüte. Nichts also, was seinen Vorurteilen Nahrung bot, als der Geruch. Wenn immer möglich, vermied er es, sich auf den Beifahrersitz zu setzen. Wenn es soweit war, wollte er keinesfalls neben einem Taxifahrer sitzen. Claudius war von der Idee besessen, eines Tages bei einem Autounfall zu sterben. Es mußte nicht unbedingt ein Taxi sein, aber so wie manche Taxifahrer hier fuhren und aufgrund der Tatsache, daß er die meisten Wege durch Berlin mit dem Taxi zurücklegte, war er ziemlich sicher, daß es eben in einem Taxi geschehen würde. Hinten fühlte er sich unrealistischerweise selbst dann sicherer, wenn er sich einmal nicht anschnallte. Das kam allerdings höchst selten vor. Er wußte zwar, daß es sich bei diesem neurotischen Verhalten um eine Phobie handelte, aber gab es überhaupt irgend etwas, was nicht krankhaft war?

Im Inneren des Wagens roch es wie es früher in der Bahn selbst in den Nichtraucherabteilen gerochen hatte: nach abgestandenem Rauch und feuchtem Anorak. Der Taxifahrer war um die sechzig, vermutlich Alkoholiker und Gelegenheitsschwarzarbeiter.

»Wo soll's denn hingehen?«

Claudius nannte ihm Nicos Arbeitsadresse, Schloßstraße 110, und wie immer, wenn er es eilig hatte, gab er dem Fahrer – weniger durch eine deutliche Dialektfärbung als durch den nörgelig angehauchten Tonfall – zu verstehen, daß er sich in Berlin auskannte, als unterstellte er ihm, ihn betrügen zu wollen. Dieser Westberliner Busfahrerton war natürlich Blödsinn, verfehlte seine Wirkung aber nie.

Gab es das überhaupt, Taxifahrer, die Ortsunkundige auf Umwegen in der Gegend herumfuhren, um ihr Gehalt aufzubessern? Das Taxi war nicht mit einem Navigationsgerät ausgerüstet. Der Fahrer mußte in seiner Jugend, als das vergilbte Haar noch blond gewesen war, zumal wenn er es gewaschen hatte, recht ansehnlich gewesen sein. Heute war nichts an ihm der Rede wert.

Unter dem Rückspiegel baumelte ein Kunststoffknochen. Vermutlich ein mobiler Aschenbecher. Bestimmt fanden die reißenden Absatz, seit das Rauchen in der Öffentlichkeit immer mehr eingeschränkt wurde. Es fehlte nur das Quantum Kohlgeruch, das die olfaktorische Anmutung eines Berliner Hinterhofs vervollständigt hätte. Beim Besteigen des Wagens hatte sich die Assoziation sofort aufgedrängt.

Gestern war es ein Rastaman mit glanzlos verfilztem Haar gewesen, der sich über die Schwulen ausgelassen hatte, eine Woche zuvor ein schwarzäugiger Iraner – hübsch und kräftig, mit zartgliedrigen Händen –, der die Hauptstadt nicht genug hatte loben können, bevor er schließlich auf deren einzigen Nachteil zu sprechen gekommen war: die Unmengen von Sicherheitsbeamten, die zu nichts anderem da waren, als die Juden zu schützen, von denen es in Berlin eindeutig zu viele gab. Claudius war allerhand gewöhnt, und so wunderte er sich längst nicht mehr, mit welcher Unbekümmertheit Berliner Taxifahrer jene beleidigten, von denen sie sich offenbar nicht vorstellen konnten, daß sie möglicherweise gerade in ihrem Auto saßen. Zweimal innerhalb einer Woche hatte Claudius den Fahrer gebeten, unverzüglich anzuhalten. Claudius hatte das Taxi fluchtartig verlassen, ohne zu bezahlen. Es hatte die Drohung genügt, die Firma zu benachrichtigen, um die Schreihälse mundtot zu machen. Für ein paar Tage war es ihnen vielleicht eine Lehre gewesen. Daß sie ihre Meinungen änderten, war unwahrscheinlich, vermutlich hatte er sie mit seinem Verhalten in ihren Vorurteilen nur bestärkt. Der eine hatte ihn mit Sicherheit für schwul, der andere für einen Juden gehalten, und einer hat bekanntlich immer recht. Meist allerdings war das Claudius selbst.

Für den, der ihn nun fuhr, stand zweifellos fest, daß Claudius es ziemlich eilig hatte, denn er schaute mehrfach demonstrativ auf die Uhr. Er wollte vor dem Konzert einen Champagner trinken und einen Happen essen. Er hatte kurz mit Marek telefoniert. Sie würden sich erst nach dem Konzert treffen. Sie kannten sich seit zwanzig Jahren, nur wenig kürzer als Claudius für Heinrich & Brutus europaweit operierte. Für die USA und Asien waren die Leute aus Boston zuständig. Kurz telefoniert, das Nötigste besprochen, zwischen ihnen herrschte ein unverbindlicher Ton, in dem die Dissonanz nicht zu überhören war.

Er haßte es, in der Pause Schlange zu stehen. Er wußte, daß Nico es haßte, für ihn Schlange zu stehen – »Ich bin doch nicht dein Dienstmädchen, ich bin doch nicht dein Sklave, ich bin doch nicht dein Lakai« –, wie die Goldbergvariationen lud das Thema zu zahllosen Abwandlungen ein. Ihn durfte er nicht fragen, wenn er seinen Frieden haben wollte. Obwohl er fürchtete, den Konzertsaal hungrig betreten zu müssen, würde er den Fahrer nicht bitten, ein wenig schneller zu fahren, er fuhr schon schnell genug. Es war soweit, er hatte sich bereits völlig verkrampft.

Und wie bei jeder dritten, vierten, spätestens fünften Autofahrt, egal, wie lang sie dauerte, egal, durch welche Gegend sie ihn führte, geschah es auch diesmal. Als er es am wenigsten erwartete, dann nämlich, als er es am ehesten hätte erwarten müssen, wurde ihm schwarz vor Augen und er sah sich, genau wie immer, mit zerschmetterten Knochen am Straßenrand liegen, umringt von Neugierigen, schlecht und widerwärtig begrenzt von einer sich unaufhaltsam ausweitenden Blutlache, halb taub infolge des Sirenengeheuls, betatscht von Notärzten, von ruppigen, fluchenden Krankenpflegern auf eine Bahre gehoben, in die Ambulanz getragen und unter den nervtötenden Klängen des Martinshorns abtransportiert. Wenige Sekunden vor der Ankunft im Krankenhaus stellte ein schmalbrüstiger Winzling seinen Tod fest, indem er sich über ihn – die Leiche – beugte. Kraftlos fiel seine Hand auf die eingedrückte Brust zurück, als der Notarzt sie angewidert losließ. Er war tot, tot, tot. Einmal mehr hatte es ihn im Straßenverkehr erwischt. Danach lag er stundenlang in einer stockfinsteren Besenkammer, jenem sprichwörtlichen Abstellraum, der in jeder Krankenhausreportage erwähnt wurde und die er sich in einem echten Krankenhaus gern einmal hätte zeigen lassen. Hin und wieder wurde die Tür geöffnet, als wollte man nachsehen, ob er sich nicht heimlich davongestohlen hatte. Nein, nein, er war noch da. Einmal wurde die Tür, kaum aufgestoßen, wieder zugeschlagen, begleitet von einem weiblichen Entsetzensschrei. Seine Mutter! Am nächsten Morgen, es dämmerte fahl durch die schmutzigen Scheiben, an denen er vorbeigeschoben wurde, manövrierten sie ihn durch endlose Gänge, dann in einen Warenaufzug, der in den Keller fuhr, dann sargten sie ihn in eine enge Blechhülle ein, öffneten ein Eisfach und schoben ihn hinein. Wie im Film. Und keine Sekunde lang verlor er das Bewußtsein. Er versuchte sich bemerkbar zu machen, zu schreien, zu klopfen, sich zu bewegen. Nichts zu machen. Er versuchte zu verstehen, weshalb ihm zu Lebzeiten niemand gesagt hatte, daß der Tod so aussah und nicht anders. Daß alles außer dem ewig wachen Bewußtsein starb. Daß dieses immer bestehen würde. Ewig sich nicht mehr bewegen, ewig aus diesem Alptraum nicht erwachen können, einsam in einer Eiskammer. Ein Käfer in Bernstein. Kurz: Gregor Samsa. Schockgefroren. Tot und lebendig.

Das war der Grund, weshalb er davon abgesehen hatte, sich je an ein Steuer zu setzen. Das überließ er den anderen. Andere würden ihn über den Styx führen, Fremde oder Freunde, denen er sich anvertraute, weil er keine andere Wahl hatte. Oder sollte er etwa S- und U-Bahn fahren? In die versifften, fettdunstverhangenen Untergründe Berlins steigen und seine Nase in die feuchten Achselhöhlen halbnackter Radfahrer stekken? Niemals.

Nachdem sich die altbekannten Schreckensbilder weniger schnell verflüchtigt hatten, als sie aufgeblitzt waren, öffnete er die Augen wieder. Das Taxi verlangsamte. Ein Zufall, mit dem er nicht gerechnet hatte. Und unerwartet sanft, ohne quietschende Bremsen und ohne, daß Claudius nach vorne gerissen wurde, hielt der Taxifahrer an der belebten Schloßstraße vor dem Saturngebäude.

Es grenzte an ein Wunder, aber es war tatsächlich so: Nico wartete schon auf ihn. Das zweite Wunder war, daß er – auch nach acht Stunden Arbeit – umwerfend aussah. Jung und frisch, schlaksig und braungebrannt. Umwerfend eben, ein anderes Wort fiel ihm nicht ein. Wie machte er das? Claudius hielt ihm den Wagenschlag auf. Er machte es, indem er jung war. Warum konnte man in Berliner Taxis nicht vögeln wie anderswo?

Nico stieg ein, und noch bevor er saß, war Claudius klar, daß er schlechte Laune hatte. Zunächst einmal ging es also darum, sie zu heben. Maulfaul, wie er sein konnte, aber vermutlich nicht bleiben würde, gab Nico keine Auskünfte über den Grund seines Unmuts, der seiner Attraktivität keinerlei Abbruch tat, im Gegenteil, wie Claudius fand. Die einladend aufgeworfenen Lippen blieben verschlossen. Nico hatte sich für den Abend vermutlich gar nicht extra fein gemacht, er war auf seine Weise immer adrett. Wußte er eigentlich, wie hübsch er war? War er sich seiner Wirkung bewußt? Was hätte er mit diesem Aussehen nicht alles anfangen können. Daß er sich in aller Bescheidenheit mit dem Verkäuferdasein begnügte, konnte man allerdings nicht behaupten. Nico wußte, was er wollte, war aber unfähig einzusehen, daß nicht alles möglich war.

Claudius legte eine Hand auf Nicos Oberschenkel und fuhr – genau wie der Taxifahrer – auf das Zentrum zu. Doch Nico schob die Hand weg und stöhnte, aus Ärger, nicht aus Lust. Ärger worüber?

»Was ist los?« Es genügte die Art, wie er die Augen verdrehte, um nicht auf einer Erklärung zu bestehen. Schmollmund, Schnute, Blick nach unten, Blick nach oben.

Claudius versuchte abzulenken, und da er wußte, wie sehr Nico Olsberg vergötterte, wiederholte er, was er in den letzten Tagen schon mehrmals erwähnt hatte, daß sie Olsberg nach dem Konzert in der Garderobe sehen würden.

»Astrid läßt uns durch, uns und nur uns.«

»Wer ist Astrid?«

»Na, seine Sekretärin.«

»Ach so, die!«

Natürlich hatte er Astrid Maurer, Mareks rechte Hand, auch schon erwähnt. Geschmeidig, leise und unberechenbar umstrich sie Marek, angriffslustig wie eine alte Katze. Sie reiste immer mit ihm, aber nie in der Business Class, sie begleitete ihn zu jedem Konzert, auf jeder Reise, sie hatte kein Privatleben, zumindest keines, das diesen Namen verdiente. Alterslos wie Marek lebte sie seit einem Dutzend Jahren nur für ihn. Ein kleines Instrument, auf dem er lautlos spielte.

»Genau, die! Selbst ich als sein Agent käme an ihr nicht vorbei, wenn sie mir nicht wohlgesonnen wäre. Und daß irgend jemand dabei ist –«

»Ich bin nicht irgend jemand.«

Fettnäpfchen.

»Na gut, nicht irgend jemand.«

»Ich bin hungrig.«

»Ich auch«, erwiderte Claudius und wiegte sich bereits in der Hoffnung, das Kap der schlechten Laune umschifft zu haben, als Nico wieder davon anfing: »Hast du mit Heinrich gesprochen?«

Es explodierte leise wie ein Tischfeuerwerk. Doch es verpuffte nicht. Claudius heuchelte Ahnungslosigkeit, wußte aber, daß er damit nicht durchkommen würde.

Mit gespielter Naivität fragte er: »Worüber?«

Er wußte, was Nico meinte, und Nico wußte das.

»Über mich und meine Zukunft.«

»Ich spreche mit niemandem als mit dir selbst über dich und deine Zukunft. Und nur dann, wenn du es willst.«

»Hab ich das in der Hand?« erwiderte Nico nicht ganz eindeutig, woraufhin Claudius es auf die zweideutige Art versuchte: »Du hast eine Menge in der Hand.«

»Mach keine Witze, hab keine Lust auf Witze.«

Es war also soweit.

»Ich will es ja. Ich habe überhaupt nichts dagegen, wenn du mit deinem Chef über meine Zukunft sprichst. Das ist es, was ich will. Ich möchte, daß sie sich ändert. Das weißt du. Erzähl ich dir nicht zum ersten Mal.«

Doch Claudius schwieg. Mal sehen, was das bewirkte.

»Du hast also nicht mit ihm gesprochen?«

Sein Schweigen hatte zur Normalisierung der Lage nicht beigetragen. Der Taxifahrer schien zu beschleunigen. Er wollte auch zu einem Abschluß kommen.

»Nein, habe ich nicht und hatte ich nicht vor, wie ich dir schon mehrmals erklärt habe.«

»Du sprichst mit niemandem über mich. Es ist genau so, als ob du mich verleugnen würdest. Das tust du, obwohl dir das gar nicht bewußt ist. Als ob ich Luft wäre, eine nette Zugabe, mehr nicht, der Typ von Saturn. Der Typ aus der Plattenabteilung, der Typ, der sich ziemlich gut auskennt und –«

»Unsinn. Unsinn!«

»Nein, das ist kein Unsinn. Du weißt, daß ich recht habe. Wenn du mich nicht verleugnen würdest, könntest du mit deinen Kollegen über mich sprechen, als ob ich tatsächlich existieren würde. Aber ich existiere nicht, ich bin Luft. Luft!«

»Hör auf.«

Der Taxifahrer drehte sich nicht um. Das war auch gar nicht nötig, um jedes Wort zu verstehen und ganz genau zu begreifen, worum es ging, es ging eindeutig um zwei zankende Schwuchteln. Ein Fressen für alle Rastamen und Moslems dieser Welt. Doch der hier war glücklicherweise ein maulfauler Einheimischer. Auch das gab es, und dafür war er ihm dankbar. Doch Nico ließ ihm keine Zeit, bei positiven Gedanken zu verweilen.

»Du könntest über mich wie über irgend sonst einen Erwachsenen sprechen, den du kennst, über jemanden, der eine Ahnung von Musik und vom Geschäft hat, der in der Klassikabteilung bei Saturn innerhalb kürzester Zeit eine gewisse Karriere gemacht hat, und der talentiert genug ist, in eurem Business anzufangen. Ich verlange ja nicht, als Agent eingestellt zu werden, ich bin bereit, klein anzufangen, so wie ich bei Saturn klein angefangen habe, so könnte ich bei euch …«

»Wir brauchen aber niemanden, der klein anfängt, das erzähle ich dir nicht zum ersten Mal.«

»Das erzählst du mir jedes Mal, das ist ja das Problem. Das hast du mir das erste Mal erzählt, das zweite Mal, das dritte Mal, immer wieder, immer wieder.«

»Warum erwartest du von mir, daß ich meine Meinung ändere? Ich kann sie nicht ändern, und ich will auch nicht.«

»Kannst du dir nicht vorstellen, daß ich mehr verdient habe, als das, was ich heute tue?«

»Du tust ja gerade so, als ob du zu einer Strafexpedition nach Louisiana unterwegs wärst. Kleine Manon.«

»Daß ich nicht lache. Ich möchte mit Leuten zusammen arbeiten, zu denen ich aufschauen kann.«

»Du würdest zu mir aufschauen wollen?«

»Von mir aus. Warum nicht, wenn ich einen Grund habe?«

»Ach komm schon, das ist nicht dein Ernst.«

»Bei Saturn langweile ich mich zu Tode. Ich weiß, daß ich mehr leisten kann. Ich kann es. Ich weiß es. Aber dort ist mir langweilig, und ich habe keine Lust mehr, mich noch länger zu langweilen.«

»Es ist auch langweilig, sich mit den Terminen russischer Soprane, hirnloser Tenöre und schmallippiger Flötistinnen herumzuschlagen.«

»Aber die sind wenigstens lebendig. Meine CDs nicht. Es gibt Konflikte, und die muß man bewältigen, und das würde ich gern.«

»Und woher weißt du, daß du das kannst? Vielleicht bildest du dir das nur ein. Was hast du studiert? Was kannst du vorweisen außer einer kaufmännischen Lehre? Wir brauchen nun mal keinen Verkäufer. Ich kann dir leider nicht helfen.«

»Du willst nicht, das ist es, du willst mir nicht helfen. Natürlich braucht ihr Verkäufer! Was seid ihr anderes als Verkäufer? Ihr seid nichts anderes als Verkäufer!«

»Warum versuchst du es nicht als Model? Als Model hättest du zehnmal mehr Erfolg und würdest hundertmal mehr verdienen.«

Daß er alles, nur das nicht hätte sagen dürfen, wußte er im selben Augenblick, als er es bereits zur Hälfte ausgesprochen hatte. Daß es ihm nur so herausgerutscht war, war unverzeihlich. Egal wie, egal was, es war gesagt.

Was daraufhin explodierte, war keine harmlose Tischbombe, sondern eine gezielt geworfene Handgranate. Nico sah nicht mehr gut und nicht mehr jung aus, als er gewissermaßen aus dem Stand heraus die Fassung verlor: »Ich soll als Stricher gehen?«

Die Granate detonierte.

»Anhalten! Sofort anhalten!«

Die Granate traf.

Nicos verzerrtes Gesicht lief rot an. Diesmal bremste der Taxifahrer weder langsam noch sanft, weder rücksichtsvoll noch leise. Er scherte rechts aus und drückte auf der Höhe eines geparkten Autos so hart auf die Bremse, daß die Reifen quietschten. Nico begann verzweifelt nach seinem Portemonnaie zu fummeln, er wollte seinen Anteil bezahlen. Aber er war zu nervös oder die Hose zu eng. Es war ihm egal, sich lächerlich zu machen. Claudius wollte nicht. »Laß das! Hör auf!«

Noch nie hatte Nico das Taxi bezahlt, Claudius erwartete das nicht, es war lächerlich. Er wollte es auch jetzt nicht, er wollte auch gar nicht, daß er ausstieg. Er wollte, daß die ganze Sache wieder in Ordnung kam, und er war fast sicher, daß es ihm auch diesmal gelingen würde. Denn das war ja nicht die erste Auseinandersetzung, die in einen Ausbruch – meist seitens Nicos – mündete und dann in einer Versöhnung endete.

»Warten Sie einen Augenblick«, sagte er zum Taxifahrer und ertappte sich dabei, wie er instinktiv die Hand auf dessen Schulter legte. Erst im Nachhinein wurde ihm bewußt, daß sich der fremde, lodengrüne Pullover genauso angefühlt hatte, wie er es hätte erwarten müssen: abstoßend, wahrscheinlich Kunststoff.

»Bleib hier. Bleib hier!«

»Steck mich an den Hut oder sonstwohin«, schnauzte Nico ihn an, und es war weniger dieser idiotische Ausdruck als die Vehemenz, mit der er ihn vortrug, die Claudius erschreckte. Er hatte die Hand am Türgriff und schaffte es schließlich, den Wagenschlag aufzustoßen. »Bleib hier!« zu sagen, nützte nichts. »Wir werden gemeinsam einen schönen Abend verbringen.«

»Wir werden keinen Abend gemeinsam verbringen.« Mit diesem Satz stieg Nico aus, war er ausgestiegen, schlug er die Wagentür zu, hatte er sie zugeschlagen.

»Wo sind wir?«

Eine alberne Frage. Die Antwort ging im Straßenlärm unter, den der Fahrer ins Innere des Wagens hereingeholt hatte, indem er das Fenster herunterkurbelte. Vermutlich war ihm der Auftritt, dessen Zeuge er eben geworden war, so peinlich wie Claudius. Warum hatte er das Fenster geöffnet?

Und nun? Claudius saß da wie gefesselt. Statt Nico hinterherzulaufen, hockte er auf der Rückbank wie ein verzauberter Frosch, erstarrt in der Hoffnung, daß die Prinzessin zurückkehrte, um ihn verzeihend zu erlösen. Was zu verzeihen? Hatte er Nico unterschätzt? Jedenfalls hatte er nicht mit dieser Entschlossenheit gerechnet. Gerade heute nicht. Nico würde so sicher wiederkommen, wie er eines Tages wieder damit anfangen würde, er wolle bei Heinrich & Brutus arbeiten. Er brauchte Claudius, sagte sich Claudius. Er würde vermutlich schon vor der Philharmonie auf ihn warten. Ziemlich sicher sogar. Wie auch immer er das anstellte, früher dort zu sein als er.

Wenn das jemandem gelang, dann Nico. Er würde ihm zulächeln, und alles wäre beinahe gut, gut für den Augenblick, gut für den Abend, an dem er ihm Marek Olsberg vorstellen würde, den Nico unbedingt kennenlernen wollte, den er bewunderte, von dem er sämtliche Aufnahmen besaß, und der bei der anschließenden Sponsorenparty vielleicht ein paar Worte mit ihm wechseln würde.

Astrid, später Verena Bentz

Astrid Maurer wohnte wie immer – wenn auch bescheidener – im selben Hotel wie Olsberg, hier im Adlon Kempinski, doch ihren Schützling hatte sie an diesem Tag noch nicht gesehen. Das war nicht ungewöhnlich, schon gar nicht an einem Tag, der Olsbergs ganze Konzentration erforderte. Bevor sie sich auf den Weg nach Potsdam machte, trank sie pünktlich um zwei Uhr einen Tee. Das war eine alte Angewohnheit, an der sie festhielt, wann immer es sich machen ließ.

Sie saß in einem Sessel in der Lobby und sah dem Kommen und Gehen der Gäste und Besucher zu. Sie selbst fühlte sich nicht beobachtet.

Wann immer möglich, nahm Marek Olsberg nicht nur das Frühstück, sondern auch alle weiteren Mahlzeiten im Hotelzimmer zu sich. Aber auch unter Fremden, die ihn nicht kannten, fühlte er sich aufgehoben. Es gab unzählige Orte, an denen sich Leute tummelten, die einen Konzertsaal niemals von innen gesehen hatten, und denen sein Name, auch wenn er sich zu erkennen gegeben hätte, nichts bedeutete. Um diese Winkel zu finden, waren weder besondere Ortskenntnisse noch eine Sekretärin nötig. Wenn er etwas mit ihr zu besprechen hatte oder ihre Gesellschaft suchte, war sie stets da. Olsberg schätzte ihre Anwesenheit wohl deshalb so, weil sie ihm nie das Gefühl gab, etwas von ihm zu erwarten. Auch sie hielt es gut ohne Konversation aus. Im übrigen respektierte sie seine gedanklichen Abschweifungen als wesentliches Element seiner Arbeit, die vor allem aus Konzentration bestand. Darüber, ob man sie für Mutter und Sohn, Tante und Neffe oder gar für ein Paar hielt, machte sie sich keine Gedanken, auch wenn ihr nicht entging, daß die Blicke manchmal auf ihnen ruhten.

Ihre Beziehung war rein beruflicher Natur, weshalb sie so gut wie nie über persönliche Dinge sprachen. Wenn Olsberg, der sich im Gegensatz zu ihr nicht dazu verpflichtet fühlte, sich an ungeschriebene Regeln zu halten, es einmal doch tat, empfand sie es als schmerzhaft, da er – wenn er intim wurde – von fast brutaler Offenheit war. Sie versuchte, diese Anfälle jäher, unverdienter Vertraulichkeit so schnell wie möglich zu vergessen. Auf ihre Diskretion konnte er sich verlassen.

Daß ein Mann wie Olsberg jemanden brauchte, der ihm Tag und Nacht auf allen fünf Kontinenten zur Verfügung stand – ja, auch in Kapstadt war er aufgetreten, allerdings nur ein einziges Mal –, änderte nichts daran, daß es sich um eine Arbeitsbeziehung handelte. Sie siezten sich, und Astrid war ihm dankbar, daß er der Versuchung nicht erlegen war, diese förmliche Schranke aufzuheben, die sich zwischen ihnen erhob und verhinderte, daß es zu hierarchischen Deformationen kam. Auf klare Verhältnisse legte Astrid mehr Wert als er.

Nicht heimliche Liebe, sondern offene, uneingeschränkte Verehrung band sie an Olsberg. Sie tat alles, um niemals aufdringlich zu wirken. Schwer fiel es ihr nicht, denn eine zurückhaltendere Person als Astrid Maurer hatte schwerlich je existiert, und wenn sie überhaupt auf etwas stolz war, dann auf diese Eigenschaft. Mehr Eitelkeit war ihr fremd. Lippenstift, Lidschatten und sonstiges Make-up benutzte sie so sparsam, als sei sie geizig. Nur auf Handcremes konnte sie nicht verzichten, da sie zu trockener Haut neigte.

Wenn Olsberg Astrid zu sehen wünschte, war sie sogleich zur Stelle. Das dauerte nie länger als ein Lied ohne Worte, wie Olsberg einmal bemerkt hatte. Neuerdings rief er sie ausschließlich auf ihrem Handy an, gegen das sie sich anfangs heftig gewehrt hatte. Olsberg hatte es ihr regelrecht aufzwingen müssen. Als ob sie nicht schon früher jederzeit erreichbar gewesen wäre.

Sie hatte sich, im Rahmen ihrer bescheidenen Möglichkeiten, unter zaghaftem Protest, mit Argumenten zu weigern versucht, von denen sie wußte, daß sie Olsberg nicht überzeugen würden. Er hatte es sich nun einmal in den Kopf gesetzt. Ihre Waffen waren stumpf, und sie war im Grunde keine Kämpferin. Jedenfalls keine, die gegen Olsberg in den Krieg zog, der ja nicht nur die 12 Lisztschen Études d'exécutions transcendantes beherrschte, sondern auch die Kunst, andere zu Handlungen zu überreden, die ihren Überzeugungen womöglich widersprachen. Wenn sie kämpfte, dann nicht als Verfechterin ihrer, sondern seiner Interessen. Hatte sie überhaupt eigene Interessen? Hatte sie nicht alles aufgegeben, um Olsberg zu dienen?

Olsberg war längst zu ihrer ausschließlichen und alles andere ausschließenden Leidenschaft geworden. Aber niemals hätte sie auch nur ein Sterbenswörtchen darüber verloren. Was sie aufgegeben hatte, war nicht der Rede wert, weil sie im Gegenzug etwas erhalten hatte, was sie ohne ihre Hingabe an den Virtuosen niemals erlangt hätte: die unmittelbare Nähe zu einem Genie, das sie täglich –

selbst dann, wenn er nicht auftrat – überraschte, überrumpelte und überzeugte.

Bei dem Handy, das er durchgesetzt hatte, handelte es sich um ein idiotensicheres Modell. Dabei wußte er genau, daß Astrid Maurer jedes Gerät, mit dem man sie konfrontierte, mit Leichtigkeit in den Griff bekam. Wenn sie sich dagegen sträubte, bedeutete es nicht, daß sie dessen Bedienung nicht bald beherrschte. Ihre anfängliche Weigerung war nicht etwa ihrem Unvermögen oder der Angst vor neuen Technologien entsprungen, sondern Ausdruck einer irrationalen Abneigung. Seine Sekretärin könne alles, außer ein Flugzeug steuern, hatte er einmal zu Maestro Masur und seiner japanischen Gattin gesagt, und Maestro Masur hatte ihr einen seiner beunruhigenden Blicke zugeworfen, die so gar nicht zu seinem sanften Wesen passen wollten, während Tomoko, seine Frau, verständnisvoll und rätselhaft gelächelt hatte. Woher er denn wisse, daß sie nicht auch das beherrsche, hatte der Maestro erwidert, und alle, außer Astrid natürlich, hatten herzlich über diese Bemerkung gelacht.

Olsberg selbst hatte seine Nummer in ihr Handy als Kurzwahl Nummer 2 eingespeichert. Es war also nicht nötig, sie auswendig zu lernen. Ein nachdrücklicher Tastendruck genügte. Astrid hatte keine weiteren Nummern hinzugefügt, nicht einmal die ihrer Schwester in Könitz.

Daran, daß es eine besondere Ehre war, im Besitz von Olsbergs Handynummer zu sein, dachte sie keinen Augenblick. Das gehörte nun einmal zu ihrem Job. Und so betrachtete sie fortan das Handy als ein Arbeitsinstrument, auf das sie hätte verzichten können, hätte Olsberg es nicht für unentbehrlich gehalten. Sie trug es stets bei sich.

Sie erhielt ein überdurchschnittlich gutes Gehalt. Olsberg bezahlte großzügig für ihre mannigfachen Qualitäten. Sie hielt ihm die Journalisten und Bewunderer vom Leib, die Familie, den Steuerberater, die Hotelmanager und Komponisten. Sie hätte es mit jedem Stalker aufgenommen. Ohne ihr Engagement hätte er das Leben, das er führte, nicht führen können.

Astrid Maurer war offenbar nie verheiratet gewesen. Über Persönliches sprach sie nicht. Sie wurde auch dafür bezahlt, keine dezidierte Meinung zu Dingen zu haben, zu denen auch Olsberg keine hatte, und erst recht nicht zu solchen, zu denen er eine hatte.

Das einzige, was Astrid, die ansonsten furchtlos war, wirklich fürchtete, waren die Schmerzen, die ihr die Migräneanfälle bereiteten, unter denen sie seit ihrem vierunddreißigsten Lebensjahr regelmäßig litt. Tatsächlich hatte sie ihren ersten Migräneschub ganz zu Beginn ihrer Anstellung bei Olsberg gehabt. Die Migräne, die ihr Hirn mit unterschiedlich gestimmten Sägen in dünne Scheiben zu schneiden schien, kam im Grunde immer dann, wenn sie sie am wenigsten erwartete. Sie hatte sie zunächst vor Olsberg zu verheimlichen versucht, aber es war ihr nicht gelungen. Es war für ihn nicht schwer gewesen, zu erkennen, daß sie litt. Er kannte ihren schwachen Punkt, auf den sie keinen Einfluß hatte. Es war vielleicht der einzige, vor dem auch er machtlos war.

Eine Viertelstunde, nicht länger, saß sie da, dann war das Kännchen leer, und sie stand auf. Sie hatte weder den Zucker noch die Milch noch den kleinen Löffel angerührt. Sie war überzeugt, daß die Verbindung von Milch und Zucker unweigerlich zu einer Attacke führen würde. Warum dachte sie überhaupt daran? Sie wollte nicht daran denken, denn sie glaubte, daß der bloße Gedanke an das Schlimmste, was ihr widerfahren konnte, ihr am Ende widerfahren würde. Sie trat schnell hinaus und stieg in eines der bereitstehenden Taxis. Die Sonnenbrille, die sie aufsetzte, um sich vor dem Geschwätz des Fahrers zu schützen, umgab sie mit etwas unerwartet Geheimnisvollem. Dabei handelte es sich um eine Sonnenbrille, die sie kürzlich bei Saks in New York gekauft hatte.

Eine knappe halbe Stunde später, wie verabredet kurz nach drei, klingelte sie an der Haustür der Potsdamer Mäzene. Zumindest der eine Teil des Ehepaars erwartete sie bereits. Verena und F. F. Bentz gehörten zu den Hauptsponsoren des Olsbergschen Auftritts in der Philharmonie, bei dem es sich um das erste Konzert in Berlin seit langem und wohl auch um das einzige für länger handelte, weshalb es im großen Saal stattfinden würde. Wie Astrid wußte, hatten sie zum Gelingen des Abends 10 000 Euro beigesteuert, fast die Hälfte der Gage, die 28 000 Euro betrug. Das war angesichts des Vermögens, das man ihnen nachsagte, vergleichsweise bescheiden, doch hilfreich war es schon.

Die Hausfrau trug ein leichtes helles Kleid, und natürlich mußte sie nicht darauf hinweisen, daß sie sich am Abend in anderem Aufzug präsentieren würde. Verena Bentz besaß die Fähigkeit, sich ihrer Umgebung anzupassen. Astrid sah fasziniert auf ihre hochgetürmten Haare.

Sie war sich der Bedeutung und Stellung Astrid Maurers offenkundig bewußt, denn sie behandelte Olsbergs Sekretärin nicht einmal andeutungsweise wie eine Angestellte. Sie führte sie durch alle Zimmer, die nach dem Konzert zur Verfügung stehen würden. Sie zeigte ihr auch die Küche und die zwei Badezimmer im Erdgeschoß. Sie wollte wissen, ob eines für Olsberg reserviert bleiben sollte, Astrid verneinte. Den Steinway, der im Salon stand, erwähnte sie mit keinem Wort. Den Gedanken, man könnte Olsberg um eine private Zugabe bitten, wollte sie wohl gar nicht erst aufkommen lassen. Es verstand sich von selbst, daß ein solches Ansinnen ebenso stillos gewesen wäre, wie die Bitte um ein Autogramm oder um intime Geständnisse.

Nein, es gab nichts, was Olsberg nicht aß, denn Olsberg aß alles mit demselben Vergnügen. Darüber hatten sie bereits am Telefon gesprochen, und so hatte Verena Bentz auch Kaviar und Austern bestellt, obwohl sie sich zunächst überlegt hatte, das Büfett dem deutsch-amerikanisch-italienischen Programm des Abends anzupassen. Aber das war ihr nach reiflicher Überlegung doch ein wenig ordinär erschienen.

Astrid Maurer lobte die Auswahl und gab ihr gleichzeitig zu verstehen, daß auch ein thematisches Essen sicher die stillschweigende Zustimmung Olsbergs gefunden hätte, nicht zuletzt deshalb, weil ihm der Zusammenhang zwischen Gastronomie und Programm vermutlich gar nicht aufgefallen wäre. Er legte weder besonderen Wert auf gutes Essen noch auf gute Weine.

»Raucht er?«

»Nur selten.«

»Oh«, sagte Verena Bentz, »dann sollten wir wohl überlegen, das Rauchen im Salon zu gestatten.«

»Nein, das ist mit Sicherheit nicht nötig. Herr Olsberg zieht es vor, im Freien zu rauchen, allein schon aus Rücksicht auf die anderen Gäste.«

Oder nur aus Rücksicht auf sie? Sie unterdrückte den Gedanken, sie wollte nicht schon wieder daran denken, doch indem sie daran dachte, glaubte sie ein leichtes Pochen oberhalb der rechten Schläfe zu verspüren. Sofort wandte sie ihre volle Aufmerksamkeit Verena Bentz zu, die ihr nun erklärte, daß zwei Kellner sich um das Wohl der Gäste kümmern würden und der Cateringservice, den sie beauftragt hatten, zu den besten der Stadt gehörte, wenn nicht sogar der beste war. Astrid Maurer zweifelte nicht daran.

Zum Schluß überreichte sie ihr die Gästeliste, die sich wie das Who is Who Berlins las. Vom Regierenden Bürgermeister bis zu den Generalsekretären zweier großer Parteien waren die wichtigsten Politiker vertreten, der Bundespräsident und seine Gattin hatten sich vorbehaltlich besonderer Ereignisse angekündigt, die Intendanten verschiedener kultureller Institutionen würden es sich nicht nehmen lassen, ein paar Worte mit Olsberg zu wechseln, viele Künstler, darunter die Chefdirigenten zweier Orchester, Sir Simon und seine zauberhafte Gattin vorneweg, hatten zugesagt, bei den übrigen Gästen handelte es sich um handverlesene Freunde und Bekannte des Ehepaars und um jene Freunde Olsbergs, deren Namen Astrid Maurer der Gastgeberin schon vor Wochen übermittelt hatte. Alles in allem etwa achtzig Personen. Fast alle hatten zugesagt.

Verena Bentz erwartete einen gediegenen und würdigen Abschluß eines fulminanten Konzerts mit Scarlatti, Beethovens Hammerklaviersonate, Schumanns Davidsbündlertänzen und einer Sonate von Samuel Barber. »Das wird bestimmt ein großartiger Abend! Ich habe Marek Olsberg nur zweimal in meinem Leben gehört, aber diese beiden Male sind mir unvergeßlich. Ganz zu Beginn seiner Karriere bei Justus in Hannover und vor zwei Jahren in der Carnegie Hall.« Astrid entging nicht, daß sie den Konzertsaal auf der letzten Silbe betonte: Carnegie Hall. Wie eine New Yorkerin.

Dann traten sie auf die Terrasse hinaus, und zum ersten Mal seit Astrid das Grundstück betreten hatte, blieb ihr beinahe die Luft weg. Vor ihr tat sich ein wunderbarer Garten auf, Labyrinth und Wald, Versteck und Park zugleich.

Verena Bentz betrachtete sie von der Seite und verhehlte nicht, wie stolz sie war, zu Recht. »Ja, der Garten ist ein Kunstwerk. Ich wäre froh, ich könnte sagen, ich selbst hätte ihn angelegt, aber dem ist nicht so.« Sie nannte den Namen eines Nachbarn, »er ist Modeschöpfer«, der »gelegentlich« selbst Hand angelegt hatte. Es war ihm gelungen, die Gegebenheiten nach seinen eigenen Vorstellungen umzuformen.

»Nicht der, an den sie vielleicht denken, nein, dieser ist noch jung, fast unbekannt und sehr begabt.

Er hat geträumt, geplant und gezeichnet. Und dann verwirklicht. Er gehört zu den wenigen Menschen, die die Fähigkeit besitzen, die Träume des Vortags in der nächsten Nacht wiederaufzunehmen. Dadurch entsteht ein Kontinuum des Unbewußten. Simone de Beauvoir besaß diese Gabe, andere Schriftsteller besitzen sie wohl auch. Es handelt sich um eine Fähigkeit, die in unserer digitalisierten Zeit verloren geht. Man kann sich denken warum. Aber das genügt selbstverständlich nicht, um das hier zu entwickeln. Das hier ist etwas Besonderes!«

Und so standen sie beide staunend und stumm vor dem Ergebnis der Pläne des Designers, ihres Nachbarn, der an diesem Abend natürlich auch zugegen sein würde. »Er liebt Musik! Er liebt Gärten! Er liebt die Welt nicht, wie sie ist, sondern wie sie wäre, wenn er deren Äußeres zu bestimmen hätte. Wir haben ihm die Gelegenheit geboten. Wir sind ihm dankbar.«

Dann wandelten sie durch den Garten, der in Wahrheit ein Park en miniature war, und Verena Bentz erklärte Astrid Maurer, was nicht zu erklären war, wenn man es nicht sah, die Wirkung der nächtlichen Beleuchtung nämlich, in der die Bäume geometrische Schatten warfen. Erst bei genauerem Hinsehen und weil Verena Bentz sie darauf aufmerksam machte, entdeckte Astrid da und dort einen kleineren oder größeren Scheinwerfer, der selbst dem Auge eines geübten Betrachters geschickt verborgen wurde. Die Träume der vergangenen Nacht wiederaufnehmen, dachte sie, wie einen fallengelassenen Handschuh. Wünschte sie sich das? Nein, lieber nicht. Obwohl… das zweite Pochen oberhalb ihrer rechten Schläfe holte sie in die Realität zurück. Sie mußte dringend ins Hotel und eine Allegro zu sich nehmen, auch wenn sie damit rechnen mußte, daß das Frovatriptan sie – anders als der Name des Mittels suggerierte – nicht munter, sondern müde machen würde. Eine lästige Nebenwirkung, gegen die sie jeweils vergeblich ankämpfte. Doch war das weniger dramatisch, als den Schmerz an sich heranzulassen. Hätte sie doch die Tabletten bei sich gehabt.

Astrid Maurer bemühte sich darum, ihren Abschied nicht übereilt erscheinen zu lassen, und nahm Verena Bentz' Angebot, vom eigenen Chauffeur ins Hotel zurückgebracht zu werden, dankbar an.

Kurz bevor sie das Haus verließ, wurde ihr die Hausdame vorgestellt, die die Zügel offenbar fest in der Hand hielt. Sie wirkte herablassend und undurchschaubar und schien sich nicht einmal von Verena Bentz etwas sagen zu lassen.

»Wir sehen uns heute abend«, sagte die Gastgeberin, und Astrid nickte, obwohl sie beinahe sicher war, daß die Migräne sie heute abend längst eingeholt und daran gehindert haben würde, die nächtliche Beleuchtung bewundern zu können. Die Hausdame stand mit starrem Gesicht hinter Verena Bentz und schaute über die beiden Frauen hinweg.

Bettina alias Marina

Marina, die eigentlich Bettina hieß, wie ihre Eltern sie nach einer berühmten Schriftstellerin getauft hatten, von der sie – zum großen Kummer ihres Vaters – nie auch nur eine einzige Zeile gelesen hatte (sie wußte nur, daß es sich um Bettina von Arnim handelte), rechnete mit einem ruhigen, entspannten Abend, als das Telefon doch noch klingelte und sie aus ihren Träumereien von einer großen Reise riß, die sie unternommen hätte, wenn alles anders gewesen wäre, als es war. Galapagos, Seychellen oder die Malediven. Das waren Orte, die sie nicht kannte und die sie, sofern kein Wunder geschah, mit einiger Sicherheit nie kennenlernen würde. Sie lag halb an- oder ausgezogen auf dem Bett, die offene Handtasche neben sich. Auf dem Nachttisch stand eine Literflasche Cola light neben einer Dose mit Salznüßchen. Als Kind war ihr am Sonntag oft langweilig gewesen. Sie hatte sich bei ihren Eltern beschwert, aber es nützte nichts. Heute genoß sie das Nichtstun wie einen Luxus. Und dabei konnte nicht die Rede davon sein, daß sie sich in irgendeiner Weise überanstrengte, wenn sie arbeitete.

Weil man ihn für seriös und ehrlich hielt, hatte man dem Kunden, mit dem sie gleich sprechen würde, ihre Handynummer gegeben. Man hatte ihm erlaubt, Marina direkt zu kontaktieren, da man ihn offenbar kannte.

Da sie auf ihrem Businesshandy nicht mit persönlichen Anrufen rechnete, setzte sie die Stimme ein, die man von ihr erwarten durfte. Das fiel ihr nicht schwer. Nicht leicht zu erklären hingegen, wie sie das machte, aber es funktionierte immer, morgens so gut wie mittags, abends wie nachts. Sie sprach sanft, aber nicht zu sanft, und zärtlich, aber nicht zu zärtlich, etwas tiefer als gewöhnlich, aber nicht zu tief, und ziemlich leise, mit scheinbar willkürlichen Betonungen:

»Hallo, hier spricht Marina«, so pflegte sie sich am Businesshandy zu melden, pflegte, das hätte ihrem Vater gefallen, aber weder mit ihm noch mit ihrer Mutter pflegte sie Kontakt. Schon seit Jahren nicht mehr.

»Mit wem spreche ich?«

Sie griff in ihre Handtasche, und ihr Mund formte einen Namen, der nicht über ihre Lippen kam, sie dachte ihn stumm, sie sprach ihn nicht aus.

Es funktionierte vielleicht auch deshalb so prächtig, weil sie sich vorstellte, auf ihren Stimmlippen vibrierten Seide und Samt, Holz und Stein, Feuer und Wasser.

Sie versuchte, sich kein Bild von ihm zu machen. Seine Stimme machte es ihr allerdings schwer, diesen Impuls zu unterdrücken. Mit Sicherheit war er nicht jung, aber auch nicht alt, und vermutlich war er erfolgreich und wohlhabend.

Er hieß Johannes, seinen Nachnamen verriet er ihr nicht, war auch nicht wichtig. Er bemühte sich darum, nicht allzu sachlich zu klingen, was ihm nur halbwegs gelang. Der Kunde wußte, was ihn erwartete. Er nahm die Dienste des Berliner Escort-Services, für den Marina arbeitete, nicht zum ersten Mal in Anspruch. Er erzählte ihr, er sei vor wenigen Stunden aus New York gekommen, lebe woanders, sagte nicht wo, habe noch einen Kunden getroffen, sei Werber, fliege morgen weiter und habe zufällig für den Abend zwei Karten in der Philharmonie, klassisch. Verheiratet war er wohl auch wie die meisten. Nichts, was aus dem Rahmen fiel. Nichts, was sie etwas anging.

»Magst du Musik?«

Sie bejahte, obwohl ihr Musik nicht viel bedeutete, was vielleicht, wie so vieles in ihrem Leben, auf ihren Vater zurückzuführen war, der ihr schon als Kind hatte beibringen wollen, wie wichtig es sei, Musik zu hören, zu lieben und zu machen. Sie hatte schon nach wenigen Klavierstunden aufgegeben, zum Ärger ihres Vaters, ihre Mutter hatte es kommentarlos hingenommen. Das Klavier – ein Erbstück, keine eigens für sie gemachte Anschaffung – stand wohl noch heute im Wohnzimmer ihrer Eltern. Sie selbst lebte ohne Musik, sie besaß bloß einen Fernseher und ein kleines Radio, keine Stereoanlage.

»Ja, ich mag Musik.«

»Wenn nicht, ist es auch egal. Wir machen uns einfach einen netten Abend. Möchten Sie vorher eine Kleinigkeit essen?« Er wechselte locker zwischen Du und Sie. Sie hatte keinen Hunger.

»Wenn ja, dann bloß eine winzige Kleinigkeit.« Sie verabredeten sich um sieben in seinem Hotel.

»Falls ich einschlafen sollte, kannst du mich gerne wekken.« Er deutete ein Lachen an und nannte seine Zimmernummer. Sie notierte sie in Gedanken. Das Westin Grand war ihr natürlich bekannt.

Sie würde sich eine Viertelstunde vor dem verabredeten Zeitpunkt einfinden und ihn vom Empfang aus anrufen. Sie würde nicht vor seiner Tür um Einlaß bitten. Kein Sex ohne gesellschaftskonformes Vorspiel.

»Mein Name ist Melzer.«

Sie starrte kurz ins Leere, überlegte und antwortete: »Marina, aber der Name spielt keine Rolle.«

»Welche Farbe?«

»Wie bitte?« sagte sie irritiert.

»Haarfarbe, nicht Hautfarbe, sorry.«

Sie beschrieb ihm die Farbe ihrer Tönung, so gut es ging. Die wahre Farbe kannte niemand außer ihr, sie war fadbraun. Sie hätte auch weitere Kennzeichen genannt, doch Melzer ließ sie nicht zu Wort kommen:

»Verraten Sie mir nicht alles, ich bin grundsätzlich ein neugieriger Mann. Ich verlasse mich auf Sie und Ihre Firma. Sie können sich im Gegenzug auf mich verlassen.«

»Ja, gerne«, sagte sie und versuchte, nicht allzu eindeutig, nicht allzu verrucht, nicht allzu ordinär oder banal zu klingen. Er hatte Mann, nicht Mensch gesagt.

Er legte zuerst auf. Sie saß einen Augenblick da, nicht untätiger als sonst. »Amadou«, dachte sie, wieder ohne es auszusprechen.

Dann rief sie bei der Zentrale an, um das Date zu covern. Sie kündigte an, um wieviel Uhr sie sich im Westin Grand einfinden würde, konnte aber nicht sagen, wie lange das Treffen dauern würde, nachdem sie die Eckpunkte des Rendezvous' genannt hatte: erst Essen, dann Philharmonie oder: erst Philharmonie, dann Essen. Und dann? Hotel? Bestimmt bis Mitternacht, wenn nicht darüber hinaus. Sie würde die Zentrale per SMS auf dem Laufenden halten.

Man kannte Melzer schon lange, er sei ein großzügiger Kunde, sagte die Mitarbeiterin, von der Marina nur die Stimme kannte. »Aber er ist selten in Berlin.« Entweder war Berlin für Melzers Arbeit nicht wichtig, oder er kam bei anderen Aufenthalten in Begleitung oder war nicht immer so kontaktfreudig wie heute.

»Weißt du, wie er aussieht?«

»Keine Ahnung. Soll ich bei der letzten Begleitung nachfragen?«

»Nein, nicht nötig. Ich sehe ihn früh genug.«

»Früh ist nie zu spät.«

Marina nahm sich die Zeit, die ihr zur Verfügung stand, um ein Bad einlaufen zu lassen und die erforderlichen Vorkehrungen zu treffen, die ein Mann für einen gut bezahlten Abend erwarten durfte: Maske, feilen, lackieren, polieren, Make-up, Parfum. Das ganze minutiöse, träge Programm.

Sie lag nicht länger als zehn Minuten in der nicht zu heißen Badewanne. Die Kosmetikerin hatte von einem längeren Verbleib im Wasser ebenso abgeraten wie vom exzessiven Aufenthalt im Sonnenstudio. Nicht nur aus gesundheitlichen Gründen, sondern auch, weil mehr und mehr Männer Frauen bevorzugten, die weniger braungebrannt waren als ihre faltenreichen Ehefrauen. Sie hatten etwas verdient, was weniger vulgär war als das, was sie zu Hause erwartete.

Marina war mit sich zufrieden. Es gab Lästigeres, als mit einem Kunden ins Konzert zu gehen. Besser in der Philharmonie, wo sie die Augen schließen konnte, als in Begleitung eines Wirtschaftsprüfers oder Schweizer Berlintouristen in der Ständigen Vertretung, die für gewisse Leute noch immer als Attraktion galt, die man auf keinen Fall verpassen durfte.

Claudius, ohne Nico

Bei aller zur Schau getragenen Selbstironie, die seine natürliche Arroganz nur unzulänglich verdeckte – und wohl auch gar nicht völlig verdecken sollte –, war Claudius im Grunde seines Herzens nicht nur davon überzeugt, daß er einzigartig sei, sondern auch, daß er von allen geliebt würde, egal, wie er sich gegenüber seinen Mitmenschen benahm. Um sich seine Wertschätzung zu erhalten, so glaubte er insgeheim, waren sie bereit, ihm jede Gemeinheit zu verzeihen. Die Tatsache, daß er dennoch nicht besonders viele Freunde hatte, beunruhigte ihn nicht sonderlich, da er davon überzeugt war, daß er allein die Entscheidung traf, wie viele Freunde er haben wollte oder nicht.

Daß er sich diesmal offenbar verrechnet hatte, begann ihm zu dämmern, als das Taxi, so sachte wie man es sich nur wünschen konnte, vor der Philharmonie hielt. Von Nico fehlte jede Spur. Einige der Männer, die herumstanden und an ihren Weißweingläsern nippten, mochten Augenweiden sein, die es mit Nico in mancher Hinsicht aufnehmen konnten, ersetzen konnte ihn keiner. Noch nicht. Im übrigen war die erdrückende Mehrzahl in Begleitung hübscher Frauen.

Doch Claudius gab die Hoffnung nicht auf. Er bezahlte das Taxi, stieg aus und blickte sich um. Er betrat die Kassenhalle, in der Nico, wäre er da gewesen, auf Claudius hätte warten müssen, da dieser im Besitz der beiden Eintrittskarten war, nach denen er nun griff. Sie hatten nicht die Macht, ihn herbeizuzaubern.

Auch hier haufenweise Leute, darunter einige flüchtige Bekanntschaften, deren Namen er sich nicht gemerkt hatte, auch hier war Nico nicht. Claudius sah auf die Uhr. Halb acht. Es blieb ihm noch eine knappe halbe Stunde, in der er unter idealen Bedingungen ein Glas Champagner getrunken hätte, vielleicht ein zweites. Daß er heute noch mit Nico anstoßen würde, wurde mit jeder Minute, die verstrich, unwahrscheinlicher. Von einem Happen Essen ganz zu schweigen. Sein Magen knurrte. Daß ihm flau wurde, hatte, wie er ahnte, nichts damit zu tun, daß er hungrig war. Es war der physiologische Alarm einer Enttäuschung, die er nicht in den Griff bekam. Er trat von einem Bein auf das andere, ging vor den großen Fensterscheiben auf und ab, blieb vor einem der Bullaugen stehen, zu denen der Architekt durch die Hafenbesuche seiner Kindheit inspiriert worden war, und bemühte sich darum, nicht allzu auffällig durch die Scheibe nach Nico Ausschau zu halten. Das demütigende Warten machte ihn wahnsinnig. Aber für Wahnsinn war an diesem Ort kein Raum. Claudius würde so lange wie möglich hier nach ihm Ausschau halten, aber mit jeder Minute, die verging, wurde die Hoffnung weniger. Schicht um Schicht fiel sie von ihm ab.

Dann entschloß er sich zum Äußersten, Nico anzurufen und sich zu entschuldigen, notfalls zu belügen und irgendeine Anstellung bei Heinrich & Brutus in Aussicht zu stellen. Hauptsache, er kam jetzt zurück. Sofort. Er wählte die Nummer. Daß er damit so lange gezögert hatte, lag daran, daß er genau das erwartet hatte, was nun ertönte. Nicht etwa Nicos unbeherrschte Stimme, sondern die des anonymen Anrufbeantworters. Als er das Handy zuklappte, stieß er mit einer Frau zusammen, deren starkes Parfum ihn daran erinnerte, daß es auch eine Außenwelt gab. Sie entschuldigten sich beide, die Frau wandte sich um und eilte zu den Garderoben.

Er gab ihm noch zwölf Minuten. Noch neun. Noch sieben. Noch sechs. Noch drei. Aber der Countdown lief ins Leere. Wie alles an diesem verdammten Abend. Wer Claudius beobachtete, sah einen etwas gesetzten Mann – wie man früher gesagt hätte, er selbst hätte sich natürlich nicht so beschrieben –, einen unauffällig gekleideten Mann um die fünfzig, der immer wieder ungeduldig auf seine Armbanduhr blickte. Zehn Minuten vor Beginn des Recitals durchschritt der einsame Konzertbesucher die Schranke, die ihn von Nico und all den anderen trennte, die draußen blieben. Während der Einlasser seine Eintrittskarte scannte, schaute sich Claudius ein letztes Mal nach Nico um. Er war nicht da. Es gab kein Zurück. Er würde nicht kommen. Er drückte dem Mann die zweite Eintrittskarte in die Hand. »Ein junger Mann namens Nico, falls er doch noch kommt.« Ein letzter fahler

Funke Zuversicht. Der Einlasser nickte und steckte die Karte in seine Brusttasche.

Außer sich vor Wut hätte er schreien können, als das Licht im Saal ausging. Der Gedanke, daß er Olsberg die Beute, die er gemacht hatte, nicht würde präsentieren können, versetzte ihn in Rage. Was für eine Genugtuung wäre es gewesen, Marek, den er einst so geliebt und der ihn verlassen hatte, vorzuführen, daß das Leben auch ohne ihn weiterging. Und wie es weiterging! Und mit welch einer Beauté!

Marek und Astrid, Dr. Hiller und sein Assistent

Am Tag vor dem Konzert waren Marek Olsberg und seine Sekretärin um drei Uhr mit dem Taxi zur Philharmonie gefahren. Astrid Maurer hatte einige Tage zuvor – noch aus Tokio – einen Termin mit dem Klaviertechniker verabredet. Dr. Hiller erwartete sie in Begleitung seines Assistenten am Bühneneingang. Astrid hatte dafür gesorgt, daß dieses Treffen so ungezwungen wie möglich verlief, Marek wünschte weder den Intendanten noch sonst irgendeine offizielle Person zu sehen, die ihn von seiner vordringlichen Aufgabe ablenken würde. Alles andere – Begrüßung, toi toi toi und so weiter – würde sich am Abend des Konzerts noch früh genug erledigen lassen. Er könne sich unbedingt auf die Rücksichtnahme der Direktion verlassen, hatte ihr der künstlerische Produktionsleiter, mit dem sie das Meeting verabredet hatte, versichert.

Daß Hiller, der eine dunkle Brille trug, blind war, bemerkte Astrid erst, als er auch sie – wie gewohnt nach Olsberg – mit Handschlag begrüßte und ihre Rechte nicht mehr als um Haaresbreite verfehlte. Es entstand ein geringfügiger Moment der Irritation, mehr nicht. Kein Wort darüber. Und kein Blick.

Olsberg gegenüber wirkte er weder gehemmt noch zu selbstsicher, er machte einen entspannten und verbindlichen Eindruck. Daß er ein erstklassiger Fachmann war, stand außer Zweifel. Ein Mann von vielen Worten war er nicht.

Hiller war spürbar darum bemüht gewesen, seinen von Natur aus und berufsbedingt vermutlich beherzteren Händedruck abzuschwächen. Er wollte die Hand des Pianisten schonen. Ein Entgegenkommen, das ihn der tägliche Umgang mit den bedeutendsten Pianisten der Welt gelehrt hatte. Während die Behandlung der Klaviere eine Menge Kraft erforderte, verlangte die Betreuung der Pianisten Feingefühl und Zurückhaltung. Marek hatte von Stimmern gehört, die von weniger bedeutenden Pianisten, als er einer war, auf das Unangenehmste zurechtgewiesen worden waren, wenn sie es daran fehlen ließen.

Der blinde Dr. Hiller bewegte sich in dieser Umgebung so alert, daß die Behinderung, die sein Gehör, wie zu vermuten war, überdurchschnittlich geschärft hatte, zunächst gar nicht auffiel. Ohne Hilfe eines Stocks folgte er – den Gehilfen stets in seiner Nähe – den anderen durch das Treppenhaus hinunter in den Keller, wo sich hinter einer schweren Eisentür das Klavierlager mit dem großen Aufzug befand, in dem die ausgewählten Instrumente direkt auf das Podium hochgefahren werden konnten. Seine Bewegungen hatten nichts Tastendes, nichts Unsicheres, im Gegenteil etwas fast ungeduldig Bestimmtes, als habe er keine Zeit mit Firlefanz zu verlieren. Nicht er, sondern sein Assistent hatte die Tür geöffnet und Licht gemacht.

»Bitte, treten Sie ein, schauen Sie sich um, und wählen

Sie das Instrument aus, das Ihnen zusagt. Und fühlen Sie sich in keiner Weise gedrängt«, fügte Hiller nach einer kurzen Pause hinzu. Sie hatten Zeit, und an diesem Abend fand kein Konzert statt.

Da sich Olsberg nicht an den Flügel erinnerte, auf dem er bei seinem letzten Auftritt in Berlin gespielt hatte – solche Details notierte er nicht in seinen Heften –, hielt er es für unumgänglich, alle Instrumente auszuprobieren, die in Frage kamen. Und selbst wenn er sich das Instrument gemerkt hätte, wäre seine Neugierde, einen neu erworbenen Flügel auf seine Eignung zu prüfen, größer gewesen als das Vertrauen auf eine drei Jahre zurückliegende Erfahrung. Es konnte immer etwas Überzeugenderes nachgekommen sein.

Da er zu verstehen gab, daß er ein leichtgängiges Instrument bevorzugte, also nicht einen jener etwas widerborstigen Flügel, wie Brendel sie stets favorisiert hatte, konnten auf Anhieb mindestens drei der hier geparkten Luxusliner ausgeschlossen werden.

Für den Fazioli, dessen schlanken, eleganten Klang Olsberg dem kraftvollen, nobleren des Steinway vorgezogen hätte, wäre nur Schumann in Frage gekommen. Da er sich vor langer Zeit dafür entschieden hatte, in der Öffentlichkeit – anders als im Studio – ausschließlich auf Steinways zu spielen, schloß Olsberg ihn aus. Hiller schien darüber informiert zu sein. Jedenfalls genügte eine Andeutung, um ihm Olsbergs Vorlieben in Erinnerung zu rufen, falls das überhaupt nötig war.

»Was meinen Sie?«

»Ich denke an genau vier, die Ihnen entgegenkommen dürften«, antwortete Hiller.

Waren sie sich schon einmal begegnet? Mit Sicherheit hätte Marek sich an ihn erinnert. Hiller war ein hübscher Mann und kitzelte in ihm einen Instinkt, den er an sich kannte, aber nicht schätzte, da er ihm bislang eher Verdruß als Freude bereitet hatte: den Instinkt, einen Schutzbedürftigen beschützen zu wollen. Daß er blind war, tat seinem guten Aussehen keinen Abbruch, im Gegenteil, es erhöhte seinen Reiz. Es lief der Behinderung gewissermaßen den Rang ab.

Hiller gab seinem Assistenten, der ihm auch jetzt nicht von der Seite wich, Anweisungen, was zu tun sei. Er nannte ihn nur bei seinem Vornamen, Boris. Boris, der eher wie ein Südländer denn ein Russe aussah, nahm die wattierten Schutzhüllen von den vier in Frage kommenden Steinway D, stemmte die schweren Flügeldeckel hoch und fixierte sie mit den Stützstäben. Doch es war Hiller, der die Tastaturklappe hochschlug.

Olsberg setzte sich unverzüglich an den ersten Flügel und spielte, ohne eine Sekunde zu zögern, die ersten Takte der Ungarischen Rhapsodie Nr. 15, die alle Fragen beantworten würden, die seinem Empfinden nach beantwortet werden mußten. Sie würden die Vor- und Nachteile des Instruments innerhalb kürzester Zeit offenlegen. Es ging dabei nicht darum, Mängel zu bestimmen, sondern eine Übereinstimmung zwischen seinen idealen Vorstellungen und den tatsächlichen Gegebenheiten zu ermitteln. Er gelangte schnell zu einem – unbefriedigenden – Resultat. Die brillanten Höhen, die den Bässen folgten, konnten nicht darüber hinwegtäuschen, daß die Bässe, deren Wärme dem Ohr zunächst geschmeichelt hatte, wattig und brummig tönten.

Wortlos und ohne eine Miene zu verziehen, setzte er sich an den nächsten offenen Flügel. Astrid musterte Hiller mit unverhohlener Neugierde. Sie hatte einen blinden Onkel gehabt, der jahrein, jahraus mit seiner Frau und zwei schweren Koffern durch die Dörfer gezogen war, um den Hausfrauen, die sie von anderen Besuchen kannten und sich immer wieder gnädig erbarmten, weil sie selbst kein solches Schicksal zu erleiden hatten, irgendwelche Haushaltsprodukte, vor allem Bürsten und Putzmittel, feilzubieten. Das Mitleid war größer als der Ärger über die Störung gewesen.

Doch dieser Mann, der sie an den verstorbenen Onkel mit der ganz in seinem Schatten verschwindenden Frau erinnerte, hatte nichts mit ihm gemeinsam außer, daß auch er nichts sah. Und selbst das war an ihm anders als an der betrüblichen Figur, die ihr Onkel und die demütige Gattin abgegeben hatten.

Inzwischen saß Olsberg am dritten Flügel, und der, so gut kannte sie ihn, würde ihm zusagen. Sie bildete sich nichts darauf ein, daß sie recht behielt, aber auf ihre akustische Bildung, die mit jeder dieser Sitzungen zunahm, war sie stolz. Während der zweite Steinway im Diskant spitz, in den Tiefen leicht mulmig und dadurch im Zusammenklang der Register bei gewissen Akkorden etwas disproportioniert getönt hatte, waren die Register des Instruments, auf dem Liszts Probestück jetzt erklang, vollkommen ausgeglichen, oder jedenfalls genau so, wie Olsberg es sich wünschte. Er unterbrach abrupt, fast schmerzhaft, stand auf und wollte, zu Hiller gewandt, etwas sagen, als ihm dieser bereits das Wort aus dem Mund nahm. »Das müßte er sein, nicht wahr?« Olsberg, der nicht leicht aus der Fassung zu bringen war, staunte und nickte. Dann sagte er: »Richtig. Das ist er.« Seiner Regung, Hiller übers Haar zu streichen, gab er natürlich nicht nach, aber er verspürte sie überdeutlich. Er hatte, wie die meisten Menschen, nie Sex mit einem Blinden gehabt. Zum ersten Mal war ihm das Verlangen danach nicht mehr fremd.

Es war nicht nötig gewesen, die langwierige Arbeit einer Klangregulation vorzunehmen, die Filze zu perforieren, um sie luftiger zu machen, wodurch der Klang insgesamt weicher geworden wäre – eine Arbeit, die mit Sicherheit der Assistent unter Anleitung seines blinden Vorgesetzten durchgeführt hätte –, denn Marek Olsberg hatte den richtigen Flügel gefunden. Er sagte zu Hiller, was er in diesen Augenblicken stets zu sagen pflegte:

»Ich habe mich entschieden. Ich bin sicher, das Klavier übersteht die Behandlung.«

Dr. Hiller lächelte fein in sich hinein wie ein Chinese, neigte den Kopf und sagte: »Davon bin ich felsenfest überzeugt.«

Esther und Solveig

»Was sagst du zu meiner neuen Frisur«, wollte Solveig wissen, und gerade noch gelang es Esther – so jedenfalls glaubte sie –, sich nicht anmerken zu lassen, daß sie bisher gar nicht bemerkt hatte, um wie viel voller Solveigs gelichtetes Haar geworden war. Ein Wunder! Mein Gott, toll, sie hatte sich endlich fremdes Haar ins echte knüpfen lassen! dachte sie. Echthaar. Haarverdichtung. Extension. Alle diese Begriffe schossen ihr in diesem Augenblick durch den Kopf. Sie selbst hatte bislang nicht auf diese Methode zurückgreifen müssen, da ihr Haar von Natur aus voll war.

Daß ihr Solveigs Veränderung bislang nicht aufgefallen war, lag wohl daran, daß sie ihre gewohnte Haarfarbe beibehalten hatte, die dunkel gesträhnte Blondierung, an die sich jeder längst gewöhnt hatte, gewiß auch Jürgen, ihr Mann, der sie – aus heiterem Himmel, wie sie behauptete, wie jede Frau behauptete – verlassen hatte, aus einem einzigen, alles andere als originellen Grund namens junge Frau. Für diese junge Frau, deren Namen im Freundes-

und Bekanntenkreis niemals auszusprechen man stillschweigend übereingekommen war – niemand schien ihn zu kennen, er fiel niemals –, war er bereit gewesen, sich von Solveig zu trennen. Ziemlich schnell. Um genau zu sein, rasend schnell, als hätte er sich schon seit Monaten darauf vorbereitet. Und wie es aussah für immer. Für immer? Obwohl sie keine Kinder hatten. Trotz der langjährigen Ehe. Wegen der langjährigen Ehe. Wegen der Kinderlosigkeit, die ihm plötzlich zu schaffen machte. Trotz der Kinderlosigkeit. Wie das eben so kommt. Es war ihm offenkundig nicht schwergefallen. Um so schwerer litt Solveig natürlich unter dem Verlust ihres Mannes, ihres Status, ihres Selbstwertgefühls.

»Ja, finde ich toll. Finde ich wirklich sehr gut«, sagte Esther begeistert und ließ sich das Wort »Extension«, das Solveig auf den Lippen brannte, förmlich aus dem Mund nehmen.

»Du kennst das?«

»Ja, natürlich.«

»Schon mal selbst probiert?«

Esther schüttelte den Kopf. Nicht nötig. Das sagte sie nicht, das wußte Solveig ja.

Zum ersten Mal, seit sie sich vor wenigen Minuten vor dem Haupteingang der Philharmonie getroffen hatten, lächelte Solveig, der das Lachen in den letzten Monaten gründlich vergangen war. Schwer vorstellbar, daß die erschöpft wirkende Frau noch vor einem Jahr ein Bündel munter fließender Energie gewesen war, deren guter Laune man sich nur schwer hatte entziehen können. Hatte sie früher alles besessen, was im Leben zählte, war ihr mit dem Ehemann mit einemmal alles abhanden gekommen, was es in ihren Augen sicher und lebenswert machte. Nun teilte sie das Schicksal aller Frauen, die unerwartet aus ihrem Glück verbannt worden waren. Bis zu dem Tag, an dem Jürgen sie verlassen hatte, war ihr der erreichte Zustand als der einzig erstrebenswerte erschienen. Hatte sie deswegen gedacht, es würde ewig halten? Niemand, der störte, niemand, der das Glück mit ihnen teilen wollte, niemand, der etwas verlangte, was sie nicht geben wollte.

Ihr neues kräftiges Haar schien irgendwie darauf hinzudeuten, daß sie nicht nur äußerlich auf der Suche nach männlichem Ersatz war. Sie war ein bißchen zu alt, aber noch nicht alt. Sie machte sich Hoffnungen, das war die Hauptsache, die Enttäuschung würde früh genug erfolgen. Und es geschahen auch Wunder.

Und so begann sie von dem neuen Friseur zu erzählen, »der erst seit kurzem bei Beige, du weißt schon, angestellt ist, den ich überhaupt nicht kannte und von dem ich mich, ehrlich gesagt, eigentlich gar nicht hatte bedienen lassen wollen, Mensch, wie das klingt: ›Bedienen lassen‹, aber hätte ich ihm das ins Gesicht sagen sollen? Oder etwa Oliver, der ihn mir ohne zu fragen aufs Auge gedrückt hatte? So was tut man nicht, na ja, so was tue ich nicht, und ich habe es auch nicht getan, und ich habe es wirklich nicht bereut.«

»Er ist vermutlich –«

In diesem Augenblick stieß Esther mit einem untersetzten, aber nicht unsportlich wirkenden Mann zusammen, der entgeistert von seinem Handy aufsah – kein iPhone, wie sie aus den Augenwinkeln feststellte – und sich sofort entschuldigte, wie sie übrigens auch. Entgeistert wegen der Nachricht, die er eben gelesen hatte oder wegen des Zusammenstoßes? Solveig ließ ihr keine Gelegenheit, sich darüber den Kopf zu zerbrechen, sie war in Fahrt geraten.

»Nein, eben nicht.«

»Eben nicht was?«

»Du meintest doch sicher, er sei schwul, oder nicht?«

»Also nicht?«

»Nein, überhaupt nicht, das war ja das Merkwürdige, daß ich ihn für schwul gehalten habe, einfach weil er gut aussieht und weil er sich im Grunde genau so benimmt, wie sich schwule Friseure benehmen, du weißt schon, nett und zugewandt und spitzzüngig und ein Frauenversteher und dabei in Wirklichkeit überhaupt nicht an dir, sondern bestenfalls an deinem pubertierenden Sohn interessiert. Naja, das Übliche halt. Aber dann wurde mir ziemlich bald klar, daß ich mich getäuscht hatte. Daß er überhaupt nicht schwul ist. Aber auch nicht verheiratet. Und so entstand während der drei Stunden, die die Extension dauerte, so etwas wie ein Flirt.« Wie immer, wenn Solveig englische Wörter benutzte, schlug ihr süddeutscher Ursprungsdialekt durch. »Wir haben uns bestens unterhalten, bestens! Vielleicht muß man das sogar anders nennen.«

»Und du hast dich wirklich nicht getäuscht?«

»Warum sollte ich?« Solveig stutzte. Abrupt wendete sie sich Esther zu, die sofort merkte, daß sie einen Fauxpas begangen hatte. »Du meinst, wenn er nicht schwul war, war er bloß nett, weil er Mitleid hatte?«

»Nein, natürlich nicht. Natürlich nicht.«

Sie hätte wissen müssen, daß Solveig seit der Trennung von Jürgen dazu neigte, jede Bemerkung, die sich zu ihren Ungunsten auslegen ließ, exakt zu ihren Ungunsten auszulegen. Auch jetzt. Esther mußte aufpassen, sich nicht zu verhaspeln, um das Mißverständnis nicht noch aufzublasen. Solveigs Zustand war nun einmal labil, auch wenn sie glaubte, der Friseur habe sich tatsächlich in sie verliebt. Sie durfte also nicht fragen, ob er sie schon angerufen habe oder wie alt er eigentlich sei.

»Laß uns was trinken, ich bin durstig«, sagte Solveig unvermittelt, was Esther aufhorchen ließ. Sie hatte sich getäuscht. Entweder hatte Solveig ihre unbedachte Bemerkung nicht in den falschen Hals gekriegt oder sie war nicht als solche bei ihr angekommen. Umso besser. Sie passierten den Einlaß und gingen auf die Bar zu.

»Und wie geht es Thomas?«

»Er sitzt zu Hause und langweilt sich ohne mich«, erwiderte Esther und bemühte sich, weder stolz noch eingebildet zu klingen, nur lustig oder ironisch. Es sollte nicht aussehen, als würde sie sich etwas darauf einbilden, daß ihre Ehe noch immer funktionierte, trotz der Kinder, für die sie eine Menge aufgegeben hatte, was Solveig aufzugeben nicht bereit gewesen war. Sie hatte unbeirrt und sehr erfolgreich in ihrem Beruf weitergearbeitet, bis sie schließlich der Rechtsabteilung der großen brandenburgischen Privatklinik vorstand, bei der sie als kleine Juristin angefangen hatte, noch bevor sie ihrem späteren Ehemann begegnet war. Am Ende ihrer doppelten Erfolgsgeschichte hatte er seine Sachen gepackt und sie verlassen.

»Nein, im Ernst, er hat viel zu tun, er hat viel zuviel zu tun, seitdem er stellvertretender Chefarzt der Klinik ist«, jener Klinik, in der auch Jürgen gearbeitet hatte, bevor er sich selbständig gemacht hatte. So weit ging sie nicht, das Krankenhaus nicht zu erwähnen, bloß weil auch Jürgen dort angestellt gewesen war, zu einer Zeit, in der Solveig und er glücklich gewesen waren. Es mußte Solveig einen Stich versetzen, doch wie hätte Esther das vermeiden können?

An der Theke bestellten sie zwei Gläser Sauvignon blanc, und während Esther den ersten Schluck nahm und noch bevor sie behaupten konnte, das unverwechselbare pfeffrige Pfirsicharoma, das sie an die Weinberge von Stellenbosch erinnerte, sofort herauszuschmecken, bemerkte sie staunend, wie Solveig sich nicht nur ungeniert nach alleinstehenden, beziehungsweise allein herumstehenden Männern umblickte, sondern diese, sobald sie Augenkontakt hergestellt hatte, mit einer Dreistigkeit fixierte, die sie ihr niemals zugetraut hätte. Sie schien ihr in diesem Moment völlig verändert.

Natürlich enthielt sie sich jeder Bemerkung und sagte statt dessen: »Ein wunderbares Pfirsicharoma, schmeckt man gut heraus, findest du nicht, dieses leicht pfeffrige Aroma, das erinnert mich immer an Stellenbosch, obwohl ich gar nicht weiß, ob es sich hierbei nicht vielleicht doch um irgendein deutsches Gewächs handelt.« Ob sich Solveig über ihr befremdliches Benehmen im Klaren war?

»Ja, wahrscheinlich irgend etwas Unstrutiges«, warf Solveig ein und zuckte mit den Achseln.

»Die produzieren keinen Sauvignon«, sagte Esther.

»Nein, aber bist du sicher, daß es ein Sauvignon ist?«

»Ziemlich sicher. Auf jeden Fall kein Riesling und kein Müller-Thurgau. Wir haben doch einen Sauvignon bestellt.« Sie wollte dieses absurde Gespräch nicht weiterführen, aber es war die einzige Möglichkeit, Solveig von den einsamen Herzen abzulenken, denen sich zuzuwenden ihr offenbar nicht peinlich war. Ihre Erleichterung war also groß, als der Gong ertönte und zum Aufbruch mahnte.

Klara und Sophie

»Ich hätte aber gerne Schokolade.«

Es gab keine Schokolade, weder heiße noch kalte, und dennoch insistierte Klara, als hinge ihr ganzes Glück davon ab.

»Tut mir leid.« Das Mädchen hinter der Theke lächelte und wartete. Sie war kaum älter als sie. Sie wartete, bis Klara sich beleidigt umdrehte und ihre Tante einfach stehenließ. Sophie bestellte einen Kaffee und entschuldigte sich.

»Macht doch nichts«, sagte das Mädchen hinter der Theke. »Macht wohl was«, erwiderte Sophie und schob den doppelten Betrag über die Theke. Warum gab sie sich mit Klara ab? »Und bitte geben Sie mir einen doppelten Cognac.« Sie legte noch einmal unverhältnismäßig viel Geld auf die Theke, ohne das Rückgeld zu nehmen.

Je unvernünftiger und verzogener sich Klara benahm, desto stärker erinnerte sie Sophie an ihre Schwester. Klara, die Alma äußerlich nicht ähnlich sah, war ihr aus der Seele geschnitten. Es gab kaum einen Unterschied. Klara war erwachsen geworden, was ihr offenkundig nicht gut getan hatte. Nachdem die schützende kindliche Unschuld sich verflüchtigt hatte, kam etwas zutage, was dem unbestechlichen Blick Sophies nicht mehr entging.

Sophie bereute, ihr ungezogenes Patenkind in die Philharmonie eingeladen zu haben. Und plötzlich reuten sie auch die achtzig Euro, die sie für Klaras Karte bezahlt hatte. Sie hatte damit weder sich noch ihr eine Freude bereitet, das Unbehagen war auf beiden Seiten offenbar gleich groß, mit dem einzigen Unterschied, daß Klara ihre Abneigung offen zeigte, während Sophie sie unterdrückte. Beherrschung war schon für ihre Schwester ein Fremdwort gewesen, sie hätte wissen müssen, daß es sich bei ihrer Tochter nicht anders verhielt. Wie seltsam, daß sie bislang nicht hatte wahrhaben wollen, daß man es bei Klara mit einer gestochen scharfen Kopie ihrer Schwester zu tun hatte. Sie empfand so etwas wie Abneigung.

»Du hättest zur Bedienung ruhig ein bißchen netter sein können, was kann sie dafür, daß nicht alle deine Wünsche in Erfüllung gehen?« Der ironische Unterton traf ins Schwarze. Statt beleidigend war Klara nun erst einmal beleidigt.

»Du hast viel Ähnlichkeit mit deiner Mutter. Als sie so alt war wie du, war sie genauso«, sagte Sophie in einem

Ton, als würde sie ihrer Nichte damit eine besonders unerfreuliche Erkenntnis offenbaren. Doch Klara schaute weg, als hörte sie nicht zu. Vielleicht verstand sie Sophies Spitzen nicht so, wie sie verstanden werden sollten. Immerhin entfernte sie sich.

Sophie nahm ihren Kaffee im Stehen an der Theke. Doch heimlich beobachtete sie ihre Nichte, die verloren – oder einfach grenzenlos lässig – zwischen den Konzertgängern herumstand. Nachdem sie den Cognac in zwei großen Schlucken getrunken hatte, fühlte sie sich stark genug, um auf Klara zuzugehen, die ihr jetzt, da der Alkohol sie etwas beruhigt hatte, fast leid tat.

»Du wirst den Abend schon lebend überstehen«, sagte sie, als sie nun neben ihr stand, doch der Scherz kam nicht an, obwohl sie versucht hatte, nicht säuerlich zu klingen.

»Hast du was getrunken?« fragte Klara unvermittelt und sah sie an. Hatte sie hinter ihrem Rücken neue Geschütze aufgefahren?

»Wieso?« sagte Sophie.

»Ich finde, du riechst nach Alkohol.«

Das Feuer war also eröffnet.

»Das laß mal meine Sorge sein.«

»Du hast ein Problem damit, nicht wahr?«

»Was meinst du mit ›ein Problem‹?«

»Du hast einen doppelten Cognac bestellt. Findest du das normal? Ich meine, um diese Zeit, vor dem Konzert? Ein doppelter Cognac macht eine halbe Stunde später 1,1 Promille. Fahren dürftest du damit jedenfalls nicht mehr. Auch in zwei Stunden nicht. Aber keine Angst, ich mach mir deshalb nicht in die Hosen. Ich hab keine Angst, weder vor dir noch vor deinen Fahrkünsten. Weder vor dir noch vor meiner Mutter noch vor Klaus. Ich kann auch mit der S-Bahn nach Hause fahren.«

Klaus war der neue Vater. Klaus war Klaras Stiefvater.

Sophie war nicht imstande, klar zu denken. Klar Klara. Nach dem, was sie eben gehört hatte, war sie unfähig, ihre Gedanken zu ordnen. Was hatte Klara eben gesagt? Was? Was war das? Hatte sie etwa geträumt? Hatte sie bloß fantasiert? Sie versuchte zu glauben, sie habe geträumt. Wo bin ich, dachte sie. In der Philharmonie. Genau, da bin ich. Genau da bin ich. Kurz vor dem Konzert. Am besten ein Blick auf die Uhr. Es war, als hätte Klara sie mitten ins Gesicht geschlagen. Was tun? Es brannte. Zurückschlagen! Natürlich, was sonst! Zurückschlagen. Sie hob die Hand zum Schlag, wollte hinlangen und zuschlagen, aber sie verfehlte das Ziel, weil sich das Ziel schon entfernt hatte. Das Ziel war ein paar Schritte weitergegangen. Es hatte sie einfach stehen lassen. Mitten unter den Leuten. Mitten unter den Fremden. Wofür hielt sie sie? Doch nicht etwa für eine Alkoholikerin? Sie wollte sie zur Rede stellen. Sie mußte das klären, auf der Stelle. Was meinst du damit, hältst du mich für eine Alkoholikerin oder was!

»Hallo, Sophie, Sie hier?!«

Sie erkannte Solveig Schwarz nicht gleich, denn ihr war schwarz vor Augen, und was nicht schwarz war, flatterte in Pünktchenform herum.

»Alles okay?«

»Doch, doch! Ich suche meine Nichte« – und sie blickte sich um.

Solveig, ihre Kollegin aus der Rechtsabteilung, ihre Chefin, um es genauer zu sagen, die Überfliegerin, der auf dem steilen Weg nach oben der Mann abhanden gekommen war, stand ihr gegenüber. Sie war in Begleitung einer anderen Frau, die Sophie sanft zulächelte, während sie ihr die Hand hinstreckte. Die meinten das doch nicht ernst! Wozu diese angestrengte Herzlichkeit, diese anstrengende Freundlichkeit, die sie nicht erwidern konnte!

Ein Lamm, dachte Sophie, aber nicht dumm. Schafdumm, lammfromm.

»Darf ich vorstellen, das ist meine Freundin Esther.«

Roch man den Alkohol? Sophie brachte die Lippen kaum auseinander. War die Schwarz lesbisch geworden, nachdem ihr der Mann davongelaufen war?

»Wo ist bloß meine Nichte? Ich bin mit meiner Nichte hier. Einen Augenblick. Klara?«

Sie ließ die beiden Frauen einfach stehen, als handelte es sich bei dieser Nichte um ein entlaufenes Kleinkind, das sich allein in der Menge fürchten und gleich flennen würde. Fürchten und flennen, so war Sophie zumute. Was dachte sich dieser schreckliche, böse Abklatsch ihrer schrecklichen, bösen Schwester! Dann sah sie sie, schon auf der Treppe, drehte sich noch einmal um, winkte Solveig verständnisheischend zu, zuckte entschuldigend mit den Achseln und lief los. Lief auf ihr Patenkind zu, achtete darauf, nicht zu stolpern und nicht zu weinen. Sie würde sich in der Toilette erst einmal frisch machen. Hatte sich lächerlich gemacht. Oder übergeben. Oder beides. War doch sowieso alles egal.

»Geh schon mal rein, wenn du willst«, sagte sie und reichte Klara auf halbem Absatz das Ticket. »Frag jemanden von den Platzanweisern, wo der Platz ist, falls du ihn nicht findest, ich bin gleich da.« Sie hatte den Eindruck, einen gefaßten Eindruck zu machen.

Sich ein Herz fassen! Sich frisch machen! Sich zusammenreißen! Sie wußte, was sie an Klara irritierte. Es war nicht die Erinnerung an Alma als junges Mädchen, es war nicht die nervige Schnippischkeit, die sie so angriffslustig zur Schau trug, auch nicht das Desinteresse und die weiteren altersbedingten Launen, es war die Art, wie sie ihr zeigte, daß sie Sophie durchschaute. Es hatte mit Klaus zu tun. Sie spürte Sophies Neid. Daß alles, was sie unglücklich machte, mit Klaus zusammenhing, mit Almas Mann, Klaras Stiefvater, auch die Tatsache, daß sie hin und wieder etwas Alkohol brauchte, um sich aufzurichten und zu entspannen. Ohne Alkohol hätte sie sich vielleicht gar nicht mehr in Gesellschaft gewagt.

»Ich mache mich frisch«, murmelte sie, aber das hörte Klara gewiß nicht.

Esther und Solveig

»Was hat denn deine Kollegin?« fragte in diesem Augenblick Esther ihre Freundin Solveig.

»Keine Ahnung. Kein einfacher Fall, wir gehen davon aus, daß sie mehr trinkt, als ihr guttut, na ja mehr, als jeder Frau guttut. Einfach zuviel.«

»Auch während der Arbeit?«

»Vermutlich gerade während der Arbeit, sonst wäre es ja keinem aufgefallen.«

»Das heißt, sie steht auf der Kippe?«

»Wir werden ihr möglicherweise nahelegen, sich therapieren zu lassen, bevor wir sie – eventuell – rausschmeißen. Falls wir uns dazu gezwungen sehen.«

»Bist du für so was zuständig?«

»Um Gottes willen, nein, das ist Aufgabe des Personalchefs. Darum muß ich mich Gott sei Dank nicht kümmern.«

Marina und Johannes

Er wußte sofort, daß er die richtige Entscheidung getroffen hatte, als er Accompagnato Berlin angerufen hatte, diesen Escortservice und keinen anderen. Einmal mehr hatten die diensthabenden Organisatoren augenfällig ihr Bestes getan, um ihn zufriedenzustellen. Nicht weil sie ihn kannten, sondern weil sie sich darum bemühten, jeden zufriedenzustellen. Ein Blick genügte. Eine Herausforderung. Er erkannte sie sofort, er hätte sie unter Hunderten erkannt. Das mußte Marina sein. Was für ein unpassender Name für ein so oberklassiges Geschöpf. Oberklassig, das traf es. Sie hatte ja absolut nichts Anstößiges an sich. Wenn etwas beunruhigend war, dann die Tatsache, daß man ihr nicht ansah, womit sie ihr Geld verdiente – und daß er sie dennoch erkannte. Das zeugte von seiner Menschenkenntnis. Sie war genau das, was er wollte. Als würde sie seine geheimsten Wünsche besser kennen als er selbst, denn eine Frau wie diese hatte er sich nicht einmal zu erträumen gewagt. Einfach umwerfend.

Noch bevor sie ihm einen Blick zugeworfen hatte, war er schon überzeugt, daß niemand sonst als diese junge Frau dort, die aufrecht in einem der weißen Sofas saß und scheinbar menschenscheu durch alles hindurchblickte, was sie umgab, jene Marina sein mußte, die mit Sicherheit nicht Marina hieß, sondern Meike, Mendy oder Steffi. Die, die ihn an diesem Abend begleiten würde.

Unvergleichlich, seine zweibeinige, einseitige Eskorte für eine Nacht, vom Himmel geschickt und trotzdem terrestrisch bezahlbar. Genau das Richtige für einen Angelophilen wie ihn. Eine Welle Rauschgold und andeutungsweise Pausbäckchen trotz hoher Wangenknochen, und nichts an diesem Engel wirkte künstlich, gekünstelt, erwerkelt, gewirkt, gemacht, falsch oder verstellt. Sicher war sie sich darüber im klaren, wie herausfordernd und aufreizend sie war und wie gut sie hierher paßte. Nur eine Spur verrucht, weniger als ein Gran. So etwas sah nur der Kenner. Gran, woher er dieses Wort nur hatte?

Hatte er – in einem anderen Leben – nicht Germanistik studiert, bevor er aufgehört hatte zu lesen?

Er grinste über beide Ohren – er selbst hatte das Gefühl, keine andere Beschreibung wäre zutreffender – und freute sich wie ein kleiner Junge, der eben mit seiner Schleuder ins Schwarze getroffen hat. Mit einem lauten Klirren zerbarst die Scheibe, und der glatte, herrliche Busen der Nachbarin seiner Kindheit erschien zwischen den Splittern. Prunkvoll alabastern prangte er hinter den Scherben, die noch im Rahmen steckten. Die Sonne, die ins Glas fuhr, entsandte glühende Fünkchen, die auf dem bewegten – erregten – milchfarbenen Busen hin und her flitzten und auf und ab tanzten. Dann erschien die Hand, die zum Busen gehörte. Das beschädigte Fenster wurde aufgerissen, die Reflexe zerstoben, verschwanden, und ihre Stimme schimpfte ihn nicht etwa aus, wie er erwartet hatte, zürnte ihm nicht, sondern rief: Johannes! Nu komm schon! Zu mir herauf! Es war genau dieser Busen, der sich unter Marinas Kleid hob und senkte. Sie hatte sich sehr fein gemacht. Sie war wie aus dem Ei gepellt. Der Vogel war direkt vom Himmel in seine offenen Arme gefallen.

Sie war ziemlich groß, hatte lange Beine und trug Hellblau und Weiß, was ideal zu ihren blauen Augen paßte. Neben ihr stand eine große, hellbraune, offene Handtasche, wahrscheinlich von Hermès. Sie war offenkundig wertvoll und von jener unübertrefflichen Bescheidenheit, die von bester Qualität zeugte. Die Farbe der Tasche kontrastierte nur unerheblich zur Farbe ihres Kleids.

Die junge Frau – ein Mädchen war sie nicht mehr – wirkte kostbar und als ob ihr Allüren fremd wären. Sie war die hundertachtzig Euro pro Stunde, von denen sie wahrscheinlich die Hälfte abgeben mußte, wert. Warum hatte sie nicht einen reichen Mann gefunden? Suchte sie ihn nicht, mied sie ihn? Fürchtete sie sich vor allzu großer Nähe und Abhängigkeit?

Das Erkennungszeichen war ein goldenes, ungeöffnetes Zigarettenetui, das sie in der linken Hand hielt. Ein Symbol für das, was es verbarg? Rauchen war natürlich auch hier nicht gestattet. Das Mädchen am Telefon hatte gesagt: »Sie erkennen Marina an einem goldenen Zigarettenetui. Sie wird es gut sichtbar in der Hand halten.« Er glaubte, sie schon vorher erkannt zu haben.

»Marina?«

Sie blickte langsam zu ihm auf. Nein: Sie hob den Kopf und schlug dabei die Augen auf. Sie hatte ihn vermutlich schon bemerkt, bevor er sich in der Halle nach ihr umgesehen hatte.

»Wollen Sie sich setzen oder gehen wir lieber gleich los?« fragte Marina. Er blickte auf seine Uhr und setzte sich. »Es kommt mir vor, als seien wir uns schon einmal begegnet.«

»Glaub ich nicht«, sagte sie, und doch hatte er das unbestimmte Gefühl, es erginge ihr nicht anders. Natürlich war das unmöglich, sie waren sich nie zuvor begegnet. Er hätte sich sicher erinnert.

»Schade, daß man hier nicht rauchen darf.«

Sie deutete nach draußen: »Man kann draußen unter der Markise sitzen. Es ist heute recht mild. Darf ich Sie was fragen?«

»Na klar.« Es dauerte aber einen Moment, bis sie ihn fragte, ob er verheiratet sei. Er nickte.

»Und haben Sie Kinder?«

Er nickte erneut: »Erwachsene Kinder, große, prächtige, gesunde Kinder. Zwei Jungen, ein Mädchen, eine Menge, nicht wahr? Eine kleine, wunderbare, gesunde, emotionale Schnittmenge.« Er lachte, und sie lachte mit ihm.

»Das ist gut. Ja, es ist gesund. Gehen wir draußen eine

rauchen«, schlug Marina vor. »Das ist nicht so gesund, aber es ist auch wunderbar.«

Keine hatte ihm je solche Fragen gestellt. Sie waren allein, niemand sonst saß vor dem Hotel unter der ausladenden Markise. Sie setzten sich mit dem Rücken zur Fensterfront, mit Blick auf die Straße. Linkerhand floß der Verkehr zäh die Friedrichstaße hinunter.

»Keine Sorge, ich werde Sie nicht weiter mit solchen Fragen belästigen«, sagte sie, nachdem sie sich gesetzt hatten. Sie hielt ihm ihre Zigarette hin. Johannes gab ihr Feuer. Sie rauchten.

»Es genügt mir, zu wissen, daß die Herren« – sie sagte die Herren –, »mit denen ich ausgehe, kein schlechtes Gewissen haben, wenn ich sie begleite oder« – ein kurzes Lächeln – »sie mich.«

Weil er sie fragend ansah: »Das kommt vor.«

»Was kommt vor? Erklären Sie mir das genauer.«

»Nun, es kommt vor, daß man mich bittet, die Herren auszuführen. Sie sind fremd in Berlin, sie wollen, daß ich ihnen Orte zeige, die sie nicht kennen. Meistens aber ist es so, daß ich genau das tue, was man von mir verlangt. Das heißt, ich folge den Vorgaben.« Er überhörte nicht, was diese Feststellung implizierte.

»Und Sie?«

»Und ich?«

»Sind Sie verheiratet?«

Sie schüttelte den Kopf.

»Und Kinder?«

Sie schüttelte erneut den Kopf, und das Lächeln gefror für einen Augenblick. »Natürlich nicht.« Es dauerte ein paar Sekunden, bis sie sich wieder entspannt hatte.

»Ich nehme an, es ist besser, wir lassen die Fragen.«

»Es ist vielleicht nicht besser, aber es ist bestimmt angenehmer«, sagte sie. »Ich liebe eine gewisse« – sie schien sich fast zu winden, als sie nach dem richtigen Wort suchte – »Anonymität. Klingt ein bißchen gewöhnlich, ich weiß, aber wir sind doch alle gewöhnlich.«

»Sie nicht.«

»Ja, finden Sie?« sagte sie beinahe spöttisch, als habe sie das schon öfter gehört, und machte dabei eine flüchtige Handbewegung, die den Rauch ihrer Zigarette zwischen ihnen verteilte. Sie befeuchtete den Zeigefinger, tippte einen unsichtbaren Krümel von ihrer Unterlippe und schnippte ihn weg. Ob sie sich über die erotische Aussage dieser Abfolge kleinster Bewegungen im Klaren war? Es hätte ihn enttäuscht, wäre sie es nicht gewesen, aber er würde es nie erfahren.

Danach folgten die üblichen Phrasen: »Ich liebe Musik. Ich liebe die Philharmonie. Ich liebe gutes Essen. Ich trinke nur wenig Wein, eigentlich gar keinen, höchstens zum Anstoßen.«

Im Grunde war es egal und austauschbar, wer diese Sätze sagte. Und später: »Ich reise gern, ich möchte die ganze Welt kennenlernen.«

»Was hindert Sie daran, Marina? Marina, Sie heißen doch nicht Marina.« Zum erstenmal sprach er ihren Namen aus, sie ignorierte es, und er kam nicht darauf zurück. Er war kein Spielverderber.

»Ich weiß nicht, vielleicht mein Mangel an Fantasie.« Vielleicht der fehlende Mann an ihrer Seite? Er würde sie nicht danach fragen. Andere Männer sollten an diesem Abend besser keine Rolle spielen.

Noch zehn Minuten und sie mußten los. Johannes winkte durch die Scheibe einen Kellner herbei und bat ihn, ein Taxi zu bestellen, das drei Minuten später vor dem Hotel anhielt. Als sie nebeneinander im Fond des Wagens saßen, nahm Johannes Marinas Hand und legte sie auf sein linkes Knie. Die Hand war in seiner halb geschlossenen Faust fast ohne Gewicht, nicht mehr als etwas Knochen, von kühler, fast kalter Haut umhüllt. Wieviel eine weibliche Hand wohl wiegen mochte, fragte er sich, während er ihr erzählte, wie es zu diesem Konzertbesuch gekommen war, und daß er sich weniger aus Musik machte, als sie vielleicht dachte. Er stellte mit Befriedigung fest, daß seine Arbeit in New York ihr imponierte. Oder tat sie nur so, gehörte das nicht auch zu ihrem Job? Er konnte sich täuschen, sie konnte ihm etwas vormachen, es war ihm egal. Er erzählte von den nervösen Models, weil er sicher war, daß sie ganz anders war als die – sie hatte, obwohl sie schlank war, Rundungen, wo jene makaber knochig waren –, doch offenbar war sie von deren Schilderung nicht sonderlich beeindruckt.

Erst durch die Anzeige aus dem Veranstaltungskalender, die sie aus der Zeitung herausgerissen hatte und ihm nun zeigte, erfuhr er, daß es sich nicht um ein Konzert der Berliner Philharmoniker handelte, nicht Mahler oder Bruckner standen auf dem Programm, keine orchestralen Meisterwerke, sondern das Klavierrecital eines Pianisten, dessen Name ihm nichts sagte. »Müßte ich ihn kennen? Klavier, oh Gott, wenn es etwas gibt, was ich nicht ausstehen kann, dann ist es Klaviermusik, verstehst du. Auf der Ratingliste meiner kulturellen Abneigungen steht es ziemlich weit oben, gleich neben Proust und Ballett. Scheiße. Verzeihung. Kennst du Proust?«

Er hatte währenddessen ihre Hand massiert. Er wollte sie nicht enttäuschen, aber lügen wollte er auch nicht. Nicht um den Preis eines verlorenen Abends, an dem er sich erst einmal langweilen, vielleicht gar ärgern würde.

»Nein.«

»Na, umso besser.«

»Mir ist Klavier auch nicht so wichtig«, sagte sie dann, womit sie die Wahrheit sagte, obwohl es so klang, als wollte sie ihm nur entgegenkommen. Von dieser unbefangenen Feststellung war der Weg zu ihrem Vorschlag, sie könnten das Konzert ja einfach auslassen, nicht mehr weit. »Du sollst dich ja nicht quälen« – auch sie duzte ihn nun –, »sondern amüsieren.« Ja, Marina hatte natürlich völlig recht. Marina, was für ein blöder Name. Er paßte nicht zu ihr.

»Schade um die Karten, aber was soll's«, sagte er und nannte den Namen eines Restaurants, von dem sie noch nie gehört hatte, woraus sie schloß, daß er sich in Berlin auskannte. Sie hatte nicht damit gerechnet, daß er sich so schnell entscheiden würde. Seine Abneigung gegen Klaviermusik war offenbar groß. »Kennst du das Coeur volage?«

Sie verneinte.

Zwei Plätze in der Philharmonie würden verwaist bleiben, zwei Plätze, für die andere, die keine Tickets mehr erhalten hatten, weil das Haus seit Wochen ausverkauft war, viel Geld bezahlt hätten. Andere, die sie sich nicht leisten konnten, wären dankbar gewesen, wenn man sie ihnen geschenkt hätte, statt sie verfallen zu lassen.

Johannes teilte dem Taxifahrer das neue Ziel mit und führte Marinas Hand vom Knie nach oben. Natürlich zuckte sie nicht zurück. Daß der Mann keine Hemmungen hatte, war ihr bereits vorher aufgefallen, es war also nichts zu befürchten.

»Machen wir uns einen besonderen Abend«, sagte Johannes. Um ihr Einverständnis zu unterstreichen, preßte sie ihre Hand leicht auf seine Hose, und erwartungsgemäß stöhnte Johannes kurz auf. Aber nicht so laut, daß es dem Taxifahrer, der in Gedanken vermutlich woanders war, aufgefallen wäre.

Astrid

Astrid blickte auf ihre Armbanduhr und dann zum Fenster. Wenige Sekunden vor sechs. Es wurde Zeit, aufzustehen. Die Gardinen waren zugezogen, ließen aber ausreichend Licht herein, um sie oder das, was sie noch von sich spürte, zu blenden. Sie hatte sofort, nachdem sie ins Hotel zurückgekommen war, eine Allegro genommen und sich hingelegt. Nun ging es ihr etwas besser, aber sie wußte, daß sie noch lange nicht über den Berg war. Die dumpf drohenden Schläge in ihrem Hinterkopf mochten noch so weit entfernt sein, sie waren nicht zu überhören. Sie ließen sich niemals beschwichtigen. Wie gut sie das wußte. Nichts Neues. Nicht daran denken. Sie mußte los. An die Arbeit. Aufstehen und tun, was zu tun war, sich um Olsberg und nicht um sich selbst kümmern. Und auch nicht daran denken, daß sie gerade dabei war, zu tun, was – wie sie aus langjähriger Erfahrung wußte – unmöglich war: die Migräne zu überlisten. Sie litt darunter, wie ihre Mutter schon gelitten hatte und neuerdings auch ihre Schwester, die jünger war als sie. Bei der Mutter hatte es sich nach dem fünfundfünfzigsten Jahr beruhigt und war schließlich ganz eingeschlafen. Wie ein wildes Tier, das zahm geworden war, weil es seine Zähne verloren hatte.

Das Konzert begann um acht. Erfahrungsgemäß würde Olsberg vor fünf nach acht nicht zu spielen beginnen. Auch heute würde er seinen Zuhörern genügend Zeit lassen, sich des Augenblicks bewußt zu werden, in dem der erste Akkord erklang. So bewußt, daß er wie eine Berührung, wie ein Stoß, ein Schlag zu spüren sein würde, je nachdem, wie er spielte. In den darauffolgenden zwei

Stunden würde er im Besitz dessen sein, was man früher ihre Seelen genannt hätte. Er war Fänger und Beherrscher.

Kaum länger als eine Minute blieb Astrid noch liegen, dann erhob sie sich vorsichtig und durchquerte das Zimmer, eines der kleineren des Adlon, aber immer noch groß genug, um fast vergessen zu lassen, daß es bloß ein Hotelzimmer war, keine Suite, wie Olsberg sie bewohnte, diesmal ohne Klavier. Er würde, hatte er gesagt, nach der langen Reise und angesichts der Tatsache, daß er dasselbe Recital eben erst in Tokio gespielt hatte, keines benötigen. Sie öffnete den Schrank, in dem seit vorgestern ihre Kleidungsstücke hingen, und nahm eines der drei dunklen Kostüme vom Bügel, die sie sich zu Beginn des Jahres in Mailand gekauft hatte. Es war ihr schon vor Jahren, zu Beginn ihrer Tätigkeit bei Olsberg, zur Gewohnheit geworden, sich einmal im Jahr diese harmlose Extravaganz zu leisten. Einmal jährlich kaufte sie drei neue Kostüme. Keines davon hatte sie bislang »aufgetragen«, alle waren wie neu, alle würden vermutlich bis an ihr Lebensende wie neu bleiben, sie ging mit ihren Sachen äußerst pfleglich um. Olsberg, der selbst ein Faible für schöne Anzüge, teure Hemden, kostbare Textilien und geschmackvolle Accessoires hatte – sie kannte die Marken, die er bevorzugte –, war einer der wenigen, wenn nicht der einzige, der von diesem Luxus, den sie sich gönnte und der so gar nicht zu ihrem sonstigen Wesen zu passen schien, Notiz nahm. Notiz nehmen, das hieß, daß er sie manchmal wie jemanden betrachtete, den er nicht kannte, den er offenbar unterschätzte und der ihn noch Dinge lehren konnte, von denen er keine Ahnung hatte.

Astrid und Olsberg

Zwanzig Minuten später wurden Astrid und Olsberg wie verabredet von Verena Bentz' Chauffeur abgeholt. Von ein paar Schaulustigen umringt und bestaunt, wartete der Rolls-Royce vor dem Hotel. Ob es der große, schwarze Wagen mit der geflügelten Galionsfigur, dem Geist der Ekstase, dem die Deutschen aus unerfindlichen Gründen den Namen Emily verpaßt hatten, oder der Mann in Uniform oder beide gleichermaßen waren, die sie anzogen, war nicht zu erkennen, dazu waren die Neugierigen erfreulicherweise zu schüchtern. Es waren auch ein paar Japaner darunter, die vom Pariser Platz kamen, wo sie durchs Brandenburger Tor geschritten waren. Sie fotografierten, ohne zu wissen, wen sie da fotografierten.

Olsberg, der offenbar nahe daran war, sich auf den Weg zum wartenden Auto bei Astrid unterzuhaken, es aber dann doch unterließ – nein, das bildete sie sich nicht ein, denn es war nicht ungewöhnlich –, schaute so undurchdringlich, als besitze dieser Blick die Macht einer Tarnkappe. Sie kannte das. Es war seine Art, sich abzuschotten. Während andere Pianisten störrisch oder divenhaft darauf bestanden, bis kurz vor Einlaß des Publikums am Klavier zu sitzen, womit sie die Organisatoren meist in höchste Unruhe versetzten, schien sich Olsberg in diesem Augenblick für nichts zu interessieren als für das, was niemand außer ihm sehen konnte, sein Innenleben oder jenen Teil davon, der sich mit dem beschäftigte, was bevorstand. Er hatte Astrid einmal erklärt, er blättere in diesen Stunden vor seinem geistigen Auge immer wieder jene Seiten um, die er oft jahre-, ja jahrzehntelang weder berührt noch betrachtet hatte. Was darauf zu lesen war, war in jenem Teil seines Gehirns gespeichert, das ihr am fremdesten und geheimnisvollsten war, in dem er sich aber – wie sie vermutete – mit größter Leichtigkeit bewegte. Was die Leute jetzt von ihm ablenkte, war allerdings nicht der nach innen gekehrte Blick, sondern der Wagen, in den sie einstiegen. Keiner schien ihn zu erkennen, nicht einmal eine der Japanerinnen, obwohl er doch gerade in Japan ein großer Star war, und nicht erst, seitdem er sein Gesicht und die zehn schmalen Finger seiner wohlgeformten Hände zu Werbezwecken für eine weltbekannte Schweizer Uhrenmarke hingehalten hatte, wofür er eine astronomische Summe erhalten hatte. Dem inzwischen verstorbenen Mr. Hayek war es wohl weniger um Olsbergs Klavierspiel gegangen als um den Klang seines Namens.

Ob er es zu schätzen wußte, ja ob er überhaupt bemerkte, daß er in einem Rolls-Royce zum Konzert gefahren wurde, war unwahrscheinlich. Er lehnte sich in den cremefarbenen Ledersitz zurück und schloß die Augen.

Als der Chauffeur losfuhr, verschwanden die Schaulustigen allmählich aus Astrids Gesichtsfeld.

Der Rolls glitt, als berührte er den Boden nicht, langsam und sicher dahin. Der Fahrer wurde zum Ornament, seine weiß behandschuhten Hände schienen über dem Lenkrad zu schweben. Sie fuhren die Wilhelmstraße entlang, bogen rechts in die Leipziger Straße ein, überquerten den Potsdamer Platz und erreichten dann die Scharounstraße. Kurz bevor sie die Schranke zum Künstlerparkplatz passierten, bemerkte Astrid vor dem Haupteingang ein beschriftetes Pappschild, hochgehalten von einem Fan, der die Hoffnung nicht aufgegeben hatte, doch noch zu einer Karte zu kommen. »Olsbergkonzert! Kaufe Karte!« stand darauf. Wenn er Glück hatte, würde ihn innerhalb der nächsten Minuten jemand ansprechen, der an diesem Abend verhindert war und sein Ticket nicht verfallen lassen wollte. Hatte er Pech, würde er unverrichteter Dinge abziehen und den Abend vor dem Fernseher, einer Olsberg-CD oder in einem Lokal verbringen, jedenfalls nicht in der Philharmonie. Untröstlich war das richtige Wort, das ihn beschreiben würde, vielleicht auch: wütend und irgendwie beleidigt, ausgeschlossen zu sein. Astrid wünschte ihm viel Glück und lächelte. Es war in jeder Stadt, in der Olsberg auftrat, dasselbe Bild, dieselbe flüchtige Erregung vor dem lang ersehnten Auftritt. Es gab bestimmt noch andere Interessenten, die auf Ticketsuche waren. Was für ein Glück Astrid doch hatte, Olsberg hören zu können, wann immer sie wollte, wo immer er spielte.

Wenige Sekunden später überwältigte sie der Wolf. Er kam wie immer überraschend, wie immer war er noch größer, noch stärker, noch grausamer als beim letzten Mal, gefräßig, unbezähmbar, blindwütig. Der Schmerz war feuerrot wie seine Augen und ätzend wie sein Atem. Ihr wurde schwarz vor Augen, der Wolf hatte ihr den Kopf abgebissen.

Erst allmählich erlangte sie die Gewißheit, daß sie noch lebte. Sie lebte noch, vielleicht nur deshalb, um den Schmerz zu spüren. Der Wolf hatte sich geduckt, es war nur eine Frage der Zeit, daß er ihr noch einmal und noch heftiger die Zähne zeigte. Sie gehörte ihm.

Als nächstes fiel ihr Blick auf die große Kleidertasche, in der sich Olsbergs Anzug, Hemd und Schuhe befanden. Eine ihrer Aufgaben war es, für diese Tasche Sorge zu tragen. Wie stand es um deren Inhalt! Sie spreizte die Finger und begann die Tasche zu glätten. Weiß Gott, wie es darin jetzt aussah. Der Anzug, das Hemd. Um die Schuhe, die sie nicht spürte, machte sie sich keine Sorgen. Das Leder war fein und elastisch. Schuhe, die drückten, waren nicht fürs Konzert geeignet. Als Olsberg seine Hand auf ihre legte, sagte sie leise: »Oh Gott, Ihr Anzug, das

Hemd, es tut mir leid, ich bin – ein Bügeleisen, mein Kopf, mein Kopf, ich hätte nicht mitfahren sollen, ich störe nur.«

Olsberg wußte Bescheid. »Machen Sie sich keine Gedanken, Astrid. Ein paar Sekunden machen noch keine Falten, in ein paar Sekunden sind sie wieder weg.«

Sie merkte, wie schnell er sich von ihr entfernte. Er wollte nicht sprechen, nicht jetzt. Sie konnte sich glücklich schätzen, einen solchen Arbeitgeber zu haben. Er hatte anderes, Wichtigeres zu tun, als sich mit ihrer lästigen Migräne zu beschäftigen und mit Lappalien wie seiner Kleidertasche. Er mußte mit sich allein sein, unbelastet durch Störungen. Sorglos und unbehindert. Wer war sie, ihn in einem solchen Moment abzulenken? Wenn sie nur schon da gewesen wären und er sich in seine Garderobe hätte zurückziehen können!

Erklärungen waren nicht notwendig, Olsberg wußte, was los war, auch wenn sie nie versucht hatte, ihm – oder irgend jemandem sonst – begreiflich zu machen, was genau geschah, wenn die Migräne sich über sie hermachte. Sie hätte auch gar nicht die richtigen Worte dafür gefunden. Das änderte nichts daran, daß sie sich schuldig fühlte. Es war töricht, ihren Körper oder Kopf oder sich selbst für Dinge verantwortlich zu machen, über die sie keine Macht hatte. Aber wozu um Himmels willen sollte sie an diesem Abend nützlich sein? Der Wolf, der in ihrem Schädel lauerte, konnte seinen Rachen jederzeit von neuem aufreißen, und sie wußte, daß er es tun würde, in einer halben, in einer Stunde. Es konnte eine Stunde dauern oder zehn, er würde sich bemerkbar machen. Sie achtete darauf, ihren Kopf nicht zur Seite zu bewegen. Nur keine unbedachte Bewegung.

Olsberg war schnell. Er war vor ihr ausgestiegen. Was ihn jetzt erwartete, wollte er so rasch wie möglich hinter sich bringen, den Empfang, die guten Worte, die Toi toi tois. Händeschütteln vor dem Konzert verweigerte er konsequent, das kannte man auch von anderen Instrumentalisten. Die meisten versuchten gar nicht, sich aufzudrängen.

Er half Astrid aus dem Wagen, während der Chauffeur, der seine Mütze abgenommen hatte und – den Schirm nach unten – auf Brusthöhe an seinen Körper preßte, den Schlag aufhielt. Seltsamerweise bewirkte diese steifleinene Förmlichkeit das Gegenteil dessen, was sie bezwekken sollte, sie nahm der Situation für einige Augenblicke die Schwere. Astrid nahm die Umgebung leicht verzerrt wahr, was sie wie immer in Angst und Schrecken versetzte, obwohl sie wußte, daß das eine natürliche Begleiterscheinung der Migräne war. Alles, was ihr jetzt nicht normal schien, war nichts weiter als eine Nebenwirkung ihrer Krankheit.

Sie würde darauf verzichten müssen, im Saal zu sitzen. Da die Migräne sich nicht zurückdrängen ließ, brauchte sie Ruhe und – mindestens so wichtig – Dunkelheit. Im Grunde genommen hätte sie in diesem Augenblick ins Hotel zurückkehren müssen, aber das konnte sie Olsberg nicht antun. Sie konnte ihn nicht allein lassen, sie wurde noch benötigt, und wenn sie nur damit dienen konnte, irgendwelche Leute davon abzuhalten, ihm vor dem Konzert zu nahe zu kommen. Egal, ob sie noch denken konnte oder nicht. Sie wollte – selbst wenn sie sich bereits jenseits der Grenze ihrer Aufnahmefähigkeit befand – für ihn da sein. Sie würde eine weitere Tablette nehmen, sobald sie hinter der Bühne waren.

Am Fuß der Treppe, neben der Pförtnerloge, erwartete sie der Intendant, um Olsberg und seine Sekretärin zu empfangen. Er stellte sich vor, doch Astrid verstand seinen Namen nicht. Sie kannte ihn, aber er war ihr entfallen. Sie war froh, daß er mit gedämpfter Stimme sprach, nicht ihretwegen, sondern aus Rücksicht auf Olsberg. Olsberg war höflich, blieb aber distanziert, irgendwie gab er zu erkennen, daß er so wenig wie möglich zu reden wünschte, und das Signal wurde verstanden. Der Intendant ging ihnen voraus die gewundene Treppe hinauf und führte sie an der menschenleeren Kantine vorbei zu den Solistengarderoben. Die wenigen Menschen, denen sie auf dem Weg dorthin begegneten, schienen Olsberg und Astrid gar nicht zu beachten. Entweder kannten sie Olsberg nicht, was unwahrscheinlich war, oder sie nahmen Rücksicht auf den bevorstehenden Kraftakt, denn nichts anderes war ein abendfüllendes Recital, wie es Olsberg bevorstand.

Als sie die große Solistengarderobe betraten, die sich am Ende eines kleinen Gangs befand, von dem weitere Solistengarderoben abgingen, die an diesem Abend natürlich nicht benutzt wurden, erwartete ihn bereits Sir Simon mit seiner Gattin. Der Duft, den die Lilien verströmten, die in einer Ecke auf einem kleinen Tisch standen, bereitete Astrid dieselbe Übelkeit, die sie überfiel, sobald sie ein Blumengeschäft betrat, verstärkt um die Befürchtung, sich gleich übergeben zu müssen. Sie hielt sich so weit im Hintergrund wie möglich. Olsberg und Sir Simon kannten sich schon lange.

Astrid hätte viel darum gegeben, in besserer Verfassung zu sein, aber was wäre das gewesen? Ein Jahr, einen Monat, eine Woche ihres Lebens? Von der Deckenbeleuchtung irritiert, die Augen halb geschlossen, konnte sie die Frau, die neben Sir Simon stand, kaum erkennen. »Nice to meet you, I'm Magdalena.« Die berühmte Sängerin war so hübsch wie in der Zeitung, doch alles, was sie und ihr Gatte, der eben in schallendes Gelächter ausbrach, zu ihr und Olsberg sagte, verflüssigte sich im Licht, das sie kaum aushielt, und im Geruch der Blumen, der sie beinahe betäubte. Sie mußte den Wolf in Schach halten. Sie hätte im Hotel bleiben sollen.

»Ist Ihnen nicht gut?« fragte Sir Simons Frau, von echter, ungekünstelter Fürsorge erfüllt, und als Olsberg erklärte, seine Sekretärin leide unter Migräne, während diese Haltung zu bewahren versuchte, machte sich kurz auch Besorgnis in Sir Simons Miene breit. Aber das bildete sie sich vielleicht nur ein.

Glücklicherweise wollte niemand wissen, wie sich die Krankheit äußerte, da sich ja jeder, der schon einmal Kopfschmerzen gehabt hatte, gut vorstellen konnte, wie es war, wenn diese unerträglicher waren als die, die man kannte. Sir Simon und seine Frau zogen sich nach wenigen Minuten und einem freundlichen Wortwechsel zurück und schlossen leise die Tür hinter sich, nachdem sie sich vergewissert hatten, daß Olsberg dies wünschte. »Sie ist eine große Sängerin«, sagte Olsberg, und Astrid nickte.

Dann ließ auch sie ihn allein.

Das Konzert begann in einer Stunde. In dieser Zeit würde Olsberg sich umziehen und die von ihm erwartete Verwandlung durchmachen, die er als Anforderung auch an sich selbst zu stellen pflegte, vor jedem Konzert.

Astrid öffnete die Tür zur angrenzenden Garderobe. Auch dort gab es eine Liege. Sie schluckte die zweite Allegro und trank aus der Wasserflasche, die sie stets bei sich hatte. Das Deckenlicht schaltete sie nicht ein, ließ aber die Garderobentür einen Spalt weit offen. So würde sie ihn hören, falls er sie rief. Spätestens, wenn er seine Garderobe verließ, würde sie aufstehen und ihm wie vor jedem Auftritt alles Gute wünschen. Und dann die Augen schließen und für die Dauer des ersten Teils seines Konzerts nichts hören und nichts tun. Nur daliegen und die an- und abschwellenden Schmerzen leise stöhnend über sich ergehen lassen.

Claudius

Auch Claudius applaudierte, als Marek auftrat. Auch er stand auf, als ein Teil des Publikums – kaum hatte Marek das Podium betreten – aufstand, so weltstädtisch eingeweiht, als sei man hier in New York, wenngleich nur für fünfzehn, zwanzig Sekunden. Für jene Sekunden, in denen Marek regungslos in der Verbeugung verharrte. Das war keine Pose, kein falsches Spiel. Als man sich setzte, war man wieder in Berlin. So jedenfalls empfand es Claudius.

Die Erregung, die Marek erzeugte, noch bevor er eine einzige Note gespielt hatte, bot Claudius die Gelegenheit, die Wut, die wie das glühende Messer in der Brust des fahrenden Gesellen raste, im Zuspruch der anderen zu ersticken, das scharfe Eisen wegzulegen, vielleicht nur vorübergehend, vielleicht auch für immer. Die Begeisterung, die Marek entgegenschlug, war überwältigend. Sie überwältigte auch ihn. So groß Claudius' Schmerz sein mochte, er war doch nicht groß genug, um vom Sturm des Applauses, den Marek mit einem undefinierbaren, fast entrückten Lächeln entgegennahm, nicht übertönt zu werden. Was war das Klatschen doch für eine seltsame, mit nichts zu vergleichende, im Tierreich unbekannte, menschliche Angewohnheit, und wie wenige kamen in den Genuß, Beifall entgegennehmen zu dürfen. Der Applaus galt – außer nach dem jährlichen Absingen von Happy birthday to you – fast immer anderen, die den meisten unerreichbar waren.

Nachdem sich Claudius entschlossen hatte, den Widrigkeiten zu trotzen und zu bleiben, konnte er nichts Besseres tun, als aufs Innigste mit seiner Umgebung zu verschmelzen. Deren Enthusiasmus bot ihm und seiner Schmach zumindest äußeren Schutz. Sie machte ihn vorübergehend fast unempfindlich für das eigene Elend. Spätestens seit er sich gesetzt und auch dann noch einigen bekannten Gesichtern zugenickt hatte – ja, er war im Betrieb eine eingeführte und geschätzte, von manchen sogar umworbene Persönlichkeit, auch das tröstete über die erlittene Demütigung ein wenig hinweg und machte neuen Mut –, hatte er aufgehört, sich nach Nico umzusehen. Er würde nicht kommen, um so weniger, je mehr er nach ihm Ausschau hielt, am ehesten, wenn er ihn gar nicht erwartete. Tatsächlich hatte er die Hoffnung fast aufgegeben, ihn an diesem Abend wiederzusehen, und er bereitete sich darauf vor, ihm auch in Zukunft nicht mehr zu begegnen. Und wenn schon. Je weniger er sich erhoffte, so sein magisches Denken; desto eher würde er zu ihm zurückkehren. Und schon dachte er wieder an ihn! Die Sehnsucht und das Verlangen würden ihn früh genug einholen und ihn und seinen Aberglauben zerfressen. Das Verlangen nach Nicos Haut – und allem, was dazugehörte – ließ sich so schnell nicht unterdrücken. Aber er würde standhaft bleiben, indem er zumindest den ersten Schritt nicht machte, niemals! Zumindest nicht in den nächsten Tagen. Jedenfalls nicht morgen, keineswegs heute nacht. Insgeheim aber wußte er, daß er zum Umfallen bereit war. Er war kein Mann von unerschütterlichen Grundsätzen, Männer mit solchen Grundsätzen waren lächerliche Gestalten, ernst zu nehmen ganz gewiß, das ja, aber lächerlich normal, nichts für ihn.

Er war sauer und außer sich, aber er ließ sich nichts anmerken. Das hätte weder zu seinem Ruf noch zu seinem Auftreten gepaßt. Das hätte ihm nur geschadet. Wer verletzt wird, mischt sich nicht unters Volk, er leckt seine Wunden zu Hause. Er sollte das mit sich allein ausmachen, und tat er es ausnahmsweise in Gegenwart anderer, dann mit gebotenem Zynismus, laut und überdeutlich, misstönend sublimiert. Wem außer dem, der es nicht sehen konnte, hätte es Freude bereitet, zu wissen, was tatsächlich in ihm vorging? Vermutlich nicht wenigen. Er hätte Nico die Schadenfreude der anderen sogar gegönnt. Um den Lohn seiner Liebe, seiner Aufmerksamkeit, ach was: seiner Jugend. Seiner vierundzwanzig Jahre. Das war es, was zählte! Die weißen Zähne, der sündhaft geformte Mund, die seidene Haut, das feste Fleisch, weiter durfte er gar nicht denken, denn wenn er weiter dachte, würde er auf der Stelle weich werden und alles verzeihen.

Claudius war wild entschlossen, das Konzert zu genießen und den einstigen Liebhaber – Marek – als den guten Freund zu betrachten, der er doch nicht geworden war, auch wenn sich Claudius lange nichts so sehr gewünscht hatte wie diese unmögliche Normalität. Von all seinen Wünschen war nichts als der Umstand übrig geblieben, daß er Marek bis zum heutigen Tag in Österreich, Deutschland und einigen europäischen Ländern vertrat. Aber nicht im restlichen Europa, nicht in Nordamerika, nicht in Japan.

Ließ er sich blenden oder war Marek seit damals tatsächlich nicht älter geworden? Jetzt drehte er sich langsam zum Flügel um und ging ohne Eile darauf zu. Seine Bewegungen strotzten vor Kraft – und waren dabei ganz unverkrampft. Im Gegensatz zu anderen Pianisten, die sich auf dem Podium ungelenk wie starre Gliederpuppen bewegten, wirkte Olsberg selbstsicher und konzentriert. Unvorstellbar, daß ihn irgend etwas von dem ablenken könnte, was jetzt in Angriff genommen werden mußte. Er bewegte sich mit großer Eleganz. Glänzend. Strahlend. In sich gekehrt. Selbstbewußt. Nein, Marek hatte sich nicht verändert. Er war anziehend wie eh und je. Er schien vollkommen zu sein, ohne Kratzer, makellos.

Und dann begann er sein etwas ungewöhnliches, ungewöhnlich langes Programm zu spielen. Als Eröffnung zwei kurze Sonaten von Domenico Scarlatti, ein aufmunterndes Presto und eine elegische Arie, an die sich ohne Unterbrechung die selten gespielte, ziemlich sperrige Klaviersonate op. 26 von Samuel Barber anschließen würde. Der Künstler hatte im Programmheft ausdrücklich darum bitten lassen, zwischen den beiden Komponisten nicht zu applaudieren. Er würde das Podium also nicht verlassen. Die überwiegende Mehrzahl würde sich an seine Bitte halten. Als sie vor Monaten am Telefon über das Programm gesprochen hatten, war schnell klar gewesen, daß Marek keinen Zentimeter davon abweichen würde. Scarlatti, Barber, Beethoven, nichts anderes und genau in dieser Reihenfolge. Und nach der Pause Schumann plus zwei nicht mitgeteilte Zugaben.

Claudius schloß die Augen und war mit den ersten Klängen von Scarlattis Sonate in a-Moll sogleich dort, wo Marek ihn und die anderen Zuhörer ohne Zweifel haben wollte: bei sich. In einer Welt, in der der Klang aus ihm und er aus Klang bestand. Der erste Teil des Konzerts würde, wie er kurz überschlagen hatte, mindestens eine Stunde dauern. Das war für das Programm vor der Pause eher außergewöhnlich, zumal er nach dem hierzulande so gut wie unbekannten Barber auch noch eine von Beethovens anspruchsvollsten Sonaten spielen würde.

Astrid

Astrid schloß die Augen und schlief fast augenblicklich ein. Sie hörte nichts von dem, was um sie herum vorging. Der Wolf war noch da, das schon, aber er hatte den Kopf auf die Pfoten gelegt und benahm sich nun fast so friedlich wie ein gefügiges Tier. Dachte sie das wirklich oder träumte sie es schon? Olsberg mußte seine Garderobe auf Zehenspitzen verlassen haben. Er hatte ihre Tür geschlossen, so war es drinnen, wo sie ruhte, ganz still. Sie hörte den Applaus nicht, der aufbrandete, als Olsberg das Podium betrat, erst recht nicht sein Spiel.

Lorenz

Lorenz sah auf die Uhr, die über der weit geöffneten zweiflügeligen Küchentür hing, deren Zifferblatt gelblich war wie die Hand eines alten Rauchers. Es handelte sich zweifellos um ein englisches Modell, dunkles Gehäuse mit Metallring, das einen angenehmen Gegensatz zum fast durchgängig modern designten Interieur der Repräsentationsräume bildete. Es war wenige Minuten nach neun, in der Philharmonie vielleicht schon Pause. Marek Olsberg, der in Kürze hier Gast sein würde, war selbst Lorenz ein Begriff, der sich aus Musik nur wenig machte, mal abgesehen von seinem Faible für die nordindische Tabla, das er sich selbst nicht erklären konnte. Olsberg war bekannt wie der Eiffelturm oder das Empire State Building, auch die kannte Lorenz nur von Fotos. Ein Wunderkind, dem es gelungen war, seine Talente ins

Erwachsenenalter hinüberzuretten, was nicht selbstverständlich war. Wer wußte das besser als er? Genau das, was ihm, den man einst für den künftigen Schachweltmeister gehalten hatte, nicht gelungen war, denn eines Tages hatte er sämtliche Figuren, die er besaß, im Garten verbrannt. Ein reinigendes Feuer, auf das nichts folgte. Eine Erlösung ohne Befreiung. Er war ein kleiner Leihkellner, der gern ausschlief.

Am Herd, der wie ein Dampfer in der Mitte der Küche aufragte und mit vielen Aufbauten und Masten besetzt war, standen zwei blonde Köche, die wie Zwillinge aussahen, grobschlächtige Kerle mit rosiger Haut, und eine asiatische Küchenhilfe, ein Mädchen, das wie ein Junge aussah, oder ein Junge, der wie ein Mädchen aussah, neben den beiden Riesenbabys wirkte das fernöstliche Wesen wie ein verirrtes und verwirrtes Kitz.

Sie arrangierten auf Platten, was schon angerichtet war, und dekorierten, was man vorbereitet hatte, Platten, die die sogenannte Hausdame bereitgestellt hatte. Sie würden später, kurz vor dem Eintreffen der Gäste, frisch zubereiten, was im Cateringcenter schon in Form geschnitten und teilweise gewürzt worden war: Grillgut, Pfannengerührtes und Gebratenes, vorgegarte Gratins und längst gestockte Crèmes brulées, die noch unter den Salamander mußten. Es war nicht immer dasselbe, was Lorenz bei diesen Abendgesellschaften zu sehen bekam, aber irgendwie wich man nur selten vom Erwartbaren ab. In diesem Haus, das war nicht zu übersehen, war reichlich Geld vorhanden, das heißt, es zählte nicht, es wurde nicht gezählt, es hatte sich längst ausgezahlt.

Lorenz interessierte sich nicht im geringsten für die Zubereitungsarten der verschiedenen Gerichte. Kochen interessierte ihn nicht, aber er mußte zugeben, daß das, was hier angerichtet wurde, verlockend roch. Besser jedenfalls als die beiden Köche, die weiße Hemden mit Achselschweißflecken trugen, die dringend ausgetauscht gehörten, spätestens bevor Verena Bentz mit den ersten Gästen eintraf.

Obwohl hier gearbeitet wurde, war es still wie in einem Operationssaal, Lorenz nahm jedenfalls an, daß es in einem Operationssaal so still war wie hier, er war anderes gewöhnt. Anders als dort erforderte diese Arbeit allerdings keine besondere Konzentration. Routine und Erfahrung genügten. Daß ein kleiner Fehler ungeahnte Folgen haben würde, konnte er nicht glauben. Vielleicht waren die beiden bloß deshalb so wortkarg, weil sie sich gestritten hatten. Vielleicht waren sie ja tatsächlich Zwillinge. Seine Schwestern hatte Lorenz seit einigen Jahren nicht mehr gesehen. Ihre Gesichter waren nur noch Schatten. Er mußte sich anstrengen, wenn er sich an sie erinnern wollte.

»Wenn ihr unter die Leute wollt, und das müßt ihr ja wohl, müßt ihr euch umziehen. So geht das nicht.«

Sie herumzukommandieren, gehörte nicht zu seinen Kompetenzen, trotzdem machte es Spaß. Sie konnten ihn nicht einschätzen, weil sie selbst nur Angestellte waren und nicht gleichermaßen mit der Öffentlichkeit in Berührung kamen wie er. Sein Auftreten jedenfalls schien sie ausreichend zu überzeugen und einzuschüchtern.

»Schon okay«, sagten beide gleichzeitig. Sie waren also doch Zwillinge oder waren es im Lauf der Jahre geworden. Viel Zeit konnten sie nicht gehabt haben, dazu waren sie zu jung. Die kleine Asiatin hatte ihn wohl nicht verstanden. Ihre Hände waren bezaubernd zierlich und fast weiß. Auf ihrem Zeigefinger glänzte eine glasierte Karotte. Sie wischte ihre Hände sauber. Schade. Das Schmuckstück landete im Abfall.

Kurz darauf erschien ein Mann, mit dem er schon mehrfach zusammengearbeitet hatte. Silvio, der Italiener mit den vielen Kindern, begrüßte ihn herzlich und laut, und sofort änderte sich die Stimmung in der Küche. Selbst die Asiatin lächelte. Selbst Lorenz' Laune hellte sich auf. Das lag an Silvio, dem achtundvierzigjährigen Familienvater, der eine dünne Goldkette um den Hals und eine dicke am Handgelenk trug, auf dem deutlich sein Name und nicht der seiner Frau Emilia eingraviert war, die, wie er gerne stolz erzählte, noch immer putzen ging. Alles für die Bambini, alles per l'avvenire. Die letzte Italienerin in Berlin, die putzen ging. Die anderen tummelten sich in Mitte.

Die Angestellten der Cateringfirma, denen Lorenz nicht begegnet war, hatten die Tische für das Büfett bereits am späteren Nachmittag unter Verena Bentz' Anleitung gedeckt und dekoriert, edelster Blumenschmuck, weiße Hortensien und Calla in schlanken Vasen. Zwei rechteckige Tische waren an die Wand unter die großen Fenster geschoben, ein runder in die Mitte, darauf standen die Getränke bereit, die nicht gekühlt zu werden brauchten, Rotwein, diverse Säfte und Spirituosen. Auf jedem der Tische standen zwei fünfarmige Kerzenleuchter aus massivem Silber, die Kerzen waren noch nicht angezündet. Lorenz sah auf seine Armbanduhr. Zwanzig nach neun.

Silvio hatte begonnen, von seiner Familie zu erzählen, von seinen Kindern, er hatte vier. Lorenz konnte mit Geschichten nicht dienen. Sie standen vor den Besteckkästen, um das Silber nachzupolieren. Jedes Messer, jede Gabel, jeder Löffel wurde einzeln geprüft. Jedes einzelne wurde mit einem feinen Tuch abgerieben und unters Licht gehalten. Ein helles, freundliches Licht, das leicht von den venezianischen Lüstern flutete, die von der stuckverzierten Decke hingen. Die Stukkateure hatten Pastellfarben benutzt, der Stuck war nicht durch immer wieder aufgetragene Farbschichten überdeckt und verdickt worden. So war die schmucke Feinheit des Originals erhalten geblieben, das vor hundertzwanzig Jahren vermutlich von bayerischen oder italienischen Meistern appliziert worden war. Appliziert war doch wohl das richtige Wort. Noch das kleinste Blümchen, Blättchen, Blütenstempelchen trat plastisch hervor. Lindgrün, Zartrosa, Tiepoloblau. Verführerisch. Lorenz versuchte sich vorzustellen, hier zu leben, seinen Alltag an diesem Ort zu verbringen, nicht als Angestellter, sondern als Besitzer und Bewohner. Verführerisch, aber nicht für ihn, ihm nicht zugedacht. Er war und blieb der Leihkellner.

Silvio, dessen Reden ihn allmählich ermüdeten, dessen Gegenwart ihn eben noch gefreut hatte und nun fast schmerzhaft zu langweilen begann, erzählte von den Fortschritten und Erfolgen seiner Kinder in der Hauptschule, auf dem Gymnasium, in der Berufsschule und in der Lehre, und beim nächsten Zusammentreffen, davon war er überzeugt, würde er ihm erzählen, daß Francesca, seine Tochter, inzwischen einen Rechtsanwalt oder Politiker geheiratet hatte und im fünften Monat schwanger sei, und sein Jüngster, Giglio oder Gigi, bei Jugend forscht den ersten Preis gewonnen habe. Er kam ihm vor wie einer, der seinen ganzen Urlaub in New York damit zubringt, sich darüber zu wundern und die anderen damit zu nerven, daß er es einfach nicht auf die Reihe kriege, daß es um zwei Uhr morgens zu Hause schon acht sei. Er schien seinen wundersamen Aufstieg noch immer nicht fassen zu können.

Nachdem sie das Besteck nach irgendwelchen Klarspülerspuren abgesucht hatten, ohne den geringsten Makel zu finden, war es kurz nach halb zehn. Da betrat die Hausdame den Salon und meldete, Verena Bentz habe eben angerufen. Sie sei außer sich.

Silvio und Lorenz sahen einander verständnislos an. Silvio schwieg. Das jedenfalls war wohltuend.

Sophie und Klara

Wer spielte, was spielte, was war das für ein Instrument, war es ein Koffer? Es kam von weit her, flutete an, ebbte ab, wurde leise, geschoben, gezogen, leiser, immer leiser. Sophie verlor den Halt, rutschte ab, glitt aus, fuhr einmal hoch, ein zweites Mal, glitt wieder aus, glitt dahin, nichts zu machen, ihr Verhältnis zur Umgebung war verrutscht, sie saß nur halb in ihrem Sitz, der andere Teil ihres Wesens lief davon, und der, der eben noch im Saal gewesen war, würde auch folgen. Sie hatte sich gehen lassen, hatte die Augen geschlossen und sich am Ende geschlagen gegeben, sleep is the winner, seit wann dachte sie englisch? Daß sie schlief, war kein bewußter Akt, kein Entschluß, keine Absicht. Im Gegenteil. Doch der Schlaf ließ sich nicht überlisten, nicht kaufen, auch nicht vom großen Olsberg, der da unten in die Tasten griff, mit den Armen ruderte, von oben wie ein Vogel in die Tasten pickte, weit ausholte, hochschnellte, sich duckte, sich spreizte, mit dem schwarzen Flügel verschmolz wie eine Fledermaus, die ihre Schwingen über ihre Beute breitet, ein sirrendes Nachttier im Inneren des Instruments. Sekundenlang war sie wach, hellwach. Im nächsten Augenblick dachte sie: Wo bin ich? War sie wach oder war sie schon in einem Zwischenreich? War es ein Koffer?

Während des zweiten Stücks, Barbers Sonate, die sie nie zuvor gehört hatte, einem fremdartigen Stück, war sie zu Beginn noch ganz Ohr gewesen, wohl, weil sie das Stück nicht kannte. Jedenfalls während der ersten beiden Sätze. Beim dritten Satz – Adagio mesto – war sie einmal kurz eingenickt und hochgeschreckt, als Klara ihr den spitzen Ellbogen in die Seite stieß. Es fehlte wenig, und sie hätte vor Schreck aufgeschrien. Hatte sie etwa geschnarcht? Sie traute sich nicht, um sich zu blicken. Peinlich. Nach dem sich furios steigernden vierten Satz, einer virtuos gehämmerten, jazzigen Fuge, deren wild galoppierenden Sprüngen und tollkühnen Verrenkungen sie mit wachen Sinnen gefolgt war, hatten sich die Menschen wie ein Körper, eine Masse, aus den Sitzen erhoben, um ihrer Begeisterung frenetischen Ausdruck zu verleihen, auch sie, nur Klara nicht. Sie sprang nicht auf, sie klatschte nur ein bißchen.

Olsberg war fünfmal herausgerufen worden, und Sophie hatte gehofft, die Bewegung im Saal und das Klatschen würden ihre Aufmerksamkeit nachhaltig fesseln. Sie durfte auf keinen Fall einschlafen. Auf gar keinen Fall. Sie durfte sich keine Blöße geben, um so mehr, als sie Klara damit ein schlechtes Beispiel und ein weiteres Instrument in die Hand gegeben hätte, mit dem sie sich gegen sie wenden konnte. Womöglich einfach aus Spaß.

Während des ersten Satzes der Hammerklaviersonate war die Müdigkeit wie weggepustet, obwohl dieses Allegro, wie ihr ein verstohlener Blick auf die Armbanduhr verriet, geschlagene zwölf Minuten dauerte. Zwölf Minuten, in denen sie nicht gegen die Müdigkeit anzukämpfen brauchte. Vielleicht lag es auch daran, daß sich das Sodbrennen bemerkbar machte, unter dem sie besonders dann litt, wenn sie Weißwein oder Cognac oder Kaffee getrunken hatte, was öfter vorkam, als ihrem Magen offenbar zuträglich war. Kurzum, sie meisterte den ersten Satz – wie viele hatte er denn geschrieben? – glänzend, ohne einzunicken, ohne wegzudämmern. Doch das war erst der Anfang. Sie durfte nicht daran denken, was jetzt noch folgte. Es ließ sich nicht völlig aus der Welt schaffen: Endlos viele Noten und Wiederholungen, Viertel, Achtel, Sechzehntel, Halbe, Ganze, Triolen, Punktierungen und

Fermaten, ihr wurde ganz schwindlig bei dem Gedanken, sie wurde schwach und schwächer.

Dann kam der dritte Satz, nachdem der zweite in zweieinhalb Minuten fast unbemerkt vorbeigehuscht war, Adagio sostenuto. Plötzlich klappten Sophies Augen zu. Eben war sie doch ganz wach gewesen! Sie riß die Augen auf. Wenige Sekunden später wiederholte sich der Vorgang. Augen zu, Augen auf. Augen zu.

Eine Weile konnte sie sich und denen, die sie womöglich beobachteten, noch vortäuschen, die Augen zu schließen, um sich auf die Musik zu konzentrieren, als sei dies die tauglichere Art, die Töne aufzunehmen, wie andere das ja auch taten, und nicht selten darüber einschliefen, oder einschliefen, ohne auch nur die geringste Anstrengung zu unternehmen, dies zu verhindern, ja sogar schnarchten. Es dauerte nicht lange, bis es schließlich doch passierte. Sie war erschöpft von allem. Sie war müde von den inneren und äußeren Kämpfen mit Gegnern, die nicht wissen durften, daß sie ein Opfer war und darunter litt, die es deshalb nicht wußten, weil ihr Schicksal ihnen völlig egal war. Sie war bedeutungslos. Unwichtig. Fallen gelassen. Sie war von einzigartiger Uninteressantheit, das Wort uninteressant schien eigens zu ihrer Charakterisierung erfunden worden zu sein. Sie war zu alt. Sie war zu hübsch gewesen. Sie hatte sich dummerweise etwas darauf eingebildet. Der Fehler aller Hübschen, die die Gelegenheiten im richtigen Augenblick nicht beim Schopf packen. Nicht mal im letzten Augenblick. Wie lange war das alles vorbei. Sie hatte jede Gelegenheit verpaßt. Hin und her, ihr Kopf ging hin und her und immer weiter abwärts, nicht sinkend, sondern gezogen, von der Schwerkraft als Laborratte benutzt, die in einer Taucherglocke saß und tief und tiefer sank, und dies gerade jetzt, in einem Augenblick, den man nie mehr vergessen wird, während eines Konzerts mit Olsberg, den man zu Recht mit Horowitz verglich, auch wenn sein Anschlag ganz anders war. Wer weiß, wann man ihn wieder hört! All das streifte ihr durch den Kopf, berührte die verschlungenen, weißen Korridore und Kanäle ihres Hirns, sie wurde leicht und leichter, während Olsberg spielte und spielte und sie im Schlaf zu wiegen schien. Wie ein Weberschiffchen in flinken Händen ging es von links nach rechts und von rechts nach links.

Was spielte er da auf seinem Koffer? Die Frage, die aufkam, bevor sie endgültig einschlief und ihr Kinn langsam auf die Brust sank, hatte vor einigen Minuten dazu geführt, daß sie einen weiteren Blick ins Programmheft geworfen hatte, wo sie nachlesen konnte, was Olsberg an diesem Abend bereits gespielt hatte und noch spielen würde, vor allem aber, was er gerade in dem Augenblick spielte, als sie die Buchstaben im Zwielicht zu entziffern versuchte. Zuerst den quicklebendigen Scarlatti, der Name war Programm, dessen Stücke sie dazu animiert hatten, Klaras Blicke auf sich zu lenken, die darauf nicht reagiert hatte. Von Austausch konnte keine Rede sein, sie hatte es versucht, das war mißlungen. Nicht an Alma denken, keine Vergleiche ziehen, keine Ungerechtigkeiten begehen, keine Animositäten, Zurücksetzungen, Beleidigungen, Zickigkeiten, Schmerzen, Ressentiments, Haß, Verachtung empfinden, es fielen ihr spielend tausend weitere Vokabeln für die zehntausend Gefühle ein, die sie beim Anblick ihrer Nichte empfand, die ihrer Schwester so ähnlich war. So abstoßend ähnlich wie ein Zwilling, der jahrelang auf den Augenblick gewartet hatte, aus seinem Ei zu schlüpfen. Eine Schlange. Bring sie um, wenn du dich traust, flüsterte eine Stimme, die Stimme ihrer Schwester, und es wunderte Sophie nicht, daß sie sie zum Mord an ihrer eigenen Tochter anstachelte. Das ist ja wieder typisch, dachte sie. Oder hatte sie das vorher gedacht? Du traust dich ja doch nicht, flüsterte Alma.

Klara war das natürlich alles einerlei, warum auch nicht, sie hatte nichts damit zu tun, außer daß sie Almas Tochter war, und dafür konnte sie ja nichts. So war Sophie nichts anderes übrig geblieben, als ihr dankbar zu sein, daß sie sie zumindest damit verschonte, nach Beginn des Konzerts auf ihrem Smartphone herumzuspielen, was vermutlich zu einem kleinen Aufruhr in der näheren Umgebung geführt hätte. Tatsächlich hatte sie es vor dem Konzert ausgeschaltet, ohne daß Sophie sie darum hatte bitten müssen. Sie benahm sich also erstaunlich gesittet, wie es sich gehörte, comme il faut, auch wenn die Musik sie sichtlich nicht interessierte. Sichtlich war vielleicht nicht das richtige Wort, es war eher etwas, was sie ausstrahlte, was ungesagt sagte: Ist mir egal, mach du da vorne deinen Stiefel, okay, aber belästige mich nicht. Ich laß es nicht an mich ran. Und sie selbst? Prallte die Musik nicht auch an ihr wie an einer Mauer ab, ein Stück Mauer, das einsam in die Landschaft ragte, wie es noch da und dort in dieser Stadt, in der sie schon so lange lebte, als verloren wirkendes Anschauungsmaterial für Touristen herumstand.

Sie saßen im Block B, rechts oben. Der Zuschauerraum lag in aufgeklartem, warm getöntem Dunkel. Nicht einschlafen. Denn die Musik war schön und hell, und sie konnte Olsbergs Gesicht gut sehen. Was für ein Privileg.

Sie saßen nebeneinander wie zwei Vertraute, aber Sophie wußte, daß Klara längst zur unfreiwilligen Stellvertreterin oder Doppelgängerin ihrer Mutter geworden war, ein Klon, ein Avatar. Natürlich tat sie ihr damit unrecht, denn sie war zweifelsfrei ohne jede Schuld. Aber hatte man ihr, Sophie, nicht doppelt größeres Unrecht getan? Das Übel saß tief in der Familie ihrer Schwester. Warum konnte sie nicht über ihren eigenen Schatten springen? Warum konnte sie nicht zugeben, daß Alma ihr das Schlimmste angetan hatte, was ihr je angetan worden war, als sie ihr den Mann weggelockt und schon nach wenigen Tagen ausgespannt hatte, Klaus, der inzwischen für Klara eine Art Stiefvater geworden war, nachdem sich ihr echter Vater, auf der Flucht vor Almas Ansprüchen und Launen, in die USA davongemacht hatte. Vielleicht, dachte Sophie, würde sie Klara heute die Wahrheit über ihre Mutter und Klaus erzählen, denn sie war fast sicher, daß Klara ahnungslos war. Wie schön und kraftvoll, energisch und einfühlsam Klaus gewesen war, der beste Mann ihres Lebens. Doch was ging das Kind das an?

Ob sie das im Traum, im Halbschlaf, halb noch im Wachen gedacht hatte?

Und dann war Ruhe. Sie schlief. Sie verschlief den letzten Satz der Hammerklaviersonate, das Largo, dem sich unmittelbar das Allegro risoluto anschloß. Der Fugensatz. Die zweite Fuge dieses Abends.

Stille. Anhaltende Stille. Unerwartete Stille. Erschrekkende Stille.

Sie mußte sich nachher von Klara erzählen lassen, was geschehen war, weil sie den unvergeßlichen Augenblick verpaßt hatte. Was war geschehen?

Etwa drei Minuten vor dem Ende des letzten Satzes der Hammerklaviersonate, diesem Meilenstein der Klaviermusik, etwa nach neun Minuten Spiel, kurz vor Erreichen des Ziels, hielt Marek Olsberg unvermittelt inne und hob langsam die Hände. Daß das Stück nicht zu Ende war, sondern daß er es vorzeitig abgebrochen hatte, daß jetzt also etwas Außergewöhnliches geschah, war auch denen sofort klar, die diese Sonate nie zuvor gehört hatten und mit den Gepflogenheiten von Soloauftritten nicht oder noch nicht vertraut waren: Marek Olsberg schloß den Klavierdeckel mit einer Bewegung, die über die Endgültigkeit seiner Entscheidung keinen Zweifel ließ. Und er sagte laut und vernehmlich, vielleicht nicht bis in den letzten Winkel des riesigen Gebäudes vernehmlich, mit tonloser Stimme: »Das war's.«

Spätestens als Olsberg aufstand und das Podium verließ, ohne sich zu verbeugen, ohne ein Wort, völlig in sich gekehrt, ja abgekehrt von allem, nicht eilig, aber auch nicht schleppend, wußten jene, die ihn kannten, daß er nicht zurückkehren würde. Das waren nicht viele, aber sie wurden um jene ergänzt, die ein besonderes Gefühl für ungewöhnliche Situationen hatten. Es vergingen noch ein paar Sekunden, in deren Verlauf Olsberg die Tür zur Seitenbühne selbst geöffnet und wieder hinter sich geschlossen hatte, bis auch dem letzten Zuschauer in der Philharmonie die Tragweite dessen, wovon er eben Zeuge geworden war, bewußt wurde. Der Tumult, der sich in gesitteten Grenzen hielt, begann piano, steigerte sich aber schnell zum Fortissimo. Keine Massenpanik, natürlich, Feuer war schließlich nicht ausgebrochen, auch strömte die Menge nicht augenblicklich auf die Ausgänge zu, von denen sich der eine oder andere bereits geöffnet hatte, es machte sich vielmehr unordentliche Betriebsamkeit breit, die von heftigem Gedankenaustausch begleitet wurde. Man war erstaunt, schockiert, ergriffen, entsetzt, außer sich, sprachlos, jede und jeder auf seine eigene Weise berührt.

Marina und Johannes

Zu den Merkmalen des Restaurants Coeur volage, auf welche man besonders stolz war, gehörte – laut dessen Homepage – der französische Oberkellner, das »handgeschnittene Baguette« und der schöne Brauch, die Gäste jeweils am Eingang zu begrüßen, bevor man sie an ihren Platz führte. Das harmonische Zusammenspiel von aufwendig lackierten Holzverkleidungen, getönten Wandflächen und vielen Spiegeln – so die Eigenwerbung –, ströme eine behagliche, angenehme Wärme aus. Kleine Details wie die Tischordnung, die Bilder, aber auch die unverzichtbare *caraffe d'eau* vermittelten *l'esprit brasserie,* auch wenn die Karaffen mit San Pellegrino statt Leitungswasser gefüllt wurden. Nur das modern-elegante Interieur erinnere einen daran, daß man in Berlin sei, hieß es.

Doch nachdem sie aus dem Taxi ausgestiegen und eingetreten waren, kam niemand auf sie zu, um sie zu begrüßen. Eine Weile standen sie an der Bar herum, die sich rechts hinter dem Eingangsbereich befand, und warteten, bis ein junger, sehr blasser, pockennarbiger Mann auf sie zutrat und in perfektem Deutsch, aber mit französischem Akzent, fragte, ob sie zu essen wünschten. Ja, doch zunächst wollten sie einen Drink an der Bar nehmen.

»Bien sûr«, sagte der Kellner, und als sei dies das verabredete Losungswort, erschien augenblicklich ein Mann aus dem bislang undeutlich gebliebenen, irgendwie auch bedeutungslosen Hintergrund. Es handelte sich offenbar um den Barkeeper. Er hatte eine weiße Serviette über den linken Arm gelegt und trug dieselbe Uniform wie der Kellner. Doch der Gegensatz zu diesem hätte nicht größer sein können. Er war von geradezu abschreckender Bräune und dabei haarig bis an die Fingerspitzen. Johannes hatte nicht vor, seine Künste in Anspruch zu nehmen, überwand seinen Ekel vor dem Mann, der auf die Bestellung wartete, und verlangte ein Pils. Marina bestellte ein Glas Weißwein. Von der Mosel, wie sie sagte, als ob sie die Weinkarte hier auswendig kennte, die sie doch keines Blicks gewürdigt hatte. Kannte sie das Lokal? Oder wurde inzwischen an jeder Berliner Theke Mosel ausgeschenkt? Mosel? Er hatte in seinem Leben noch nie Wein von dort getrunken, es war die Art Landschaft, die zuletzt seinem Opa als Weinregion geläufig gewesen war, während Oma höchstens mal ein Zückerchen in Schnaps getaucht hatte. Heutzutage bewegte man sich in anderen Gefilden.

Auch der Barkeeper stellte sich als Franzose heraus, er sagte deutlich »Moselle, bien sûr«, als er die Bestellung mit einem kurzen, wohlwollend anerkennenden Kopfnicken entgegennahm. In seinen Augen hatte sie offenbar die einzig richtige Wahl getroffen. Moselwein trocken. Hatte Johannes irgendeinen Trend verschlafen? Er würde im kleinen Johnson oder beim großen Parker nachschlagen, was man darüber wissen mußte, falls es dort etwas zu erfahren gab. Der Pockennarbige verschwand mit den Mänteln, nachdem sie ihm zu verstehen gegeben hatten, daß sie die Speisekarte erst am Tisch zu sehen wünschten. Sie setzten sich an die Bar, so daß sich ihre Knie berühren konnten. Marina schlug ihre langen Beine übereinander, artig aufreizend. Die Tasche hatte sie auf dem nächsten Barhocker abgestellt. Das Bier und der Wein wurden in zwei kreisenden Bewegungen gleichzeitig von weit oben vor sie hingestellt, sie hoben die Gläser und sahen einander in die Augen. Es war so, wie es in dieser Situation immer sein sollte, locker explosiv. Und wie es seine Art war, sagte Johannes forsch: »Es knistert, n'est ce pas?« Ein Lächeln huschte über Marinas Gesicht: »Oui oui.« Wuiwui sagte sie. Es klang nicht so, als ob sie die Sprache beherrschte, aber vielleicht machte sie ihm bloß etwas vor. Ihr war schließlich alles zuzutrauen, selbst ein abgeschlossenes Hochschulstudium. Hauptsache geheimnisvoll und offen für alles.

»Bist du etwa aus der Gegend?« fragte er sie.

»Aus welcher Gegend denn?«

»Aus dem Moseltal?«

Sie lachte.

»Nein. Warum, klinge ich so? Ich weiß ehrlich nicht mal genau, wo das liegt, außer, daß es in Deutschland ist, natürlich.«

»Zumindest teilweise.«

»Wieso teilweise?«

»Du hast offenbar keine Ahnung von Geographie.« Sie schüttelte den Kopf, und er erklärte ihr, daß die Mosel in den Vogesen entsprang, in Frankreich, wie er hinzufügte, für den Fall, daß sie nicht wußte, wo die sich erhoben.

Er nahm ihre Hand und küßte ihre Finger.

»Keine Angst vor Infekten?«

Er ließ die Hand nicht los, als er den Kopf schüttelte.

Er trank sein Bier in wenigen Schlucken und unterdrückte den aufkommenden Rülpser. »Ich bin irre hungrig«, sagte Johannes.

»Ich auch«, erwiderte Marina, und so ließen sie sich kurz darauf durch die beiden ineinander übergehenden Räume geleiten, die durch drei Stufen miteinander verbunden auf zwei Ebenen lagen. Die Spiegel täuschten notdürftig darüber hinweg, daß beide Räume nur mäßig besetzt waren. Es war für Berlin einfach zu früh. Die meisten Gäste erschienen nach zehn.

Johannes entschied sich für den Tisch, der am weitesten von der Eingangstür entfernt war. Er setzte sich mit dem Rücken zur Wand auf die mit Kunstleder gepolsterte Bank, als sollte niemand Marina von vorne sehen. Was jeder sehen konnte, war ihre Stirn im Spiegel hinter seinem Rückenpolster. Von seinem Platz aus konnte er beide Räume gut überblicken. Er behielt gern die Übersicht.

Marina hätte seine Tochter sein können. So mußte es natürlich sein. Hätte er statt junger Frauen gleichaltrige bevorzugt, hätte Renate vermutlich genügt. Weniger behagte ihm allerdings die Tatsache, daß ihm das in diesem Augenblick bewußt wurde. Er fürchtete sich nicht vor dem Alter, auch nicht davor, für älter – oder jünger – gehalten zu werden, als er war, ebenso gut hätte er sich wegen des unterschiedlichen Geschlechts vor dem weiblichen Geschlecht an sich fürchten können –, es war vielmehr der absurde Gedanke an seine Tochter, an die er gar nicht hatte denken wollen, der ihm zu schaffen machte, seine Tochter, die von seinen Eskapaden natürlich nichts wußte. Was hätte sie von ihm gedacht und möglicherweise zu ihm gesagt, wären sie ihr zu Ohren gekommen. Diese Eskapaden! Ein Wort von Oma.

»Ich bin noch etwas im Jetlag«, sagte er. »Je älter ich werde, je öfter ich reise, je öfter man zurückkehrt, wird es immer schlimmer.«

»Ich war in Asien«, sagte Marina.

»In Asien?«

»In Thailand. Um mich zu wundern, daß man dort gar nicht mit Stäbchen ißt.«

»Nicht?« Er stutzte, überlegte. »Dann habe ich da wohl chinesisch gegessen.«

Er hatte wieder den Eindruck, daß sie ihn täuschte.

Es reizte ihn, zu viel zu essen, manchmal unmäßig, mehr als Renate lieb war, der nicht entging, was seine bezahlten und unbezahlten Geliebten zwar sahen, aber nicht kommentierten. Sich über seine Rundungen auszulassen, überließen sie der Ehefrau, die ihn, bei aller weltläufigen Rastlosigkeit, doch öfter zu sehen bekam als die anderen, auf die er sich verteilte. Ihr entging nicht, daß Johannes seit einigen Jahren beharrlich zunahm und noch mehr zugenommen hätte, hätte er sich nicht hin und wieder dazu gezwungen, zu fasten. Manchmal schnappte er sich auf seinen zahlreichen Reisen irgendwelche Viren auf, die ihn stundenlang aufs Klo zwangen. Lauter unerfreuliche Gedanken, die er mit der Bestellung, die sie gleich aufgeben würden, zu vertreiben hoffte. Noch aber waren sie in die Lektüre der Speisekarte vertieft, die sich darum bemühte, das Angebot des Lipp oder der Coupole nachzuahmen. Mit welchem Erfolg würde sich gleich erweisen.

Johannes entschied sich für das klassische Steak tartare und Frittes, Marina für ein kleines Rumpsteak mit Pommes allumettes. Ob sie Bescheid wußte, daß er sich gleich über rohes Fleisch hermachen würde, konnte er nur ahnen, aber er war sich ziemlich sicher, daß sie das, im Gegensatz zu anderen Frauen, die sich schon beim bloßen Gedanken an Ungekochtes ekelten, nicht stören würde.

»Ob er jetzt wohl schon spielt?«

Er blickte zur Bahnhofsuhr, die den Raum beherrschte und jener nachgebildet war, die im Train bleu hing – einem der schönsten und schlechtesten Restaurants von Paris –, bevor er sich Marina zuwendete.

»Er tut, was er kann«, sagte sie, »ob er spielt oder nicht, wie wir alle.«

In diesem Augenblick näherte sich der Kellner. Er wartete in einem Abstand, der keinen Zweifel darüber aufkommen lassen sollte, daß er ihrer Unterhaltung nicht folgen konnte.

»Möchten Sie bestellen?«

Sie bestellten.

»Und Wein! Bitte, viel Wein. Weiterhin Weißen, von der Moselle, ja? Nein? Gut, dann bringen Sie uns einen netten Burgunder aus der« – er betonte – »Bourgogne.« Der Kellner zog sich mit einer leichten Verbeugung und etwas verunsichert zurück, wodurch verunsichert?

»Ach, autre chose encore«, rief er dem Kellner hinterher, der sich sofort umdrehte: »Quel millésime?«

Nun wirkte der Kellner nicht mehr nur verunsichert, sondern sichtlich verwirrt.

»Wie bitte?«

»Le bourgogne que vous nous apportez est de quelle année?«

Der Kellner trat ganz nah an den Tisch heran und stotterte: »Bitte, sprechen Sie Deutsch!«

»Wieso Deutsch? Sie sind doch Franzose?«

»Nein. Verzeihen Sie, ich spreche kein Französisch. Französisch geht mir am –«, er verstummte und sprach nun mit unverkennbar sächsischem Akzent.

»Wie bitte?«

»Wir tun nur so als ob, wir sind keine Franzosen.«

»Wie? Der da vorne an der Bar auch nicht?«

»Der auch nicht und der Chef nicht und der Chefkoch auch nicht, bloß einer von den Küchenhilfen spricht Französisch, der kommt aber aus Ghana. Oder Gabun? N' Neger.«

»Das heißt, ihr tut als ob. Ihr seid gefaked?«

»Nu, Franzosen sind wir jedenfalls nicht.«

»Aber während der Arbeit tut ihr so?«

»Müssen wir.«

»In Wirklichkeit kommen Sie aus Leipzig.«

»Dresden. Wieso? Hört man das?«

»Allerdings.«

Beide lachten herzlich, als sich der Kellner – noch eine Spur unsicherer als bisher – schließlich entfernte. Er wirkte wie ein auf frischer Tat ertappter Hochstapler.

Esther und Solveig

»Und jetzt?«

Esther und Solveig waren aufgestanden und blickten sich ratlos um. Esther umklammerte ihre Handtasche, Solveig zurrte ihr Halstuch zu fest und lockerte es gleich wieder. Es herrschte gedämpfter Tumult.

Was die Menschen dachten, konnten sie nicht äußern. Man hatte die Fassung nicht verloren, obwohl man so abrupt aus jenem Zustand gerissen worden war, den Olsberg erst geschaffen und nun zerstört hatte. Was war geschehen? Es fehlten ein paar Takte Musik, mehr nicht. Was war los? Warum hatte Olsberg sie seinem Publikum vorenthalten? Esther und Solveig waren sicher nicht die einzigen, die sich noch einmal zu vergegenwärtigen suchten, was sich da eben vor ihren Augen abgespielt hatte, welchem denkwürdigen Ereignis sie gerade beigewohnt hatten, einem regelrechten Eklat, über den die Medien morgen und in den nächsten Tagen bestimmt ausführlich berichten würden. Wie nannte man das?

»Was denkst du, hat er einen Blackout gehabt?« fragte Solveig. Esther zuckte mit den Achseln. »Keine Ahnung.«

»Ist er krank, was meinst du?«

»Vielleicht ist er krank.«

Zu mehr als einem Echo reichte es nicht, wenn sie nicht damit beginnen wollte, im Nebel ihrer Ahnungslosigkeit herumzustochern.

Weltweit würde man darüber berichten und spekulieren, denn Olsberg war schließlich weltweit bekannt und das, was eben geschehen war, fraglos berichtenswert. Der Lärm, den das vorzeitige Innehalten, der Aufbruch und das Verlassen des Konzertpodiums der Berliner Philharmonie auslösen würde, war voraussehbar, voraushörbar, kein Feuilleton von der FAZ bis zur New York Times würde es sich entgehen lassen, mehr oder weniger ausführlich darüber zu berichten, froh um jede Gelegenheit, auf einem Gebiet mit einer Sensation aufwarten zu können, auf dem Sensationen ja nicht gerade dicht gesät waren, man konnte ja nicht ständig über Tenöre schreiben, die niedergeschrien wurden, weil ihre Stimmbänder versagten, und schon gar nicht über Dirigenten, die ihre männlichen Schutzbefohlenen einschlägig drangsalierten. Lautlos war die Tür hinter Olsberg ins Schloß gefallen und hatte 2387 Menschen sowie etliche Türschließer ratlos zurückgelassen. Die Kommentare würden geräuschvoller sein. Das Spekulieren konnte beginnen.

Stille. Gespannte Erwartung. Niemand hatte gehustet, als Olsberg den Raum zwischen Klavierhocker und Tür durchmaß. Man hatte den Atem angehalten. Kein Wort war gefallen. Was hatte ihn dazu bewegt, mitten im Spiel abzubrechen, was war der Anlaß? Ein störendes Geräusch, das nur er gehört hatte, der Steinway, eine plötzliche Übelkeit, ein Aussetzer, eine Gedächtnislücke? Nie hatte jemand im Publikum etwas Ähnliches erlebt, und dabei war doch im Grunde nichts natürlicher als das: ein Aussetzer, eine Gedächtnislücke, plötzliche Übelkeit, unbezwingbarer Harndrang, ein Muskelkrampf. Außer Olsberg wußte es niemand. Vielleicht wußte er selbst es ja nicht. Man würde ihn in Interviews bedrängen, die neugierigen Fragen würden nicht auf sich warten lassen. Die Kritiker, die nun den Saal verließen, ohne zu wissen, wie – und ob – es nach der Pause weitergehen würde, würden in ihren Berichten fast einhellig die Meinung vertreten, sie hätten nie zuvor eine so kühne, moderne, sublime, verfeinerte, erhabene, geniale Interpretation von Beethovens Hammerklaviersonate gehört wie an diesem

Abend, und schwerlich würden sie Zeit ihres Lebens eine solche ein zweites Mal hören. Und von Olsberg also nie mehr?

Was war geschehen? Wodurch war dieses Ereignis ausgelöst worden? Warum passierte es sonst nie? Das waren nur drei von vielen Fragen, die unausgesprochen im Raum standen und die niemand beantworten konnte. Niemand hatte Olsberg die Bühnentür aufgehalten, niemand hatte sie hinter ihm geschlossen. Der Podiumswart hatte seinen Abgang verpaßt. Niemand hatte ihm ein Zeichen gegeben, kein Applaus war aufgebrandet, der ihn hätte aufhorchen und aufspringen lassen, um dem Solisten die Tür zu öffnen, wie er es sonst tat. Keine unsichtbare Hand hatte die Tür hinter Olsberg geschlossen. Seine freie Entscheidung. Ein einsamer Entschluß. Niemand konnte sich erklären, was sich da eben abgespielt hatte. Olsberg hatte die Klinke der Tür, die nach außen hinter die Bühne führte, eigenhändig heruntergedrückt, eine Geste, die illustrierte, wie weit er sich damit von der stillschweigenden Übereinkunft des Konzertlebens entfernt hatte. Diese besagte, daß sich der Künstler in der Öffentlichkeit nur herabließ, menschlich zu sein, um menschlich zu wirken, tatsächlich aber fast göttlich war und deshalb keine Hand frei hatte, um Türen selbst zu öffnen und zu schließen. Seine Finger waren anderen, wichtigeren Tätigkeiten vorbehalten. Lauter solche Dinge mochten den frustrierten Konzertgängern, die sich nun aufmachten, den Saal zu verlassen, durch den Kopf gehen.

Nach der ersten Aufregung hatte sich der Zuschauer ein Gefühl der Niedergeschlagenheit und Enttäuschung bemächtigt, das fast mit Händen zu greifen war. Man kam sich näher. Fremde unterhielten sich mit Fremden. Man tauschte sich aus. Ernüchterung. Enttäuschung.

Verunsicherung. Innerhalb weniger Sekunden war die Philharmonie in ein anderes Licht getaucht. Man wechselte zur Einlaßbeleuchtung. Der größte Teil des verprellten Publikums, das Olsberg um den Schluß seiner Interpretation der Hammerklaviersonate betrogen hatte, war inzwischen aufgestanden. Bestürzt sah man sich um. Was tun, war's das gewesen? Hatte er tatsächlich gesagt: Das war's, oder hatte man sich das bloß eingebildet? Das war's. Wie unsäglich unpassend, oder hatte man sich verhört? Fragen über Fragen. Man schien sich noch immer nicht entschließen zu können, den Saal endgültig zu verlassen, als ob ein anderer Brandherd darauf wartete, entfacht zu werden. Ein paar Unbeirrte mochten noch hoffen, Olsberg würde zurückkehren, um wieder Platz zu nehmen und die Sonate zu Ende zu spielen, den ganzen letzten Satz von Anfang an. Doch nichts geschah. Kein Veranstalter ließ sich blicken, um sein Verhalten zu erklären. Niemand trat mit einer Entschuldigung vor das Publikum.

Der Frage, was nun geschehen würde, folgte erst allmählich die Erkenntnis, daß wahrscheinlich nichts mehr geschehen würde. »Das war's.« Olsberg hatte es tatsächlich gesagt, diesen Satz, der nicht paßte, der nicht zu ihm paßte, er hatte ihn gesagt, und er war in den ersten Reihen deutlich verstanden worden.

»Meinst du, er ist krank?« fragte Solveig.

»Möglich.«

»Dann kommt er doch wieder, oder?«

Wie sollte das irgend jemand von ihnen wissen?

»Keine Ahnung. Wir sollten die Pause abwarten und dann sehen, was geschieht.«

Kurz nachdem sich die Philharmonie bis auf wenige ältere Herrschaften fast geleert hatte, erfolgte über mehrere Lautsprecher die Meldung, daß das Konzert nicht fortgesetzt werden könne, daß ein Umtausch der Karten, die man bitte aufbewahren möge, zu einem späteren Zeitpunkt in Erwägung gezogen werde, weitere Informationen würden ab morgen zehn Uhr bei der Billettkasse telefonisch erfragt werden können. Man bedauere den Vorfall sehr und wünsche trotzdem einen geruhsamen Abend.

»Geruhsam ist gut. Was machen wir jetzt?« fragte Solveig und hatte den Eindruck, daß Esther über die unerwartete Wendung, die dieser Abend genommen hatte, weniger unglücklich war als sie, die noch einige Sekunden lang davon ausging, ihm etwas abgewinnen zu können. »Vielleicht gehen wir noch nett was essen oder trinken, was meinst du? Es ist ja wirklich noch nicht spät.«

Esther überlegte nicht besonders lange, bevor sie erwiderte, sie sei müde, und sie habe noch etwas mit Thomas zu besprechen, den sie gleich darauf übers Handy zu erreichen versuchte, was mißlang, wahrscheinlich war er vor dem Fernseher eingeschlafen, wie so oft, oder er hatte sich bereits ins Bett gelegt.

»Lieber ein anderes Mal, wenn wir mehr Zeit haben. Ist ja auch irgendwie deprimierend.«

Esther wirkte etwas abwesend, als wäre sie bereits auf dem Sprung. Sie machte sich auf den Weg zu den Mänteln, Solveig im Schlepptau. Deren Vorstellungen, wie man diesen unvollendeten Abend vielleicht doch noch würdig beschließen könnte, waren Esther im Augenblick herzlich egal. Kein Wunder, daß sie auf Solveig rücksichtslos und egoistisch wirkte und diese unvermittelt einen Anflug von Aggressivität verspürte, den sie, wenn sie es sich recht überlegte, nicht zum ersten Mal empfand.

Esther wollte so schnell wie möglich zu Thomas, um nunmehr den Zustand herzustellen, den sie sich, bevor sie ausgegangen war, so sehnlich wie vergeblich herbeigewünscht hatte, sie wollte sich zu ihm aufs Sofa legen, ein

Glas Chablis oder Sauternes trinken, ein Stück Foie gras essen, einen Löffel Mont d'Or oder Brie de Meaux auf der Zunge zergehen lassen, zwei Bissen Baguette, die Beine ausstrecken und hochlegen und von einem Kanal zum anderen zappen, während Thomas ihre Füße massierte, ihre Fesseln küßte, ihre Knie.

Auf dem Weg zu den Garderoben drehte sie sich zu Solveig um und sagte: »Ich bin auf Diät, um diese Zeit darf ich sowieso nichts mehr essen. Ich hoffe, du nimmst mir das nicht übel, aber nach diesem Fiasko habe ich überhaupt keine Lust mehr auf irgendwas. Verstehst du? Nicht mal auf einen Wein.«

Sie log und war sicher, daß Solveig es merkte. Solveig stimmte wortlos zu. Besagte die Tatsache, daß sie so schamlos log, daß sie Solveig gar nicht als Freundin, sondern lediglich als nützliche Begleitung betrachtete?

Esther erwies sich als schneller, wendiger und entschlossener als die anderen, die ebenfalls zu den Garderoben strebten und sich etwas unschlüssig darum bemühten, ihre Mäntel zurückzuerhalten. Sie bahnte sich einen Weg durch die Wartenden und gelangte rasch zum Ziel.

Als Solveig in den linken Ärmel ihres Mantels schlüpfte, spürte sie, daß ihr jemand, der hinter ihr stand, behilflich sein wollte. Sie ahnte, wer das war, noch bevor sie sich umdrehte: Sophie irgendwas. Wie gut, daß man sich in der Firma mit den Vornamen anredete. Sich diese zu merken, war schwierig genug, sich auch noch die Nachnamen zu merken, wäre viel zu aufwendig gewesen. Für Solveig zumindest, für andere vielleicht nicht. Sie empfand ihre Unfähigkeit nicht etwa als altersbedingte Unzulänglichkeit, sondern als Signum ihrer Autorität. Sie konnte sich das nun mal leisten. Andere nicht. Die da nicht.

Brav und hoffentlich distanziert genug sagte sie »Danke«, als fürchtete sie, Sophie könnte auf die Idee kommen, den verbleibenden Abend in ihrer Gesellschaft verbringen zu wollen. Natürlich nicht. Bestimmt nicht. Natürlich dachte jemand wie Sophie nicht im entferntesten an so etwas. Sie war zufällig in der Nähe gewesen, sie hatte es gewiß nicht absichtlich darauf angelegt. Die Philharmonie war groß, aber doch nicht so groß, daß man sich an einem Abend nicht zweimal über den Weg laufen konnte. Woher sollte diese Person wissen, wo sie ihren Mantel abgegeben hatte? Immerhin nötigte dieses kleine aufmerksame Manöver sie dazu, Sophies Nichte genauer in Augenschein zu nehmen, sie stand etwas abseits. Ein ausgesprochen hübsches Ding, wie sie – nicht ohne einen Stich in der Brust zu verspüren – bemerkte. Mußte man sich die Geliebte ihres Mannes so vorstellen? So oder so ähnlich? Ja, genau so, nur ein paar Jahre älter. Dieses Mädchen hier war sicher noch Schülerin. Umso aufreizender für Männer wie ihren. Warum nur fühlte sie sich so allein?

»Danke. Geht schon.« Sie sah sich nach Esther um, die sie plötzlich aus den Augen verloren hatte.

»Bis dann. Bis morgen oder die Tage.«

Sie entdeckte Esther beim Ausgang, das Handy ans Ohr gepreßt, abwartend und stumm. Der Gedanke durchzuckte sie, wie lächerlich es gewesen wäre, Genugtuung zu empfinden, wenn sie Esther jetzt hätte sagen können, sie würde mit ihrer Mitarbeiterin noch auf einen Drink gehen. Sie wollte sich nicht vorstellen, welchen Eindruck das auf ihre Freundin gemacht hätte, ihre Freundin, die sie hier im Stich ließ.

Draußen warteten die Menschen auf Taxis, die nirgends zu sehen waren. Die Nachricht vom vorzeitig beendeten Konzert war offenbar noch nicht bis zu den einzelnen

Taxiunternehmen gedrungen. Um so begehrter waren die wenigen Wagen, die sich bereits zur Pause eingefunden hatten, um jene Konzertgänger nach Hause zu fahren, die erfahrungsgemäß auf den zweiten Teil verzichteten. Solveig atmete tief durch. Was für ein deprimierender Abend! Was für sinnlos vergeudete Zeit.

II

Marek

Nie zuvor hatte er sich so frei gefühlt. Der Raum um ihn war hell, der Raum in seinem Inneren war licht. Er war frei.

Hinter der Bühne war es nicht so hell. Aber hell genug, um fast mühelos den Weg zu finden, der hinausführte. An dem geduckt wirkenden Mann vorbei, der auf seinem Stuhl saß. Dem Mann, dessen Aufgabe es war, ihm die Tür zu öffnen, und der nicht wußte, was er denken sollte, weil er nicht gleich verstand, was geschehen war. Der bestürzt aufblickte. Der aufsprang, aber nicht wußte, was zu tun war. Marek spürte seinen Blick im Nacken. Er hatte die Tür, die schließlich in die Freiheit führte, selbst geöffnet. Marek verließ alles, was er gewohnt war und trat dort ein, wo ihm alles fremd war und ihn keiner kannte.

Er folgte keinem Plan. Es war geschehen, nicht gegen seinen Willen, im Grunde aber ohne sein Zutun. Das jedenfalls war sein Eindruck. Als er an diesem Abend vor die Menschen getreten war, hatte er keine andere Absicht verfolgt, als das Programm zu spielen, das ausgedruckt vorlag, so wie er es seit Jahren tat. So wie er es zweifellos morgen im aktuellen Wachstuchheft festgehalten hätte, wenn auch diesmal alles nach den üblichen Regeln verlaufen wäre. Er war vor das Publikum getreten, das ihn verehrte wie einen unbeweglichen, makellosen Genius mit Füllhorn, der nur die Finger zu bewegen brauchte, um die Aufmerksamkeit auf sich zu lenken, und über dessen Privatleben so wenig nach außen drang wie über das der meisten klassischen Musiker, deren Privatleben, bis auf das einiger Opernsängerinnen, merkwürdig wenig Interesse weckte, als ob sie verblaßten, sobald sie ihr Instrument nicht mehr berührten, als ob sie ohne dieses gar nicht existierten, als ob sie Vampire wären, die tagsüber reglos in ihren Grüften lagen und darauf warteten, abends die Sargdeckel aufzuklappen, um aufzutreten. Er war vor das Auditorium getreten, um es am Ende zu enttäuschen, aber er war frei, und das zählte.

Marek hatte seinem Leben, seiner Außenwirkung, im Handumdrehen eine neue Richtung gegeben. Die Wendung war radikal, um so radikaler, als sie nicht beabsichtigt, also auch für ihn überraschend gewesen war. Desto schwerer würden die Folgen wiegen, über die er sich erst später Gedanken machen wollte, wenn überhaupt. Noch war es zu früh.

Überstürzt und aus heiterem Himmel hatte er zwischen zwei Atemzügen gehandelt, aber er hatte gehandelt. Wichtiger als das Einatmen sei das Ausatmen, hatte ihm Wilhelm Kempff in Positano einmal gesagt. Er hatte sich daran gehalten. Beim Spielen und beim Aufhören. Nie zuvor hatte er auch nur einen Gedanken an diese einfache Lösung verschwendet. Die Lösung, die auf der Hand lag. Nein, er hatte nicht einmal davon geträumt, er träumte nie von den Stunden, die er – ob zu Hause oder vor Publikum – am Klavier zubrachte. Er absolvierte diese Stunden wie im Schlaf. Sein Leben war aus den Fugen geraten. Er war allein. Er war frei. Niemand folgte ihm. Ähnlich mußte es einem Selbstmörder ergehen, der ohne Rücksicht auf das, was die anderen denken mochten, auf sein Ziel zuging, ohne sich umzublicken. Aus den Fugen, um sich in alle Richtungen zu verzweigen.

Er kannte die Philharmonie von anderen Auftritten, aber längst nicht so gut, als daß er sich frei darin hätte bewegen können. Immerhin erinnerte er sich, daß es einen

Hinterausgang gab, der über eine Treppe zu erreichen war, die über ein, zwei Stockwerke nach unten zum Parkplatz führte. Niemand würde ihn bemerken, sofern er sich beeilte. Also beeilte er sich. Niemand folgte ihm, die Räume hinter der Bühne waren leer und lagen im Dunkeln. Er wollte fort. Zielstrebig ging er auf die Garderoben zu. Er nahm seinen Mantel vom Haken und sah sich um. Er hatte alles beisammen. Astrid hatte von den Vorgängen offenbar nichts bemerkt. Sie lag in der angrenzenden Garderobe und schlief. Die Tür war angelehnt. Wahrscheinlich hatte sie ein starkes Medikament gegen ihre Migräne genommen. Sie hatte das Licht ausgeschaltet. Sie würde sich um seine Sachen kümmern. Er fühlte sich jung und frisch, entlassen aus dem Gefängnis der Wünsche jener, die er nicht kannte. Ausgelassen.

Er fand sich zurecht. Er ging auf das Treppenhaus zu. Mehrmals nahm er zwei Stufen auf einmal und gelangte so ins Erdgeschoß. Er spürte ein ähnliches Gefühl der Sorglosigkeit wie damals, als er den Grand Concours de Budapest gewonnen hatte, einer der jüngsten Teilnehmer, und am Ende der jüngste Gewinner. Die Welt hatte ihm offen gestanden, die Welt stand ihm von neuem offen. Mit diesem Gefühl der Erlösung trat er ins Freie. Niemand war auf den Gedanken gekommen, er könnte sich auf diese Art und Weise davonmachen. Der Intendant, der in der Ehrenloge gesessen hatte, war vermutlich damit beschäftigt gewesen, die erhitzten Gemüter um ihn herum zu besänftigen, jedenfalls war er ihm nicht begegnet, inzwischen war er wohl auf dem Weg zu Mareks Garderobe. Zu spät, mein Junge. Was würde Claudius sagen? Er hatte bislang keinen Gedanken an seinen ehemaligen Liebhaber und langjährigen Agenten verschwendet, und er hatte nicht vor, es nun zu tun, auch davon hatte er sich längst befreit. Ob sein Abgang Konsequenzen finanzieller Natur für Claudius haben würde? Für Marek bestimmt.

Wer glaubte, er halte sich in seiner Garderobe auf und würde nach der Pause zurückkehren, als sei nichts geschehen, würde sich enttäuscht sehen. Es würde nicht mehr lange dauern, bis alle kapierten, daß er heute nicht mehr auftreten würde. Ja, vermutlich auch später nicht mehr. Vielleicht war dieser Abschnitt seines Lebens an diesem Abend zu Ende gegangen. Es gab keine Rückkehr, nur die Freiheit. Das war's. Er grinste und überquerte unbemerkt den Parkplatz. Es genügte, den Kragen hochzuschlagen, um nicht erkannt zu werden. Er würde nicht auf ein Taxi warten, sondern zu Fuß gehen, irgendwo ein Bier trinken. Ein Bier! Was für eine grandiose Idee. Was für ein Spaß.

Marek Olsberg war in der Pause verschwunden, um irgendwo ein Bier zu trinken! Er konnte es selbst nicht fassen und mußte an sich halten, sich nicht allzu auffällig zu benehmen. Auf keinen Fall durfte ihn jemand erkennen. Im Regen zu singen und zu tanzen, danach war ihm zumute, wie Gene Kelly, der so lange durch Pfützen steppte und stapfte, bis ein Polizist auf ihn aufmerksam wurde und der Clownerie ein Ende setzte. Was zu sagen war, hatte er gesagt. Er hatte den Kerker verlassen, in den er sich vor langer Zeit begeben hatte. Es war ein schöner, luxuriöser Kerker von den Ausmaßen aller Kontinente gewesen, aber doch ein Kerker.

Marina und Johannes

Sie wandte sich ab, stand auf, ging ins Bad, schloß leise die Tür und gurgelte, ohne in den Spiegel zu sehen. Sie hatte ihre Handtasche im Badezimmer deponiert. Da war alles drin, was sie jetzt brauchte, mehr war nicht nötig. Sie war nicht zum ersten Mal in diesem Hotel. Sie kannte sich aus, und sie würde wiederkommen. Das Badezimmer war nicht besonders groß, doch auf der Marmorablage war Platz für alles Nötige, vom Schuhputzschwämmchen bis zur Badehaube, von der Chromstahlkleenexbox bis zu Badeschaum und Shampoo. Sie rührte nichts davon an. Sie warf einen Blick in den Kulturbeutel des Mannes, der glauben mochte, er sei ihr eben sehr nahe gekommen.

Der Kunde schlief. Sie hatte Johannes sofort erkannt, kaum hatte sich die Aufzugstür im Westin Grand geöffnet.

Ein Briefchen mit weißem Pulver schmiegte sich an seinen Personalausweis. Sie hatte es nicht angerührt. Melzer war einzigartig. Selbstsicher, gebildet, witzig, forsch, gutaussehend, ein einziger Gemeinplatz, auf dem er den Begriff »erfolgreich« selbstsicher, wenngleich nicht arrogant zu Markte trug.

Er hatte es geschafft. Beide hatten es geschafft. Ihr Vater auf seine Weise, Melzer auf seine. Womit Marina ihren Unterhalt verdiente, konnte keiner von beiden wissen, weder Melzer noch ihr Vater ahnten auch nur das Geringste. Was für ein Skandal, wenn ihr Vater es durch diesen Mund erfahren hätte, der eben noch an ihren Brustwarzen gesaugt, ihre Lippen und ihren Körper geküßt hatte. Niemals würde er das seinem besten Freund antun. Leicht vorzustellen, wie sehr ihn eine solche Eröffnung schockiert und geschmerzt hätte. Daß sie Melzer in die Arme gelaufen war, war kein Wink des Schicksals, sondern Zufall. Ein Zufall, mit dem man rechnen mußte. Er wußte nichts von diesem Zufall.

Johannes Melzer, der Studienfreund ihres Vaters, der Freund der Familie, der Kinderfreund, ein wichtiger Mann in der Stadt, war nach dem geisteswissenschaftlichen Studium einen anderen Weg gegangen als ihr Vater, den Weg in die Welt der Werbung, ein Weg, der auf der Strecke lag, denn mit Worten hatte das ja auch zu tun, mit Worten, die verführten, verlockten und überzeugten. Susanne, seine Tochter, war bis zu ihrem Umzug ihre beste Freundin gewesen. Sie hatte auch sie längst aus den Augen verloren.

Eigentlich war er der ideale Pate. Warum man sich für jemand anderen entschieden hatte, wußte sie nicht. Sie hatte Melzer nicht vergessen, omnipräsent wie er gewesen war. Ihr Vater liebte Fremdwörter. Man hatte zusammen Silvester gefeiert, die Familien hatten im Sommer gemeinsam Ferienhäuser gemietet. Kein Wunder, daß Melzer die Verbindung nicht herstellen konnte, zu weit war das, was sie heute tat, von damals entfernt. Von dem süßen kleinen Mädchen mit den weißen Stiefelchen.

Er hatte sie nicht erkannt. Sie hatte ihn bloß an jemanden erinnert. Nicht an Bettina Sorge, sondern an eine Unbekannte. Sie war dreizehn gewesen, als Melzer mit seiner Familie nach Düsseldorf zog, dem Mekka der Branche, wie es hieß. Wie lange würde es dauern, bis ihm einfiel, an wen sie ihn erinnerte? Solange sie zusammen waren, wahrscheinlich nicht. Später vielleicht, wenn der räumliche und zeitliche Abstand zwischen ihnen groß genug war. Vielleicht nie. In diesem Augenblick war sie ihm körperlich viel zu nah, die Nähe verhinderte das Wiedererkennen. Aber wenn der Abstand zwischen ihnen groß genug sein würde – im Flieger oder im ICE nach Hause oder wenn er ihren Vater wiedersah –, würde es ihm womöglich wie Schuppen von den Augen fallen. Was für ein Schock! Oder kein Schock?

Sie hätte von ihm und ihrem Vater lernen können, wie Freundschaft hilft und wie sie hält. Sie war einunddreißig und hatte keine Freunde. Sie würde vierzig werden und mit ziemlicher Sicherheit auch zu diesem Zeitpunkt keine Freunde haben. Keine Freunde, keine Freuden? Sie tastete mit geschlossenen Augen nach ihrer Handtasche. Sie wollte die Augen nicht öffnen. Sie spürte das weiche Leder an ihrem Handrücken.

Sie waren sicher noch befreundet, ihr Vater und Johannes Melzer, unvorstellbar, daß irgend etwas dieses Paar auseinanderbringen konnte. So verschieden sie auch waren, der Gegensatz war das Geheimnis ihrer Freundschaft, deren Grundlage. Der Vater eine ferne, wolkenverhangene Größe, die die Fähigkeit besaß, unerwartet immer wieder aufzublitzen, Johannes ein Macher, ein Macho, ein Star, an allem stets nah dran, so reich wie großzügig, mit einer wunderbaren, verständnisvollen Frau an seiner Seite, mehr als ein Requisit, ein Partner auf gleicher Augenhöhe. Hätte Marina eine Schwester gehabt, hätte er sie wohl eher erkannt, sofern sie einander ähnlich gesehen hätten, sie und die Schwester, die es nicht gab. Ihr Bruder hatte keine Ähnlichkeit mit ihr, er glich der Mutter, als wäre Bettina von einer fremden Hand ins Nest gelegt worden. Zu weit entfernt war sie vom Bild, das Melzer von ihr haben mochte, sofern er das Mädchen, das sie gewesen war, nicht einfach vergessen hatte, Bettina, die einst auf seinem Schoß gesessen hatte. Ihm hatte sie sich als kleines Mädchen verbundener gefühlt als dem strengen, humorlosen Vater, der Witze – wenn überhaupt – am ehesten auf Kosten anderer machte. Einst und jetzt. Was das bedeutete.

Was konnte sie mit dieser Information, dem Wissen, daß er es wirklich war, beginnen? Nichts. Ihr fehlte die Fantasie zu illegalen Handlungen. Erpressen, fordern? Ein bißchen quälen? Ihr fehlte nicht nur die Fantasie, ihr fehlte auch ein Anlaß, eine Begründung, ein Grund. Sie hatte kein Motiv, ihn zu bestrafen oder zu erschrecken.

Nein, das wäre einfach lächerlich. Sie war müde. Sie strich mit den Fingerkuppen übers Gesicht, von der Stirn bis zum Kinn, dreimal, viermal. Der Abend würde eine Menge bringen, auch außerhalb des festgesetzten Preises, vor allem außerhalb. Die Brieftasche war mit Zweihundertern vollgestopft, ein Fünfhunderter war auch dabei. So wie sie ihn kannte, würde er sich nicht damit zufriedengeben, sie mit dem abgemachten Honorar abzuspeisen.

Aufgedeckt und nackt hatte er auf dem Rücken gelegen, als sie das Zimmer verließ. So würde sie ihn vermutlich noch vorfinden, wenn sie zurückkam. Bestimmt war er eingeschlafen. Marina würde ihn zudecken, sobald sie ihre Toilette danach erledigt haben würde.

Sie setzte sich in die Badewanne und duschte kurz und heiß vom Nabel abwärts. Auf Sicherheit zu bestehen, war nicht schwierig. Damit war ja nicht Abstand gemeint. Sie hatte keine schwierigen Kunden. Die trieben sich woanders herum. Wer sie mehr als berühren wollte – also jeder, der beruflich mit ihr zu tun hatte – mußte ultimativ ein Kondom benutzen und tat das auch. Ohne das ging nichts. Ihre Kunden waren meist ältere Männer, aber lebensmüde waren sie nicht. Im Gegenteil, je älter die Kunden, desto vorsichtiger waren sie, was eventuelle Risiken betraf. Kaum einer, der keine Erfahrung mit außerehelichen, bezahlten oder unentgeltlichen Beziehungen hatte. Wer nicht Bescheid wußte, konnte sich im Internet informieren. Wie viele Tote hätten verhindert werden können, wenn es in den achtziger Jahren bereits Suchmaschinen gegeben hätte, die vor den damals kaum bekannten Gefahren gewarnt hätten. Woran starb man heute vor der Zeit, um Gottes willen? An Krebs und Liebeskummer, wie einst.

Sie trocknete sich ab. Das Badetuch war weich. An den Säumen – den Schwachpunkten jeder Hotelwäsche –

machten sich keine Verschleißerscheinungen bemerkbar, auch sie waren einwandfrei.

Marina stieg aus der Wanne, trat auf die Fußmatte und sah in den Spiegel. Sie zog nach, was nachgezogen werden mußte, die Lippen, kolorierte, was Farbe verloren hatte oder verschmiert worden war, die Wangen, und steckte hoch, was sich gelöst hatte, das Haar hinter den Ohren. War das ihr Körper? Sie nickte. Ihr Gesicht. Sie nickte. Es war wenig zu tun, um die Fassade wiederaufzurichten, die Fenster waren undurchdringlich, auch wenn die Augen offen waren. Sie sah genug, egal, was die anderen sahen. Es waren so viele Scheine in seiner Brieftasche gewesen, daß ihm das Fehlen eines Zweihunderters nicht aufgefallen wäre, aber natürlich hatte sie kein Geld an sich genommen. Kriminelle Handlungen kosteten den Job, sie wollte ihn nicht verlieren. Für zweihundert Euro lohnte sich das nicht. Es ging nicht um Geld. Es lohnte sich nie.

Die Tür ging auf. Melzer stand vor ihr. Er war fassungslos. Sie hatte sich getäuscht. Voller Entsetzen blickte er sie an. Sie hatte nicht damit gerechnet. Als ob sie ihn bestohlen hätte.

»Um Gottes willen, du bist Bettina, nicht wahr, Bettina, Bettina?«

»Hast du in meinen Sachen gewühlt? Gehört sich aber nicht.«

»Mach keine Witze. Nein, natürlich nicht.« Er rang nach Worten, so kannte ihn niemand.

»Was machst du da?«

»Ich habe geduscht.«

»Ich meine, was machst du hier? Was ist das für ein – ist das dein Beruf, ist es das, was?« Zum ersten Mal stand sie jemandem gegenüber, der die Fassung verloren hatte, und dem der Unglaube ins Gesicht geschrieben stand, lauter Phrasen, die sich zu einem Bild verdichtet hatten, das sich bewegte, dicht vor ihren Augen.

»Ist es das, weswegen du von zu Hause weggegangen bist. Was tust du hier?«

»Ich habe hoffentlich zu deiner Zufriedenheit gearbeitet.«

»Mach keine Witze.«

»Ich bin hier, um zu arbeiten, und nach der Arbeit dusche ich, und ich heiße Marina, keine Ahnung, von wem du sprichst.«

»Ich spreche von dir. Bettina!«

»Bettina, das war mal. Ich heiße Marina. Was willst du von mir?«

»Nichts.« Und dann viel leiser, noch einmal, fast geflüstert: »Nichts.«

Der dramatischste Moment war überstanden. Es paßte nicht zu ihm, aber er setzte sich auf den nassen Rand der Badewanne und begann leise, fast wie im Schlaf, als sei er nicht längst auf dem Boden, sondern noch in der Schwebe, tonlos zu sprechen:

»Ich war eingeschlafen. Dann bin ich aufgewacht. Und dann wußte ich plötzlich, fast augenblicklich, was los ist, an wen du mich erinnerst. An Bettina natürlich. Ich dachte, sie erinnert mich an die Tochter meines besten Freundes. An seine Bettina. Wie haben wir sie vermißt. Erst haben wir sie vermißt, dann haben wir sie allmählich vergessen, wir jedenfalls, deine Eltern nicht. Und dann, plötzlich, fiel es mir wie Schuppen von den Augen. Daß du es wirklich bist. Daß du natürlich Bettina bist. Was machst du hier? Warum? Wir fragen uns seit Jahren, was aus dir geworden ist. Man kann doch nicht einfach so vom Erdboden verschwinden.«

Immer leiser werdend, verstummte er schließlich. Zaghaft, fast schüchtern, irritierend unsicher streckte er die

Hand nach ihrem Gesicht aus, fuhr bis zur Höhe der Stirn hinauf, berührte sie aber nicht. Er ließ den Arm sinken und sah sie fragend an.

Sie sagte: »Doch, man kann, wenn man will«, und fuhr nach einer Weile fort: »Ich möchte darüber nicht sprechen. Es ist nicht wichtig, darüber zu sprechen. Was war, ist alles sehr weit weg. Genau so weit weg, wie es sein soll. Kein Mensch fragt dich, warum du das tust, was du tust. Warum du heute abend nicht in deinem Hotelzimmer geblieben oder allein ins Konzert gegangen bist. Oder warum wir nicht gemeinsam ins Konzert gegangen sind. Ich war noch nie in der Philharmonie. Was haben wir dort verpaßt, was wir hier nicht verpaßt haben? Es ist richtig so. Für dich und für mich. Das ist alles. Wir sind doch nicht moralisch, oder?«

»Aber was tust du hier?«

Sie lachte, und es klang keineswegs bitter.

»Vielleicht dasselbe wie du. Außer daß ich damit mein Geld verdiene. Ich lege mich zu fremden Leuten ins Bett. Das ist alles. Und ich würde gern viel reisen. Aber ich tue es nicht. Wenn ich genug Geld zusammen habe, werde ich es öfter tun.«

Sie konnte förmlich sehen, wie er sich allmählich faßte, wie er sich in den Griff bekam, wie er schon fast wieder der Alte war, als er sich aufrichtete. Er war nicht der Mann, der Unschuld nachzutrauern, die sie längst verloren hatte.

»Na ja«, sagte er, bevor er das Badezimmer verließ. »Inzest war das ja nicht, oder?«

»Nein, und Pädophilie auch nicht.« Und angesichts seines guten Aussehens wäre das, was sie getan hatten, auch dann nicht unstatthaft gewesen, wenn sie es nicht für Geld, sondern aus einer momentanen Laune heraus getan hätte. Es gab Unmengen von Launen, denen man nachgehen konnte.

Esther

Sie hatte es tatsächlich geschafft. Sie saß im Taxi, das sie an der Potsdamer Straße abgefangen hatte. Wie immer saß sie hinten. Auch in Berlin erwartete längst kein Taxifahrer mehr, daß man ihm auf dem Beifahrersitz Gesellschaft leistete. Im Gegenteil: Dieser diente in vielen Fällen als Ablage für das, was sich wohl auch in den vier eigenen Wänden staute: Kleinkram, Nippes, aufgerissene Tüten mit lange haltbaren Lebensmitteln, Kleidungsstücke, Zigaretten.

Von der brüchigen Lederjacke des Fahrers und den grünen Polsterbezügen ging der Geruch abgestandenen Rauchs aus. Es hatte zu regnen begonnen. Sie fröstelte. Es war frisch geworden. Der Sommer ging allmählich in den Herbst über, ein erster Vorgeschmack auf den langen Winter. Warme Tage, kühle Nächte. Sie hätte sich wärmer anziehen sollen. Sie sah auf ihre Uhr. Es war zwanzig nach neun. Thomas mußte eingeschlafen sein, sie hatte von der Philharmonie aus zweimal angerufen, und er hatte nicht abgenommen. Gleich würde sie es ein weiteres Mal versuchen, um ihm das überraschende Ende des Konzerts und ihre vorzeitige Rückkehr anzukündigen.

»Oh!« Ein Ausruf des Erstaunens aus ihrem Mund, und der Fahrer zuckte zusammen. In dem Mann, der Richtung Sony Center eilte, glaubte sie Olsberg zu erkennen, was natürlich unmöglich war. Ein Mann wie er ging nicht zu Fuß durch Berlin. Die Gestalt verschwand wie ein Phantom im Dunkel. Und wenn er es doch gewesen war? Unwahrscheinlich schien ihr an diesem Abend nichts. Das Unwahrscheinliche verlieh dem Abend die besondere Note. Vielleicht hatte sie sich ja nicht getäuscht. Sie lehnte sich ins Polster zurück. Insgeheim war sie überzeugt, daß er es doch gewesen war, und einen Augenblick bereute sie, den Taxifahrer nicht zum Anhalten aufgefordert zu haben. Doch was ging sie Olsberg außerhalb seines öffentlichen Auftritts an? Erzählte man sich nicht, er sei schwul? Mit Schwulen hatte sie nichts am Hut, das heißt, sie kannte keine. Ihre Befürchtung, Gustav könnte sich in die falsche Richtung entwickeln, hatte sich als unbegründet erwiesen. Die Furcht aller Mütter.

»Kennen Sie sich mit Schwulen aus?« fragte sie unvermittelt den Fahrer.

»Wie bitte?«

»Nichts. Nur so eine Idee.« Er hatte sie wohl nicht verstanden.

Ein Abend mit Olsberg, dachte sie, wer hätte ihr das später geglaubt.

»War nur so eine Idee«, sagte sie und lachte. Er lachte nicht. Er musterte sie im Rückspiegel.

Sie wählte erneut, um Thomas zu sagen, daß sie in etwa fünfzehn Minuten zu Hause sein würde. Aber er nahm nicht ab. Schließlich ertönte die Automatenstimme seiner Sprachbox, aber sie hinterließ keine Nachricht. Sie würde ihn ja gleich sehen. Voraussichtlich würde sie ihn im Schlaf auf dem Sofa überraschen.

Nico

Ohne sich darum zu kümmern, um welchen Film es sich handelte, wie er hieß und wer ihn gedreht hatte, löste Nico eine Kinokarte für irgendeinen der neunzehn Cinemaxx-Säle – Saal 7, in dem der Film bereits begonnen hatte, weil 7 seine Lieblingszahl war –, weil er hoffte, daß die schnell wechselnden Bilder ihm unbekannter Orte, die ihm gleich an den Kopf geworfen werden würden, und die unwirklich lauten Geräusche aufschlagender Fäuste oder knarrender Türen, mit denen sein Gehör zu rechnen hatte, ihn ablenken und seine Erregung dämpfen würden, denn er war noch erregt. Claudius' erneute Weigerung, ihm zu einem besseren, seinen Fähigkeiten angemessenen Job zu verhelfen, war – davon war er überzeugt – nichts anderes als Ausdruck seiner Geringschätzung. Seiner Mißachtung, um nicht das schrecklichere Wort Verachtung zu benutzen, nein, Claudius verachtete ihn nicht, dazu war Nico zu hübsch, zu verführerisch und zu unverbraucht. Aber eben kein gleichwertiger Partner, nicht auf demselben Niveau, sondern im besten Fall von einem anderen Stern, den Claudius nie erreichen würde, ein Stern jedoch, dessen Leuchtkraft mit jedem Tag, an dem er älter wurde, unmerklich nachließ.

Er wollte nicht nachdenken, er wollte Ablenkung. Hastig bahnte er sich einen Weg an den anderen Kinogängern vorbei und tauchte sofort in die Irrealität einer Beleuchtung ein, die dem Besucher offenbar das Gefühl geben sollte, er sei Teil eines Films, über dessen Verlauf er selbst bestimmen konnte, eher eines Animations- als eines Spielfilms allerdings. Es war kurz vor halb neun, der Film, von dem Nico nicht einmal wußte, wie er hieß, lief seit über einer halben Stunde. Er würde schwerlich kapieren, worum es ging.

Der Saal war halb leer, Nico ließ sich in einen der Sessel am rechten Rand fallen und schloß die Augen. Was er hörte, waren tremolierende Celli und intensive Synchronsprecher, deren Stimmen ihm bekannt vorkamen, also kein deutscher Film. Ein Auto fuhr vor, ein Wagenschlag wurde zugeschlagen, Schritte im Kies, er öffnete die Augen, er hatte den Schauspieler schon mal gesehen, kein Star, also nicht der Hauptdarsteller. Eine junge, blonde Frau trat auf ihn zu, küßte ihn und wendete sich wortlos ab. Nicole Kidman, dachte er, aber das war unmöglich, der Film war ganz neu, neue Filme mit Nicole Kidman gab es nicht. Die Kamera konzentrierte sich für ein paar Sekunden ausschließlich auf das Becken der blonden Schönheit. Nico blickte sich um. Die Reihe hinter ihm war genauso leer wie die Reihe, in der er saß. Als er wieder auf die Leinwand sah, hielt die Frau ein Messer in der Hand und stach zu. Das Blut ihres Opfers spritzte ihr ins Gesicht und lief von der Halsschlagader des Sterbenden über seine Schulter. Das Konzert in der Philharmonie hatte bereits begonnen, die Gelegenheit, Olsberg kennenzulernen, hatte er sich entgehen lassen. Was hätte er ihm auch sagen sollen?

Sobald er daran dachte, was er verpaßte, während er verständnislos auf die riesige Leinwand sah, die inzwischen wieder sauber war, kochte in ihm der Zorn von neuem hoch. Die Wut ließ sich nicht so schnell unterdrücken, wie sie entflammt war. Hatte er Claudius und seine Gefühle damals etwa nur deshalb an sich herangelassen, weil er war, was er war: ein einflußreicher Konzertagent, der viel Geld verdiente, täglich mit interessanten Leuten zusammenkam und ihn, wie er hoffte, mit diesen bekanntmachen würde? Und der fast dreißig Jahre älter war als er, was die Aussicht auf eine längere Beziehung zu einer überschaubar kurzfristigen Episode schrumpfen ließ. Und der scharf auf ihn war, egal, wo er arbeitete und welchen Schulabschluß er hatte. Um wirklich Eindruck auf Claudius zu machen, hätte er allerdings nicht nur wie der junge Joshua Bell aussehen, sondern wie dieser auch ein Instrument spielen müssen, so gut wie Bell, mit jenen himmelwärts strebenden, halb linkischen, halb fordernden, irgendwie entrückten Bewegungen, die Nico anläßlich einer Konzertaufzeichnung auf arte nicht ohne Neid bewundert hatte. Wow, super, wer so spielen kann, dem muß die Welt zu Füßen liegen. Und das tat sie ja auch, rund um den Globus herum, so wie sie Olsberg und all den anderen zu Füßen lag, denen Nico nicht das Wasser reichen konnte.

Doch er war kleiner als Bell und sah ihm nicht ähnlich, er war vielleicht hübscher als dieser je gewesen war – das zu entscheiden, war Geschmackssache –, aber er konnte keine Noten lesen, geschweige denn ein Instrument spielen. Er hatte nicht das absolute Gehör und bestenfalls ein Gespür für Rhythmus, das er außer beim Tanzen nicht unter Beweis stellen mußte. Er würde älter werden, und anders als bei Klavier- und Geigenvirtuosen würde nichts an ihm reifen, außer vielleicht seinem Verlangen, etwas zu können, was nicht jeder kann, und was vor allem er nicht konnte. Was blieb, war seine diffuse Affinität zur Musik, die – er wußte es selbst am besten – bei weitem nicht genügte, wenn man bei Musikern mithalten wollte. Er wußte, daß er schon bei einer einfachen Unterhaltung mit einem Schulmusiker versagen würde, und es gab nicht viel, womit er seine Beschränktheit wettmachen konnte. Sein gutes Aussehen. Aber gutes Aussehen wirkte nicht auf alle so anziehend wie auf Claudius.

Er wußte, daß es mehr als nur ein Gefühl war, wenn er bei Richard Strauss oder Gustav Mahler durch das gesamte Werk hindurch immer wieder einander ähnliche und variierende Melodienbögen erkannte. Aber konnte er das in Worte fassen, ohne laienhaft zu wirken? Er verfügte weder über die Kenntnisse noch das Vokabular, sich über die Materie auszudrücken, die für ihn mindestens so viel Bedeutung hatte wie für andere die Bundesligaspiele.

Während er Claudius gegeben hatte, wonach es Claudius verlangte, Jugend und Schönheit, Frische und – vielleicht nicht lange genug – Unbeschwertheit, hatte Nico von Claudius lediglich bekommen, was nahe lag und wovon beide profitierten, obwohl es eine Menge kostete: Essen im Margaux, Ferien in New York, ein Anzug, ein Paar Schuhe, ein T-Shirt von Tom Ford. Das war nicht wenig, aber nichts, worauf er nicht verzichten konnte. Wen aber hatte er dank Claudius kennengelernt? Welche Sängerin, welchen Pianisten, welchen Dirigenten von den vielen, die weltweit durch Heinrich & Brutus vertreten wurden und mit denen Claudius so locker verkehrte wie mit seiner eigenen Mutter?

Es folgte eine Verfolgungsjagd mit aufheulenden Motoren und quietschenden Reifen, und es bestand kein Zweifel, daß sie in San Francisco gedreht worden war. Der Lärm, der von allen Seiten auf ihn losdonnerte, wurde unerträglich. Er blickte auf die Uhr seines iPhones, zehn nach neun, er stand auf, er würde sich das nicht länger antun. Sein Versuch, sich ablenken zu lassen, war mißlungen. Er hätte es eigentlich wissen sollen.

Als er ins Freie trat, war es draußen schon dunkel. Er ging über die Leipziger Straße in Richtung Friedrichstraße und blickte sich nach einem Lokal um, in dem er etwas trinken konnte, am besten eine Bar, ein abgedunkelter

Raum mit tiefen Ledersesseln und einer Teakholztheke mit Messingkante, wie es sie in New York an jeder Ecke gab, sofern man sich in der richtigen Gegend aufhielt. Das Lokal, das er schließlich betrat, hieß schlicht American Bar. Es entsprach nicht genau dem, was er sich vorgestellt hatte, aber es würde seinen Zweck erfüllen. Er würde unter Menschen allein sein. Er blickte sich um und setzte sich an eine Längsseite der fast leeren Bar. Er bestellte ein Bier.

Lorenz

Frau Bentz sei außer sich, hatte die Hausdame hochroten Gesichts verkündet, während sie verärgert in die Runde der Anwesenden blickte. Die Empörung ihrer Arbeitgeberin schien nahtlos und ohne Abschwächung auf deren Stellvertreterin übergegangen zu sein. Das müsse man sich mal vorstellen, der Pianist, dieser, dieser, der Name fiel ihr nicht ein, aber Lorenz sprang ihr bei, dieser Olsberg, »Danke«, habe mitten im Konzert zu spielen aufgehört, habe unterbrochen, sei aufgestanden und hinausgegangen und habe die Zuschauer sich selbst überlassen, und was nun? Die Einladung, die Gäste, das Büfett!

Was nun? Es war nicht anzunehmen, daß Olsberg, der sich unerwartet, ohne Angabe von Gründen aus dem Staub gemacht hatte und nun wie vom Erdboden verschluckt war, plötzlich wieder auftauchen würde. Sie warte noch auf eine endgültige Entscheidung, aber so, wie sie Frau Bentz kenne, werde die ganze Veranstaltung wohl ersatzlos gestrichen, denn ein Abend zu Ehren eines Gastes, der die anderen Gäste so vor den Kopf gestoßen habe, wäre ja geradezu absurd. Und einen Abend ohne den Gast könne sie sich, so, wie sie Frau Bentz kenne, auch nicht vorstellen. Das wäre ja dann eine Feier, in der man sich darüber hinwegsetze oder hinwegtröste, daß nicht stattfinde, was stattfinden sollte. Sie hatte Mühe, sich in ihren Sätzen nicht zu verheddern. Sie warte auf einen weiteren Anruf.

Silvio wollte wissen, ob der Pianist mit seiner Aktion eine politische Absicht verfolge, ob er irgend etwas gesagt habe, was in diese Richtung deute, aber davon wußte die Hausdame natürlich nichts. Sie fegte die Frage mit einer Handbewegung aus der Welt: »Etwas in dieser Richtung hat Frau Bentz nicht gesagt«, antwortete sie. »Aber ich weiß ja nichts. Wie soll ich es wissen? Politisch? Warum denn etwas Politisches? Nein, nein. So etwas fällt auch nur einem Italiener ein.«

Damit drehte sie auf dem Absatz um und verließ die Küche, in der man sich versammelt hatte und nun unschlüssig herumstand. Was tun? Weitermachen? Aufräumen? Warten.

Zehn Minuten später, in denen sie in einem entfernten Zimmer telefoniert hatte, stand die Hausdame, deren Namen niemand zu kennen schien, wieder vor ihnen und gab bekannt, Frau Bentz habe entschieden, die ganze Veranstaltung ersatzlos zu streichen. Ohne Gast kein Empfang. Sie habe die meisten geladenen Gäste und vor allem die wichtigsten – Bundespräsident und Gattin, Regierender Bürgermeister und Gatte, Sir Simon und Gattin, Frau Christiansen, Herr Außenminister und Gatte – entweder in der Philharmonie getroffen oder über ihr Handy erreicht. »Sie hat die meisten Nummern. Sie kennt jeden.«

Wer von ihrer Entscheidung nichts wisse und hier erscheine, werde von ihr, der Hausdame persönlich, höflich an der Tür abgewimmelt. Alle Vorbereitungen seien rückgängig zu machen, man werde sich bezüglich der Löhne mit der Leitung des Cateringservice arrangieren. Die Arbeit, die getan worden sei, würde dem Aufwand entsprechend entlohnt. »Das wäre ja noch schöner.«

»Und was machen wir jetzt?« sagte Silvio, und Lorenz antwortete: »Erst mal aufräumen.« Er sah zu der Asiatin hinüber, die ungerührt ihre Arbeit verrichtete. Sie hatte offenbar verstanden, was zu tun sei. Als liefe der Film rückwärts, packte sie ein, was in den letzten anderthalb Stunden ausgepackt worden war, und lächelte ihn an. Er verspürte ein unwiderstehliches Bedürfnis, sie zu berühren.

Sophie und Klara

»War ja ganz nett. Aber ein bißchen kurz«, sagte Klara, als sie draußen standen, als spreche sie über einen erwartbaren Wetterumschwung, den leichten Regen etwa, der schon eingesetzt hatte, bevor sie ins Freie traten. »Dann fahren wir also wieder nach Hause?« Der fragende Ton konnte nicht darüber hinwegtäuschen, daß sie sich nichts sehnlicher wünschte als das.

Sophie nickte ins Leere, denn Klara sah sie nicht an, bevor sie den Vorschlag äußerte, man könnte vielleicht noch etwas trinken gehen. Auf Klaras »Ja, wo denn?« wußte sie allerdings keine Antwort. Sie kannte sich in dieser Touristenwüste nicht aus. Eine Bar? Ein Café? Ins Sony-Center? Sie wollte sich Klaras Ablehnung nicht aussetzen. Also machten sie sich auf den Weg zum Parkhaus. Sie hatten die Philharmonie eben verlassen, Solveig waren sie nicht mehr begegnet.

»Kannst du überhaupt fahren, ich meine, in dem Zustand?« Sophie fuhr herum. Was meinte sie damit? Natürlich wußte sie, was sie meinte. Es verschlug ihr die Sprache, und sie merkte, daß sie schwankte, aber nicht etwa, weil sie betrunken war, wie Klara glauben mochte, sondern weil es war, als habe ihr das Mädchen einen Schlag versetzt. Vor die Brust. In den Unterleib. Wie alt hatte sie werden müssen, um sich das sagen zu lassen! Als dürften sie sich wirklich alles erlauben. Als dürfte sich jeder alles erlauben. Ihre Schwester und nun deren Tochter. Die ganze Familie. Ihr glaubt, ihr könnt euch alles erlauben, dachte sie, und noch bevor sie darüber nachdenken konnte und sich nach kurzer Überlegung dafür entscheiden würde, zu schweigen, wie sie immer geschwiegen hatte, sprach sie es aus, leise, aber doch deutlich genug, um eindeutig verstanden zu werden:

»Ihr glaubt wirklich, ihr könnt euch alles erlauben, deine Mutter und du. Deine Mutter, du und dein Stiefvater, oder wie auch immer du ihn nennst, ihr alle, ihr seid alle vom selben Kaliber. Ihr habt die Welt gepachtet, um sie zu vernichten.«

Was meinte sie damit, fragte sie sich selbst, denn sie war beim Sprechen viel weiter gegangen, als sie in Gedanken je ging. Ihr Mund sprach Dinge aus, die sie nicht zu Ende gedacht hatte.

Nun war es Klara, die schwieg, weil sie mit soviel zornigem Widerstand wohl nicht gerechnet hatte. Weil sie nicht damit gerechnet hatte, das irgendein beleidigendes, empörtes Wort aus dem Mund ihrer naiven Patentante kommen könnte. Und nun das? Was war los, was war geschehen?

Sophie beschleunigte ihre Schritte. Sie ging zielstrebig drauflos, ohne zu wissen auf was. Als ob sie ein Ziel gehabt hätte. Sie hatte kein Ziel, sie wollte nur schnell zu ihrem Auto. Also doch ein Ziel, das irgendwo unten im

Parkhaus Bellevuestraße gelegen war, von dem sie nur hoffen konnte, daß sie es wiederfand. Sie erinnerte sich nicht, in welchem Stockwerk sie den Wagen geparkt hatte, gab es überhaupt mehrere Stockwerke? Das war etwas, was sie mit keinem teilen mußte. Der Seat, in dem sie tun und lassen konnte, was sie wollte, war ihr Eigentum. Ob Klara Schritt hielt, ob es ihr gelang, sie einzuholen, war ihr egal. Schließlich begann sie zu laufen, mochte es aussehen, als sei sie auf der Flucht vor der Wahrheit, auf der Flucht vor einem Kind, das sich ein bißchen daneben benahm, auch das war ihr egal. Es konnte gut sein, daß sie das Parkhaus und ihr Auto lange vor Klara erreichte, schon möglich, daß sie dann ohne sie abfahren würde, es war ihr egal, es wäre ihr sogar eine Genugtuung gewesen, auch das letzte Band zu kappen, das sie an ihre Familie fesselte, ein Band, das nichts als eine Kette war. Sollte Klara doch allein zusehen, wie sie nach Zehlendorf kam, sie war alt und forsch genug. Mochte mit ihr passieren, was wollte. Sie ließ ihren Fantasien freien Lauf. Sie lief, niemand rief sie. Sie fand den Weg, an den sie sich nur schwach erinnerte, nicht mühelos, aber schließlich fand sie ihn doch.

Sie sah Klara schon von weitem. Offenkundig hatte sie einen besseren Orientierungssinn als sie. Nur so konnte sie es sich erklären, daß sie neben dem Wagen schon auf sie wartete. Und sie wunderte sich darüber, daß ihre Nichte sich bei ihr entschuldigte.

»Es tut mir leid, Sophie, es tut mir leid, daß ich mich so unmöglich benommen habe, ich bin den ganzen Tag nicht gut drauf. Es ist mir einfach rausgerutscht, ich wollte es nicht, ich wollte es wirklich nicht.«

Verwundert blickte Sophie ihre Nichte an und wollte etwas sagen, aber was sollte sie sagen, und schon merkte sie, daß etwas geschah, was schon seit langem nicht mehr geschehen war, daß etwas Verhocktes sich aus der Tiefe einen Weg aus ihr bahnte, was sie nicht zurückhalten konnte. Sie schluchzte auf. Sie begann zu weinen, aber da sie nicht wollte, daß Klara ihre Tränen sah, drehte sie sich um und wollte den Wagenschlag öffnen, doch statt dessen schlug sie mit der Faust, in der sie den Schlüsselbund hielt, auf das Dach des Wagens, dreimal, viermal, fünfmal, als könnte sie mit dieser kleinen, ohnmächtigen Vogelhand etwas öffnen und herauslassen, wie sie eben ihre Augen geöffnet und die Tränen herausgelassen hatte, etwas, was so tief in ihr versenkt und verankert war, daß niemand es jemals befreien würde.

Sie spürte Klaras Hand auf ihrer Schulter. Sie roch ihr schwaches Parfum. Wie hätte es Klara entgehen können, daß ihre Tante, die sie nie anders als gefaßt gesehen hatte, hemmungslos weinte. Es war unmöglich, vor ihr zu verheimlichen, in welcher Verfassung sie war. Jeder, der sie jetzt gesehen hätte, hätte es bemerkt. Sie drehte sich um. Sie hatte nichts zu verlieren. Sie wollte etwas Beruhigendes sagen, abwiegeln.

Doch Klara hatte bereits zu reden begonnen: »Du haßt meine Mutter, weil sie dir den Mann weggenommen hat. Du hast Klaus geliebt. Und mich haßt du auch, weil ich dabei bin und zusehe und nichts tue. Kann ich auch verstehen. Du liebst ihn immer noch. Ich kann verstehen, daß du uns haßt, daß du mit meiner Mutter nichts mehr zu tun haben willst, und mit mir auch nicht. Aber daß du ihn noch liebst, nein, das verstehe ich nicht. Aber vielleicht kann ich dich ja beruhigen, der Mann, mit dem sie zusammenlebt, der Mann, den du liebst und der dich ein paar Wochen seines Lebens wahrscheinlich auch geliebt hat, bevor er sich an meine Mutter herangemacht hat, hat längst eine andere. Mama weiß es nicht, aber ich weiß es.«

Sie lachte.

Noch bevor Sophie etwas erwidern konnte, fuhr Klara fort: »Verstehst du, ich weiß es am besten, weil ich es bin, weil Klaus mit mir schläft, so wie er mit jeder anderen schlafen würde, die in seine Nähe kommt und ihm zu verstehen gibt, okay, du kannst, wenn du willst, ich bin frei, ich hab grad keinen anderen. Verstehst du? Was habt ihr bloß von ihm erwartet? Ein anderer Mann würde verstehen, daß du leidest und warum du leidest, er nicht. Ich bin jung, das hab ich euch beiden verfeindeten Schwestern voraus. Verstehst du? Nein, du verstehst nicht. Ich gehöre zu denen, mit denen er dich betrogen hätte, wenn ihr heute noch zusammen wärt, spätestens dann, wenn ich mal bei euch übernachtet hätte, hätte er es versucht, mal angenommen, ihr hättet eine gemeinsame Wohnung gehabt, er hätte es nachts irgendwie geschafft, in mein Zimmer zu kommen, ich bin ja achtzehn. Bevor ich achtzehn war, hat er es nicht versucht, auch wenn ich nichts dagegen gehabt hätte. Du kennst ihn ja, du weißt, daß er irgend etwas an sich hat, was ihn unwiderstehlich macht, jedenfalls für dich, für meine Mutter, und für mich auch. Liegt wohl in der Familie. Ist peinlich.«

Die Tränen waren versiegt und getrocknet, noch bevor das erste Rinnsal das Kinn erreicht hatte. Verflogen war die Wut, die Eifersucht, der Ärger.

»Das wußte ich nicht. Ich dachte, du hast von nichts eine Ahnung. Ich dachte, du bist ein naives, nichtsahnendes Kind. Und dabei hast du einen klaren Kopf und einen gesunden Verstand, das, was mir fehlt. Ich nehme es dir nicht übel. Vielleicht sollte ich mich mit deiner Mutter versöhnen.«

Der Umschwung berauschte sie beinahe.

»Laß uns fahren. Ich bringe dich nach Hause.«

Klara fröstelte und sagte: »Du hattest recht, ich hätte mich wärmer anziehen sollen.«

Esther

Sie bezahlte das Taxi, trat mit dem rechten Fuß knöcheltief in eine Pfütze, unterdrückte einen Fluch zugunsten eines gequälten Lachens, schlug die Wagentür zu, überquerte die nasse Straße, zwängte sich mit erhobenen Armen zwischen zwei eng geparkten Autos hindurch und schloß die Haustür auf. Sie fuhr mit dem wackeligen Aufzug, dessen Wände zwischen dem ersten und zweiten Stock kurz an der Mauer entlangkratzten, langsam nach oben und betrachtete sich währenddessen eingehend im Spiegel. Sie bemühte sich um größtmögliche Objektivität. Sie wollte wissen, was andere gesehen hätten, wären sie neben ihr gestanden. Wie so oft war sie jetzt mit ihrem Aussehen zufriedener als beim Verlassen der Wohnung, was vermutlich kein besonders objektiver Blick auf die Realität war. Es lag wohl eher am Licht, das einen amberfarbenen Ton hatte. Das gab ihrem Teint eine Weichheit, die er sonst vermissen ließ. Seltsam, denn das Licht war ja dasselbe wie zwei Stunden zuvor, als es ihr weniger geschmeichelt hatte. Und dabei hatte sie inzwischen nur ein Glas Wein getrunken. Eine Trübung ihrer Wahrnehmung konnte sie nicht feststellen.

Der Aufzug kam ruckelnd, aber sicher im dritten Stock an. Ein Fall für die Hausgemeinschaft, der einmal mehr nur am Rande verhandelt werden und dann wieder fallen gelassen würde. Sie schloß die Wohnungstür auf, und da der Fernseher nicht zu hören war, nahm sie an, daß Thomas sich bereits hingelegt oder den Ton einfach leiser gestellt hatte, um ungestört auf dem Sofa vor sich hindösen zu können. Sie zog die dünnen, nassen Schuhe aus und massierte ihre kalten Füße. Sie machte im Flur kein

Licht. Um den Weg ins Wohnzimmer zu finden, war keine Beleuchtung nötig. Sie stieß die Tür sachte auf, um Thomas nicht zu erschrecken.

Der Fernseher war ausgeschaltet, und Thomas lag nicht auf dem Sofa. Etwas enttäuscht war sie doch. Er hatte natürlich nicht damit gerechnet, daß sie so früh kam. Er hatte damit gerechnet, daß das Konzert von gewöhnlicher Dauer sein und sie nachher noch mit Solveig etwas trinken gehen würde. Sie sah auf die Uhr, es war nicht einmal zehn.

Wie gut und vorausschauend, daß sie damals, 1996, nicht nur die dritte Etage, sondern – auf Anraten ihres Vaters – auch das Dachgeschoß gekauft und alles zusammen zu einer einzigen, sich über 250 Quadratmeter ausdehnenden Einheit ausgebaut hatten, in der man sich verlaufen konnte, wie Thomas seinen Gästen gern erzählte. Zu seinen periodischen Träumen gehörte der von der Wohnung, in der er sich noch nach Jahren verirrte, eine Wohnung, in der er immer wieder Räume entdeckte, von deren Existenz er nichts wußte, oder deren Existenz er vergessen hatte, Räume, die zum Teil noch nicht renoviert waren, einer mit den Ausmaßen eines Ballsaals, mit zerbrochenen Fensterscheiben und Vögeln, die den Weg ins Freie nicht gefunden hatten. Ein Traum, den er immer noch regelmäßig träumte, denn wenn sein Wunsch nach einer großen Wohnung in der Sophienstraße auch in Erfüllung gegangen war, gab es noch immer Träume von einer, die noch größer war.

Die Schlafzimmer und die Bäder – eines für die Eltern, eines für die Kinder, die sie nicht so oft besuchten, wie Esther es sich gewünscht hätte – befanden sich im Dachgeschoß, das von innen gesehen so gut wie gar nichts von einem Dachgeschoß an sich hatte, denn es gab keine Schrägen und keine Mansardenfenster, keine sichtbaren

Balken und keine wie auch immer gearteten Lukarnen, hingegen gab es eine großzügig konzipierte überdachte Terrasse, der der Architekt das Aussehen einer »Designerloggia« gegeben hatte, wie Thomas gern sagte. Und alles perfekt isoliert, so daß man selbst an heißen Sommertagen nicht ins Schwitzen geriet.

»Thomas!«

Sie wollte sichergehen, daß er nicht in der Küche war, aber der Durchschlagskraft ihres zaghaften Rufens vertraute sie nicht. Also öffnete sie die Küchentür. In der Küche war es dunkel, deshalb machte sie Licht. Die Neonbeleuchtung über dem Kochherd, der in der Mitte des Raums stand, flammte auf und beruhigte sich augenblicklich. Unaufdringliches Licht erhellte die Küche.

Auf dem Tisch stand das halbvolle Weinglas, aus dem Thomas getrunken hatte, die Flasche hatte er wohl abgezapft und in den Kühlschrank gestellt. Der Teller, das Bierglas und das Besteck befanden sich in einer der beiden großen Spülbecken, die hauptsächlich dem Händewaschen und Gemüseputzen dienten. Seine Serviette lag zusammengerollt neben dem Glas. Thomas hatte die Gewohnheit, sie so zu falten und zu rollen, daß eventuelle Flecken nicht sichtbar waren. Auf dem Tisch lagen die Bücher, die sie schon vor Wochen dort hingelegt hatte, genau so da wie am Nachmittag. Sie wußte, daß sie sie nie lesen würde. Es waren Bücher mit weißen oder dunkelblauen Schutzumschlägen. Sie paßten besonders gut zu dem in den 50er Jahren von Jean Prouvé entworfenen Tisch, der den sprechenden Namen Trapèze trug. Diesen Tisch hatten sie von Thomas' kinderlosem Großonkel geerbt. Der Tisch war gewissermaßen die Quelle, aus der sich Thomas' guter Geschmack speiste, wie er manchmal scherzhaft, aber nicht ohne Stolz, bemerkte.

Sie holte aus einem der Oberschränke ein sauberes

Rotweinglas, dann öffnete sie den Kühlschrank. Die Flasche fand sie blind, es genügte, sich zu bücken und danach zu tasten, erst kam die Milch im Karton, dann die Säfte in Plastik und schließlich die Alkoholika, Weißwein, Champagner und Aquavit in Flaschen. Sie hatte nicht erwartet, daß der Cloudy Bay so kühl sein würde. Er war eiskalt.

Als ob er schon seit Stunden darauf wartete, von ihr ausgetrunken zu werden. Sie beglückwünschte sich für die Effizienz des SMEG. Die teuren Gewächse lagerten im Weinschrank, der sich in einer der beiden Speisekammern befand. Der Keller, durch den die Heizungsrohre verliefen, war dazu ungeeignet.

Während sie die Luft durch den Schlitz des Gummiverschlusses entweichen ließ – der sie jedesmal an das Ostium urethrae externum und damit daran erinnerte, daß sie ihr Medizinstudium vermutlich beendet hätte, wäre sie nicht Thomas begegnet, was sie als größten Glücksfall ihres Lebens empfand, stellte sie fest, daß Thomas nur wenig getrunken hatte, sehr wenig, eigentlich fast nichts. Höchstens ein Glas. Hatte er sich unwohl gefühlt? Er hatte nicht über Beschwerden geklagt. Wie viel und was er gegessen hatte, wußte sie nicht.

Sie füllte das große Glas fast randvoll, da sie nicht vorhatte, an diesem Abend noch einmal in die Küche zu gehen. Einmal oben, würde sie nicht mehr hinuntergehen. Das Rotweinglas faßte beinahe den Inhalt von zwei Weißweingläsern. Das würde reichen, ihr einen unbeschwerten Schlaf zu verschaffen. Sie schlief nicht nur nach Rotwein, sie schlief sogar, wenn sie Espresso getrunken hatte. Sie bückte sich ein weiteres Mal, überflog mit einem Blick den Inhalt des Eisschranks und zog zwei Scheiben San Daniele aus der Alufolie. Sie aß sie ohne Brot, von der Hand in den Mund, weil Brot am Abend, so verlockend es war, sich augenblicklich in Hüftspeck verwandelte. Der Schinken war kühl und feucht und kitzelte etwas am Gaumen. Das lag vermutlich am Salz.

Sie stieß die Kühlschranktür mit dem Knie zu und verließ die Küche. Das Fett des Schinkens an ihren Fingern würde Abdrücke auf dem Weinglas hinterlassen. Als sie über die Schwelle trat, zuckte sie zusammen. Das Geräusch, das sie erschreckt hatte, rührte lediglich vom Kühlschrank, dessen Motor sich leise erschauend eben in Bewegung gesetzt hatte. Es folgte das tiefe, zufriedene Schnurren eines schlafenden Raubtiers. Der Kühlschrank gab zu verstehen, wie machtvoll und reich gefüllt er war. Wie der Bauch eines satten Löwen. Esther fühlte sich leicht.

Der Fernseher war aus, sie brauchte bloß die Lichter auszuschalten, was sie mit Hilfe einer der Fernbedienungen tun würde, die überall herumlagen, natürlich auch oben. Aber sie hatte ja Zeit. Also setzte sie sich aufs Sofa und ließ ihren Blick durchs Zimmer schweifen. Ihr bot sich ein Bild materialisierten Behagens. Besitz, Schönheit, Kultur und Bildung. So einfach ließ sich das zusammenfassen, was doch so schwer zu haben und zu halten war, für manche jedenfalls: Teppiche, Bilder, Mobiliar, das sie zum größten Teil erst kürzlich erworben hatten. Nachdem die Kinder aus dem Haus waren, hatten sie eine Art Neuanfang gewagt, waren zu Vitra nach Süddeutschland gefahren und hatten sich in den Schauräumen stundenlang nach Dingen umgeschaut, die ihrem Leben ein neues Gewicht geben sollten. Ein leichteres Gewicht und eine neue Ausrichtung. Unbeschwertheit, Modernität. Nur das Sofa war das alte, das sie seit siebenundzwanzig Jahren besaßen, und das Thomas damals irgendwie von den Kosten abgezweigt hatte, die seine Eltern für seine Studien übernommen hatten. Nicht ganz korrekt, aber dafür hatte er auf anderes verzichtet. Jetzt konnten sie sich alles leisten, trotz der Ausbildung der Kinder.

Das war es, was ihr Leben ausmachte: gesicherter Besitz, dessen Einfluß auf das Denken man nicht unterschätzen durfte. Sie wußte um dessen Bedeutung. Ihr Leben hatte sich gelohnt. Ihr Leben war noch nicht vorbei, obwohl man auch nicht sagen konnte, daß es gerade erst begonnen hatte, aber es verlief in ruhigen Gewässern, stromabwärts zum Meer hin. Sie war glücklich. Sie fühlte sich zu Hause wie noch nie. Sie stellte das Glas auf Eames' Elliptical table ab, auf den Thomas so stolz war, streckte die Arme seitlich aus und machte sich auf dem Sofa breit.

Als die rechte Hand das kühle Leder des Rataplan berührte, stieß sie gegen einen harten Gegenstand, der hier nichts verloren hatte. Thomas' iPhone. Es mußte ihm beim Fernsehen aus der Hosentasche gefallen sein. Sie gähnte und steckte es ein. Sie war müde. Thomas würde es erst morgen vermissen.

Ihr hätte Olsbergs Abschied von der Bühne nähergehen sollen, aber sie mußte zugeben, daß sie die Art dieses unvorhergesehenen theatralischen Abschieds ziemlich kaltgelassen hatte. Vielleicht fehlte eine Frau, fehlte eine Tragödie, fehlte eine Vorstellung davon, was ihn dazu veranlaßt hatte. Sie hatte nicht den Hauch einer Ahnung, was ihn dazu getrieben hatte, so zu handeln, und sie war ziemlich sicher, daß es den meisten ebenso erging. Ihr Desinteresse mußte damit zu tun haben, daß die Art, wie dieser Abend verlaufen war, ihr Leben nicht im geringsten tangierte, denn ihr Leben fand woanders statt. Das Unglück der anderen – die in Tsunamis oder Flugzeugen an Orten umkamen, an die zu reisen man nicht einmal dachte – war nicht mehr als eine mitleidige Bemerkung wert, von der man selbst am besten wußte, daß sie nicht ehrlich war.

Warum also darüber nachdenken? Hätte sie angehalten und ihn einsteigen lassen, wäre ihr Leben vielleicht anders verlaufen. Aber darauf war sie weder vorbereitet noch erpicht gewesen. Was sie besaß, genügte ihr vollauf. Das Leben war anders. Ihr Leben woanders.

Sie hatte das Glas zur Hälfte ausgetrunken. Das genügte. Den Rest würde sie oben trinken.

Sie ging die Treppe hinauf, löschte das Licht unten, und öffnete leise die Schlafzimmertür. Dahinter war es dunkel. Thomas hatte sämtliche Lichter im Schlafzimmer gelöscht. Sie machte sich Vorwürfe, so lange gewartet zu haben, um nach ihm zu sehen. Er war krank, es mußte ihm schlecht gehen, sagte sie sich und tastete nach dem Schalter der Stehlampe, die der Tür am nächsten war und deren Licht ihn nicht aufwecken würde.

Thomas war gar nicht da. Sie glaubte, es geahnt zu haben, noch bevor sie Licht gemacht hatte.

Lorenz

Das Verlangen, das asiatische Mädchen zu berühren, war mindestens so stark wie das Verlangen, mit ihr zu sprechen, aber doch nicht so stark wie das Bedürfnis, seinem Leben eine andere Wendung zu geben, indem er etwas Radikales tat, wovon er schon lang geträumt, das aber bis zu diesem Zeitpunkt keine klare Kontur angenommen hatte. In diesem Haus, so sagte sich Lorenz, bot sich ihm eine Möglichkeit, an die er noch nie gedacht hatte. Nun zog er sie in Erwägung. Heute abend, heute nacht würde er sie beim Schopf packen. Nie, so sagte er sich, war die Gelegenheit so günstig gewesen. Es war ganz einfach. Hier war alles Fülle, Reichtum, Besitz, Wohlstand, Luxus, die Liste der Synonyme ließ sich endlos fortsetzen. Er horchte. Alle Geräusche kamen ihm bekannt vor. Er wartete auf die Stille und auf das, was folgen würde.

Die beiden Köche und die Asiatin räumten auf. Silvio und Lorenz waren ihnen dabei behilflich und achteten darauf, ihnen nicht im Weg zu stehen. Während die Köche und die Asiatin gelassen und ungerührt in den dafür vorgesehenen Behältnissen, Kühlboxen und Kübeln verstauten, was sie vor drei Stunden ebenso gelassen und ungerührt ausgepackt und auf den unterschiedlichen Ablageflächen der Bentzschen Küche verteilt hatten, legte Silvio eine rastlose Eile an den Tag. Lorenz blieb äußerlich ruhig. Offenbar hatte der Italiener nichts anderes im Kopf, als schleunigst zu seiner Familie zurückzukehren, kein Wunder, nachdem ihm dieser schwungvoll begonnene, unbefriedigend zu Ende gehende Abend nur einen Teil des Verdiensts einbringen würde, mit dem er noch vor wenigen Minuten gerechnet hatte.

Kein Wort hatte Lorenz bislang mit der Asiatin gewechselt, er wußte nicht einmal, wie sie hieß, und er befürchtete, es würde auch diesmal dabei bleiben. Was ihn anzog, stieß er ab, noch bevor er einen Annäherungsversuch in Betracht gezogen hatte. Die Schüchternheit, die sich hinter seiner abweisenden Miene verbarrikadierte, war längst zur zwanghaften Hemmung geworden. Sie machte es ihm unmöglich, wie ein gesunder oder zumindest wie ein halbwegs gesunder Mensch zu agieren. Hätte er jemanden gehabt, mit dem er darüber hätte sprechen können, wäre der Fluch, als den er seine Scheu empfand, vielleicht längst gebannt gewesen.

Das asiatische Mädchen begegnete seinen Blicken, sie wich ihnen nicht aus, sie hielt ihnen stand. Als hätte sie nichts dagegen einzuwenden, daß er sich mit ihr beschäftigte. Sie war einen Kopf kleiner als er und wäre in seinem Schatten verschwunden, wenn sie hinter ihm gestanden hätte, aber sie hatte keine Angst vor ihm. Zu Recht, es gab nichts zu fürchten. Deshalb vielleicht? Durchschaute sie ihn? Sah sie ihn ungeniert an, weil sie wußte, daß von seiner Seite nichts zu erwarten, gar zu befürchten war?

Er nahm sich vor, sie um ihre Telefonnummer zu bitten. Sie sah nicht aus, als ob sie einen Freund hätte. Sie sah nicht aus, als ob sie sich weigern würde, ihm ihre Nummer zu geben, um sich später vielleicht mit ihm zu verabreden. Oder sich zumindest seine Nummer geben zu lassen, um ihn anzurufen. An einem dieser Tage, die er für gewöhnlich wie ein sitzengelassenes Mauerblümchen allein zu Hause verbrachte. Er, der gut aussah! Er, den man für einen Crack halten konnte. Sein krankhaftes Verhalten hatte gewiß einen Namen. Sicher gab es einen medizinischen Begriff, der all das umfaßte, was ihn mit Neid auf jene erfüllte, deren Leben anders war als seines, weil sie frei und locker waren. Wo es einen medizinischen Begriff gab, gab es auch Aussicht auf Heilung durch eine Therapie. Es war nicht nur Angst. Es war nicht nur Schüchternheit. Er brauchte Mittel. Geld. Er hatte keines. Das würde sich jetzt ändern. Mit dem Geld würde sich seine Situation verbessern. Eine Insel mit Yui, Liu, Yoko oder wie auch immer sie hieß. Eine Verabredung, ein Rendezvous, eine Reise. Karibik oder so was. Eine Insel im Pazifik.

Er würde sie anrufen, wenn alles vorbei war. Er hatte einen Plan, der einfach gelingen mußte, auch wenn er nicht wußte, wie er ihn ausführen sollte. Eigentlich war es ja kein Plan, sondern ein Einfall. Die Vorstellung, wie er auszuführen sei, glitt ihm allerdings immer wieder aus den Händen. Er würde den Plan erst verwirklichen können, während er ihn ausführte, sofern er ihn ausführte. Erst die Verwirklichung würde ihm die nötige Klarheit verschaffen, sie würde ihn Schritt für Schritt lenken, so daß alles sich von selbst ergeben würde. Erst wenn er das tat, wozu er sich jetzt entschlossen hatte – und er hatte sich wirklich entschlossen –, würden sich Antworten auf alle Fragen und die richtige Linie finden, die er verfolgen mußte, um sämtliche Hürden zu überspringen. Der Entschluß war gefaßt, davon würde er nicht mehr abweichen.

Kurz schoß ihm der Gedanke durch den Kopf, daß dieser Entschluß lediglich die Steigerung seines Wahnsinns sei, doch bald machte er einem anderen, widersprüchlichen, jedoch geradezu erlösenden Gedanken Platz: Die Ausführung seiner Idee würde ihn vom Wahnsinn befreien. Und danach die Asiatin! Die Ausführung dieser Idee würde ihm dazu dienen, die Asiatin anzurufen und sie auf einen Kaffee oder zum Essen im Restaurant einzuladen, er hatte auch schon eine Vorstellung, wohin er sie ausführen würde, ins Borchardt.

Er hatte ein genaues Ziel und eine genaue Vorstellung, wie es aussah. Wie er leibhaftig dort hingelangen würde, wußte er hingegen noch nicht. Ja, mach nur einen Plan, woher hatte er das Lied, die Melodie, nur diese eine Zeile, Ja, mach nur einen Plan, die ihm nicht mehr aus dem Kopf ging. Er, der einmal so vorzüglich Schach gespielt hatte, daß man ihm – sicher zu Recht, er verstand genug davon – eine große Karriere prophezeit hatte, er, der, wie jeder geniale Schachspieler, ein halbes Dutzend und mehr Schritte hatte antizipieren können, hatte die Gabe der Berechnung des Kommenden vollständig verloren. Schritt für Schritt. Rückzug, Verstecken, Abwarten, Hinhalten, Beute machen. Er lächelte, und sie lächelte zurück. Sie lächelte, obwohl er nicht ihretwegen gelächelt hatte.

Aber er hatte gelächelt. Sein Entschluß zeigte Wirkung. Ihr Lächeln würde ihm Glück bringen. Es überschwemmte ihn. Glück brauchte er wie jeder, der etwas wagte, was er nie zuvor getan hatte.

Nun wäre es einfach gewesen, auf sie zuzugehen und sie nach ihrem Namen zu fragen, oder sie zu fragen, was sie heute noch vorhabe, ob sie nicht Lust hätte, ihn nach der Arbeit irgendwohin zu begleiten. Dann wäre dieser Abend gerettet gewesen, aber was war mit den anderen Abenden und mit der Insel, auf die er sie – oder andernfalls eine andere – entführen konnte? Nein, er war entschlossen, so lange wie nötig in der Villa zu bleiben.

Astrid

Sie war auf eine filzige Unterlage gebettet, es mußte Moos sein, worauf sie lag. In weiter Ferne dröhnte ein Flugzeugmotor. Der Himmel war sternenlos dunkel, doch von irgendwoher drang ein Lichtstrahl zu ihr, die Lichter des Flugzeugs vielleicht, die durch die Finsternis strichen, ohne mehr als Fragmente erhellen zu können. Es war tiefschwarze Nacht. Nur dieses dumpfe, ferne Geräusch und etwas Licht. Vielleicht kein Flugzeug, sondern ein Hubschrauber, weit, weit weg. Astrid hatte fest geschlafen. Sie wußte nicht, wo. Sie hatte keine Ahnung, wie sie hierher gekommen war, und wo war hier? Es dauerte lange, bis die Erinnerung langsam zurückkehrte. Die Trägheit war wohltuend. Der Erschöpfungszustand schien anhalten zu wollen. Die Erinnerung kam stockend, verharrte, machte einen Schritt vor, einen zurück. Pause. Dunkelheit. Filziges Moos.

Sie hatte sich das Licht nicht eingebildet, es war noch da, als sie die Augen wieder öffnete. Vermutlich war sie von neuem eingeschlafen, von neuem wachte sie auf.

Es fiel ihr schwer, die Augen offenzuhalten, obwohl sie nicht wirklich müde war. Sie wollte sich nicht bewegen. Wenn sie sich bewegte, würde der Schmerz zurückkommen. Dieser Gedanke brachte sie in die Wirklichkeit zurück. Die Tablette hatte gewirkt. Was vom Schmerz wie ein formloser Splitter übrig blieb, war der Flugzeugmotor am Himmel, in Wirklichkeit eine flüchtige Erinnerung des Körpers an den Schmerz. Sie durfte sich glücklich schätzen. Aber sie war noch nicht über den Berg. Erst mußte sie aufstehen und sich umsehen. Ein gefährliches Erdbeben.

Sie wußte noch immer nicht, wo sie sich befand, ob die Dunkelheit der Tageszeit entsprach oder ob sie dank geschlossener Läden oder zugezogener Vorhänge künstlich hergestellt worden war. Kam ganz darauf an, wo sie war. Japan, dachte sie und sah einen roten Ball vor weißem Hintergrund. War sie noch in Japan? Sie versuchte, sich zu konzentrieren. Japan. Ein roter Ball. Sushis. Blau schimmernde Makrelen. Kinder in weißen Kleidchen vor rotem Hintergrund.

Mit Japan kam schließlich Berlin zurück, sie war in Deutschland, begleitete Marek Olsberg auf seiner Tournee, lag in ihrem Hotelzimmer auf dem Doppelbett und hatte die Gardinen zugezogen, gleich würde sie wissen, wie spät es war, und aufstehen. Es wurde Zeit fürs Konzert. Sie tastete mit der linken Hand nach dem kleinen Reisewecker und verfehlte ihn mehrmals. Sie streckte die Hand weiter aus. Er war nicht da. Auch fehlte der Nachttisch, auf dem der Wecker hätte stehen müssen. Kein Nachttisch, auch sonst keine Ablage, sie griff ins Leere. Sie streckte die andere Hand aus und berührte die Wand.

Das war ein schmales Bett, kein Doppelbett. Sie lag nicht in ihrem Hotelzimmer. Plötzlich wußte sie, wo sie war. Um Himmels willen, wie spät mochte es sein? Das Konzert. Sie war eingeschlafen, lag in der Garderobe und hatte Olsbergs Auftritt verpaßt. Das Konzert hatte vielleicht schon begonnen. Rücksichtsvoll, wie er sein konnte, hatte Olsberg sie nicht geweckt, als er die Garderobe verließ, um den ersten Applaus dieses Abends entgegenzunehmen. Sie hätte nur gestört. Applaus! Nein, sie hatte keinen Applaus gehört. Er hätte nur gestört und geschmerzt.

Bloß keine hastigen Bewegungen, die das Tier wieder aufschrecken konnten, es mußte besänftigt bleiben. Sie legte eine Hand auf die Stirn, sie war kalt wie die Wand, die sie eben berührt hatte und von seltsam ähnlicher Konsistenz. Wie spät war es? Langsam wendete sie den Kopf zur Tür, in die Richtung, aus der das Licht kam.

Das Licht, ein schwacher Streifen, kam aus Olsbergs Garderobe am Ende des Flurs. Im Flur brannte kein Licht. Langsam setzte sie sich im Bett auf, das Tier blieb ruhig. Sie drehte sich aus dem Bett und spürte den kalten Boden unter ihren Füßen, tastete ihn nach den Schuhen ab, zog sie zu sich heran und schlüpfte hinein, ohne sich zu bücken, denn Bücken war gefährlich. Es waren bequeme Wildlederschuhe. Nun kam die entscheidende Prüfung. Sie mußte aufstehen. Entweder kehrte die Migräne mit einem Schlag zurück, oder sie war überstanden. Sie erhob sich vom Bett. Es war überstanden.

Wie eine Schlangenhaut hatte sich der Schmerz von ihr gelöst. In den Händen spürte sie ein Kribbeln, das nicht unangenehm war. Es war still. Olsberg hatte den Lautsprecher in seiner Garderobe aus- oder gar nicht eingeschaltet. Mit Rücksicht auf ihre Migräne hatte er ihr Ruhe gegönnt und sie schlafen lassen. Sie hätte ohnehin nichts für ihn tun können. Das Brummen war nicht mehr zu hören.

Sie trat auf den Flur hinaus und stieß die angelehnte Tür zu Mareks Garderobe auf. Die Zeiger ihrer Armbanduhr standen auf viertel vor elf. Der Sekundenzeiger rückte vor. Sehr schnell, wie ihr schien. Sie nahm die Uhr vom Handgelenk und schüttelte sie wie ein Fieberthermometer. Sie preßte sie ans Ohr. Sie tickte schnell und regelmäßig. 22.46 Uhr. Das Konzert war zu Ende. Die Zeit stimmte.

Dann erst fiel Astrid auf, daß Olsbergs Mantel nicht mehr am Garderobenhaken hing. Sie war sicher, daß er ihn dort aufgehängt hatte. Sie streckte die Hand aus. Das Konzert war weder zu Ende noch im Gange. Sie träumte nicht. Wo war nur sein Mantel? Stattdessen die leere Kleidertasche, auf einem Bügel Hose, Jackett und Hemd, die er vor dem Konzert getragen hatte, darunter die Schuhe. War er weggegangen? Sie hatte offenbar auch die Pause verschlafen.

Schließlich schaltete sie den Lautsprecher ein, der das Konzert übertrug. Es knisterte, und sie wartete. Es waren lediglich ein paar Knacklaute zu hören, niemand spielte Klavier, niemand klatschte, keine menschlichen Laute, als wäre niemand im Saal. War demnach niemand im Saal, waren alle bereits nach Hause gegangen, und man hatte sie hier vergessen? Und wenn es so war, wo war dann Marek? Marek, der sie nie vergaß. Marek vergaß sie nicht. Sie raffte ihre wenigen Sachen zusammen und machte sich auf den Weg zum Podium. Die Seitenbühne war menschenleer. Immerhin brannte die Notbeleuchtung. Wahrscheinlich brannte sie hier Tag und Nacht. Mit jedem Schritt nahm die Gewißheit zu, daß sie Olsbergs großes Berliner Konzert verpaßt hatte. Was sie nicht verstehen konnte, war Mareks Verschwinden. Es war nicht seine Art, Astrid, deren Zustand ihm bekannt war, ihrem Schicksal zu überlassen. Irgend etwas Außergewöhnliches mußte geschehen sein. Der Stuhl neben der Auftrittstür war nicht besetzt. Sie drückte die Klinke hinunter und öffnete die Tür. Der große Konzertsaal war dunkel. Leer. Nur die Notbeleuchtung brannte. Das war wohl üblich.

Claudius

Er hatte sich keiner weiteren Taxifahrt ausgesetzt, sondern war mit der U-Bahn nach Charlottenburg gefahren. Sowohl auf dem Weg zum U-Bahnhof am Potsdamer Platz als auch in der Bahn selbst und beim Umsteigen in die S-Bahn hatte er mehrmals versucht, Marek auf dem Handy zu erreichen, aber das Handy antwortete nicht. Er hatte es ja auch nicht anders erwartet. Selbstbetrug erlaubte sich Claudius nur außerhalb seines Berufs. Er rief im Adlon an, obwohl er sicher war, daß Marek dort nicht sein würde. Ihn an einem der Flughäfen ausrufen zu lassen, war ebenso unsinnig wie lächerlich. Marek hatte keinen Grund, irgendwelchen Aufrufen Folge zu leisten, und es war auch äußerst unwahrscheinlich, daß er in der Situation, in der er sich befand, überhaupt ans Reisen dachte. Daß er sein eigener Herr und Meister war, hatte er im Lauf der Jahre hinlänglich unter Beweis gestellt. Und heute abend erst recht. Marek besaß Wohnungen in London, Amsterdam und New York, und wahrscheinlich Landhäuser, von denen Claudius nichts wußte. Um diese Zeit flog sicher keine Maschine in eine dieser Städte, und es war nicht anzunehmen, daß er sich in einem unwirtlichen Berliner Flughafenwartesaal niederlassen würde, um zu warten, bis die nächste flog.

Es wollte ihm einfach nicht einfallen, wo er nach ihm hätte suchen sollen. Die Stadt war groß und weit genug, um tagelang darin untertauchen zu können.

Allmählich begann er sich ernstlich Sorgen zu machen, Sorgen, die das, was vor dem Konzert geschehen war, seine Auseinandersetzung mit Nico, die er vorübergehend tatsächlich vergessen hatte, in den Schatten stellten. Die Vorstellung, an einem der nächsten Tage in der Zeitung lesen zu müssen, daß sein Klient nicht nur sein Berliner Konzert abgebrochen hatte, sondern auch verschwunden war, bereitete ihm Übelkeit. Die Medien würden sich diese Schlagzeile nicht entgehen lassen.

Noch entsetzlicher aber war die Vorstellung, daß Fremde sich meldeten, um ihm oder einem anderen Agenturmitarbeiter, vielleicht sogar der Empfangsdame am Telefon, mitzuteilen, daß sich Marek Olsberg etwas angetan hatte. Im besten Fall ein Kriminalbeamter, im schlimmsten einer von der Presse. Auch dem Selbstmörder bot die vielseitige Stadt eine Vielzahl an Möglichkeiten und Orten, um den Fund seiner Leiche tage-, ja wochenlang hinauszuzögern.

Zu Hause versuchte er, Astrid Maurer zu erreichen, aber es meldete sich bloß ihre Mailbox. Sie schützte ihn, das war ihr Job. Er hinterließ eine Nachricht, ohne mit einer Antwort zu rechnen. Er wußte nicht, was die beiden verband, wie nah sie einander standen, wie viel sie von ihm wußte. Ihn vor der Außenwelt abzuschirmen gehörte zu den Aufgaben, für die sie bezahlt wurde. Er war nie warm mit ihr geworden.

Ein Whisky. Er schraubte die Flasche auf, nachdem er Mantel und Jackett ausgezogen und über einen Stuhl geworfen hatte. Er trank. Er wartete. Angenehm wäre jetzt eine menschliche Stimme, eine Hand oder Schulter gewesen.

Sie fuhren, sie schwiegen. Dann sagte Sophie: »Siehst du die Kneipe da vorne? Sollen wir anhalten?«

»Ja«, sagte Klara.

»Es ist bestimmt nicht schön dort«, meinte Sophie, »aber wenn es einigermaßen anständig ist, soll es mir recht sein. Dir auch?«

Klara nickte. Sie dachte nicht daran, daß Sophie vielleicht Alkohol brauchte, sondern hatte jenes wonnige Gefühl, wie sie es früher, als sie klein war, immer gehabt hatte, wenn ihre Patentante sie abholte, um sie mit all den zwielichtigen Dingen zu versorgen, die zu Hause entweder Restriktionen unterlagen oder schlichtweg verboten waren: Mars, Bounty, Chips und Cola. Unverhofft war sie also in der Zeit einen großen Schritt zurückgegangen.

»Ja, laß uns da reingehen«, sagte Klara.

Die Kneipe hieß Joy's Eck und hatte wie der falsche Apostroph, der schief über dem Eingang hing, etwas Gewolltes an sich, dem man nicht auf Anhieb ansah, daß es unecht war. Tatsächlich waren die Wände kahl, die Stoffbezüge der Sessel nicht geblümt und die Tische nicht mit Resopal überzogen, doch das kleingewürfelte Parkett sprach immer noch die Sprache jener Zeiten, in denen das Lokal Helgas Büdchen oder so ähnlich geheißen hatte. Und nicht nur das. Auch das Speiseangebot hatte sich seither nicht verändert: überbackener Camembert, Rostbratwürstchen mit Kartoffelsalat und heiße Waffeln mit Eis, lauter Dinge, die man gekühlt oder tiefgefroren auch beim Discounter kriegte. Immerhin gab es Wein. Die Karte wies eine stattliche Anzahl deutscher Gewächse aus.

Doch es hielten sich kaum Gäste in dem schummerigen Lokal auf. Zwei Tische waren besetzt, an denen man sich mit gesenkten Stimmen unterhielt. Statt nach Rauch roch es nach frischer Farbe, die nicht richtig ausgelüftet worden war, und – etwas ausgeprägter – nach dutzendfach verwendetem Öl. Das ergab eine Mischung, die die Nase irritierte, zumal, so jedenfalls schien es Sophie, ein Spürchen Katzenpisse oder Altersinkontinenz in der Luft lag, vielleicht war es nur Ammoniak, das die Maler zu freigiebig verwendet hatten. Es war das, was Sophie und Klara erwartet, aber nicht das, was sie sich insgeheim erhofft hatten.

Nach einem stummen, verständnisvollen Blickwechsel setzten sie sich in die Nähe der Eingangstür, wo sie den Blicken der anderen Gäste fast völlig entzogen waren. Es verstrichen einige Minuten, in denen sie sich durch leises Rufen bemerkbar zu machen versuchten, bevor eine Frau vor ihrem Tisch auftauchte, bei der es sich mit größter Wahrscheinlichkeit um Joy – oder Helga? – persönlich handelte. Sie war freundlich und nahm die Bestellung ohne Notizblock auf. »Was zu essen?« Sie wirkte erleichtert, als sie verneinten. Sie wollte wohl bald schließen und ins Bett oder andernorts rein ins Vergnügen.

Auch Klara bestellte ein Glas Wein. Sophie schob den Gedanken beiseite, daß sie es nur ihretwegen tat, nicht aus Vergnügen oder Verlangen, sondern um die unverhoffte Übereinstimmung, die jetzt zwischen ihnen herrschte, noch etwas zu festigen. Machte es einem Mädchen ihres Alters tatsächlich Spaß, Alkohol zu trinken, oder tat sie es aus Mitleid oder Solidarität, weil einsame Trinker bekanntlich bedauernswerte Wesen sind, denen man sich besser mit Samthandschuhen nähert?

»Ich habe den Eindruck«, sagte Sophie, nachdem sie angestoßen und den ersten Schluck getrunken hatten, »daß wir die letzten waren, die Olsberg live gehört haben. Ab heute wird es nur noch seine Aufnahmen geben. Wer ihn in Zukunft hören will, hat die Wahl zwischen zwei Handvoll CDs. Das war ein großer, letzter Augenblick.«

Sie erwähnte nicht, daß sie während des Konzerts geschlafen hatte, und Klara ließ sich nicht anmerken, daß es ihr nicht entgangen war. Es spielte keine Rolle.

»Und seit wann läuft das mit Klaus?« fragte Sophie, und sie stellte fest, daß es nicht schmerzte, seinen Namen zu erwähnen. Vielleicht, weil sie in Sorge war.

»Seit ein paar Monaten.«

»Und deine Mutter weiß es nicht?«

Klara schüttelte den Kopf.

»Und wenn sie es wüßte?«

»Das wäre dann schrecklich. Es würde wohl alles zerstören. Aber sie weiß es nicht.«

»Wie wichtig ist sie dir denn? Ihr Glück?«

Klara zuckte mit den Achseln, was Sophie kurz verärgerte, aber sie atmete durch und hielt sich zurück. Mitleid mit ihrer Schwester zu haben, war nicht angebracht.

»Laß es einfach sein, das kann nicht gut enden.«

»Ich mag ihn, ich liebe ihn nicht. Er ist …« Sie stockte und überlegte, ob sie nun weitersprechen oder besser schweigen sollte.

Sophie blickte sie fragend an: »Er ist?«

»Er ist verrückt nach mir. Und er ist«, sie lachte von neuem, »besser als nichts.«

Sophie stöhnte leise auf und sagte: »Vieles ist besser als nichts. Aber besser ist etwas anderes als gut. Du bist hübsch, jung, begehrenswert. Kein Wunder, daß er dich mag. Du bist ein Jungbrunnen. Inzwischen dürfte er sechsundfünfzig sein.«

»Sechsundfünfzig, siebenundfünfzig, keine Ahnung.«

»Seid ihr vorsichtig?«

»Was meinst du? Unser Sex ist safe. Er benutzt immer Kondome.«

»Das meine ich nicht. Das ist natürlich gut. Ich meine, wird deine Mutter nicht eines Tages dahinterkommen?«

»Nein, wir passen auf. Du weißt ja, sie hat ihre festen Arbeitszeiten. Sie hält sie ein, und wir kennen sie. Da müßte schon die Erde stillstehen, damit sich daran etwas ändert.«

»Und wenn du Schluß machst?«

»Wenn ich Schluß mache, ist Schluß. Aus. Er wird leiden, aber er wird still leiden. Er wird sie nicht verlassen. Wohin sollte er auch gehen? Er wird mir nicht folgen, wenn ich gehe.«

»Du willst gehen?«

»Ab nächstem Jahr studiere ich in Gießen.«

»Bist du dir darüber im klaren, was es bedeutet, wenn die eigene Tochter ein Verhältnis mit dem Mann hat, mit dem man zusammenlebt?«

»Ich versuche es so dramatisch zu finden, wie es wahrscheinlich ist, aber es gelingt mir nicht. Schließlich habe ich ihn verführt, nicht er mich. Er ist nicht wirklich schuld an diesem Zustand.«

»Er hätte sich auch zurückhalten können.«

»Hätte er, aber du weißt ja, Zurückhaltung ist nicht seine Stärke. Frauen mögen das nicht.«

»Was weißt du schon von Frauen?«

»Wenig, aber genug.«

»Hat er je über mich gesprochen?«

Sie hätte lügen können, sie tat es aber nicht: »Nein«, sagte sie und versuchte Sophies forschendem, aber undurchdringlichem Blick auszuweichen. Sie wußte nicht, wieviel ihr zuzumuten war.

»Gut, daß du mir die Wahrheit sagst. Sie ist weniger schmerzhaft als die Lüge, wenn man sie als Lüge erkennt.«

»Was soll ich tun?«

»Überlaß ihn ihr, deiner Mutter, such dir einen gleichaltrigen Freund, einen netten Jungen, aber nicht einen wie ihn. Er hatte seine Qualitäten, als er jünger war. Er scheint sie aber verloren zu haben.«

»Wer weiß, ob ich ihm dabei nicht noch behilflich war.«

Klara drehte nachdenklich den unsauberen Bierdeckel, der auf dem Tisch liegengeblieben war, in ihrer Hand hin und her. Schließlich entschloß sie sich zu sprechen: »Eigentlich hast du ihn jetzt ja in der Hand, wenn du willst.«

»Wie?«

»Du kannst ihn erpressen!« Sie lachte: »Du kannst diese wunderbare kleine Familie zerstören. Wäre das keine Genugtuung?«

»Nein.«

»Überleg doch mal. Du rufst ihn an, sprichst in Rätseln, machst Andeutungen, triffst dich heimlich mit ihm, und dann erzählst du ihm haarklein, was du weißt. Oder du triffst dich mit meiner Mama und erzählst ihr, was du weißt. Das hat Sprengstoff genug, um die ganze Familie in die Luft zu jagen. Wuff und wir sind weg.«

Ihr Lachen war unangenehm geworden, es befremdete Sophie nicht weniger als dieser geschmacklose Vorschlag.

»Was hältst du davon? Gib es zu, es ist eine verlokkende Idee.«

»Ich halte nichts davon. Es ist eine häßliche Idee, und ich fände es besser, du würdest auf solche Gedanken gar nicht erst kommen.«

»Also leidest du lieber stumm?« fragte sie.

»Vielleicht leide ich ja gar nicht mehr.«

»Das glaube ich aber nicht, wenn ich dich so sehe. Vorhin, in der Garage? Alles muß raus, eines Tages muß alles an die frische Luft. Die schmutzige Wäsche, die Schmerzen, die man dir angetan hat, alles muß ausgeschüttelt und erneuert werden.«

»Woher nimmst du diese Gewißheit? Du bist noch viel zu jung, und ich bin viel zu alt. Gewisse Dinge lassen sich nun einmal nicht mehr zurückholen. Ich würde das auch gar nicht wollen.«

»Du würdest ihn nicht gern wiedersehen?«

»Nein. Wozu? Er gehört jetzt dir. Für den Augenblick. Tu mir nur einen Gefallen, schaff ihn dir vom Hals. Je schneller, desto besser.«

»Wirklich nicht?«

»Wirklich nicht. Jetzt nicht mehr.«

Sophie überlegte, ob sie noch ein Glas Wein nachbestellen sollte. »Nein«, sagte sie, und unterstrich damit ihre Entscheidung, in Zukunft ein Leben zu leben, aus dem jeder Gedanke an diesen lächerlichen Don Juan verbannt sein würde.

Sie lächelte, als sie bemerkte, daß Klara heimlich auf ihre Uhr sah.

»Du hast recht, es ist spät.«

»Es ist halb elf.«

»Wie man's betrachtet, ist es entweder früh oder spät. Ich fahre dich nach Hause und dann mich. Und vielleicht trinke ich dann noch einen Wodka.« Und unvermittelt: »Ich hatte eine Freundin in den USA, die behauptete, unter einer Weinallergie zu leiden, weshalb sie ausschließlich Wodka trank, als Aperitif, zum Essen und als Digestif. Und manchmal auch tagsüber. Ach, arme Anna. Was haben wir gelacht, auch über die Männer. Sie ist so früh gestorben. Am Wodka kann es nicht gelegen haben.«

»Na, wer weiß.«

»Ja, wer weiß. Was spielt es schon für eine Rolle, auf welche Weise und warum wir sterben. Hauptsache wir sterben. Daran, daß wir es tun, führt kein Weg vorbei.«

Sophie bezahlte. Sie stand auf. Sie verließen das Lokal. Sophie sprach noch von Anna, die sie zum letzten Mal vor neun Jahren in Seattle gesehen hatte. »Vor neun Jahren, und mir kommt es vor, als sei es erst gestern gewesen. Wie alte Leute eben so reden.« Wenn es vielleicht auch bitter klingen sollte, klang es doch auch versöhnlich.

Vor vier Jahren war Anna gestorben, ohne ihre deutsche Freundin noch einmal gesehen zu haben. Gestorben weitab von dort, wo sie geboren war. »In Bratislava oder Brünn, ich glaube Brünn. Dem Tod als Säugling an der Brust ihrer Mutter kurz vor der Ankunft in Auschwitz dank eines guten Menschen im letzten Augenblick entgangen. Was also spricht gegen ein paar Wodkas bis zum endgültigen Ende, das sowieso keiner aufhält?«

Klara sah ihre Tante mit großen Augen an. Ihr wurde klar, daß sie nichts von ihr wußte.

»Ach, was rede ich für Zeug.«

»Wann sehen wir uns wieder?«

»Sobald dir danach ist«, erwiderte Sophie und schloß die Wagentür auf. »Wenn du Lust hast, rufst du mich an, wenn du keine Lust hast, läßt du es bleiben. Ich bin für dich da.«

Sie strich ihrem groß gewordenen Patenkind, das kein Kind mehr war, aber auch noch keine Frau, eine Haarsträhne, die sich gelöst hatte, hinters Ohr.

Sie stiegen ein, Sophie startete den Motor, legte den Gang ein und fuhr los. Und während sie fuhr, begann sie leise vor sich hin zu summen. Irgend etwas von den Beatles, dachte Klara, war sich aber nicht sicher. Sophie sah Anna so deutlich vor sich, daß sie sie plötzlich zu riechen glaubte und Klara beinahe vergaß. Klara schloß die Augen und wunderte sich ein wenig über ihre Tante. Eigentlich war sie ihr fremd, und sie war dem Alkohol dankbar, der Sophies Zunge zumindest ein bißchen gelöst hatte.

Esther

»Thomas!«

Natürlich war Thomas auch nicht im Bad, sie hätte ihn doch längst gehört, und trotzdem sah sie dort nach. Was sollte sie sonst tun. Er war nicht da. Sie sah kurz in den Spiegel, ließ das Licht brennen und die Tür offen stehen. Irgendwo, sagte sie sich, muß er ja sein. Doch wo war irgendwo genau? Jedenfalls nicht in der Wohnung. Er war weg. Hatte sie einen Blick in den Spiegel geworfen? Sie erinnerte sich nicht. Sie dachte an Solveig. Warum denn an Solveig? Sie ging ins Schlafzimmer zurück, setzte sich aufs Bett und versuchte einen klaren Gedanken zu fassen, aber alles, was ihr in den Sinn kam, schien sich in ihrer Körpermitte zu sammeln und zu verpuffen. Ihr Magen krampfte sich zusammen, und der Krampf wollte sich nicht lösen. Sie mußte überlegen. Olsberg. Solveig. Sie konnte nicht denken. Sie saß da und starrte vor sich hin. Sie dachte an Thomas. Die anderen waren ohne Bedeutung. Ihr Blick folgte dem streng geometrischen Teppichmuster und blieb am streng geometrischen Stuhl hängen, der auf der Teppichkante stand, und versuchte eine Verbindung zwischen Teppich und Stuhl und Stuhl und Teppich herzustellen. So etwas Lächerliches! Ihr Körper flatterte. Vor welcher Ahnung fürchtete sie sich nur? Es war nicht nötig, auf die Uhr zu sehen, um zu wissen, daß es zu spät war. Zu spät, um auszugehen. Um diese Zeit ging Thomas niemals alleine aus. Auch nicht mit ihr. Da hätte schon etwas Unvorhergesehenes passieren müssen. Hatte er etwas in der Klinik vergessen, was er dringend brauchte? Sie hielt sich an diesem Strohhalm fest. Der Strohhalm gab ihr naturgemäß keinen Halt. Er knickte, und sie brach ein. Was konnte denn so dringend sein? Was sollte das sein, was er vergessen haben könnte? Ein Brief, eine Rechnung? Thomas vergaß nie irgend etwas. Und wenn, war es unmöglich so wichtig, daß er am Abend das Haus ohne eine Nachricht verließ. Was war ihm zugestoßen, und warum war sie erstarrt? Allmählich wich das dumpfe Gefühl niederschmetternder Ohnmacht dem einer unheilvoll überfeinerten Wahrnehmung. Er hatte die Wohnung schon lange verlassen. So war es. Er war kurz nach ihr weggegangen. Vielleicht hatte er doch eine Nachricht hinterlassen? Sie hatte sie nicht bemerkt, weil sie nicht damit gerechnet hatte. Es war nicht üblich, daß sie sich Zettel schrieben, ich bin da und wo bist du? Fast immer war der Tagesablauf am Morgen abgesprochen: Wir treffen uns um sieben da und da. Für den Fall, daß sich daran etwas änderte, gab es das Telefon.

Sie verließ das Schlafzimmer und ging die Treppe hinunter. Unten schaute sie überall nach, wo etwas hätte liegen können, in der Diele, in der Küche, im Wohnzimmer, auf allen Tischen, auf allen Ablagen, an ebenso wahrscheinlichen wie unwahrscheinlichen Orten, fand aber nichts. Dann ging sie wieder hinauf und löschte das Licht im unteren Stock, oben ging sie ein weiteres Mal ins Badezimmer, sah sich um, als ob sie einen Gegenstand, den sie verloren hatte, noch einmal an derselben Stelle suchen müßte. Er hatte keine Nachricht hinterlassen, weil er nicht damit gerechnet hatte, daß sie so früh zurück sein würde. So war das.

Sie warf einen Blick in den Spiegel. Kein Lippenstift, mit dem »Bin gleich zurück, Schatz, Kuß« geschrieben worden war. Er hatte ja sogar sein iPhone vergessen. Sie konnte ihn also nicht anrufen. Er hatte die Wohnung überstürzt verlassen. War den Kindern etwas geschehen? Wäre den Kindern etwas zugestoßen, hätte er sie auf dem Handy zu erreichen versucht. Das Handy. Sein iPhone. Sie tastete danach. Sie zog es samt einem unbenutzten Zahnstocher, der noch in seiner Papierhülle steckte, aus der Tasche ihres Blazers, den sie noch immer nicht ausgezogen hatte. Als sie kürzlich Chinesisch essen waren, hatte sie gleich zwei Zahnstocher eingesteckt. Der andere mußte sich im Saum verfangen haben. Sie entsperrte das iPhone, das sich nur unwesentlich vom Vorgängermodell unterschied, das sie besaß. Nie zuvor hatte sie sein Handy geöffnet. Nie zuvor.

Einen Augenblick zögerte sie, ein, zwei Sekunden, nicht länger. Seine Geheimnisse, wenn er sie denn hatte, lagen offen vor ihr, sie brauchte nur zuzugreifen. Das wollte sie nicht. Das iPhone gehörte ihr nicht. Nie hatte sie ihm nachgeschnüffelt, weder in seinen Taschen noch in seiner Brieftasche gewühlt, nie hatte es einen Anlaß dazu gegeben. Gab es ihn jetzt?

Das Licht des Displays leuchtete kalt. Sie zögerte, bevor sie die Nachrichten öffnete, und vermutlich, sagte sie sich später, stand ihr der Mund offen, und auch die Augen waren mit Sicherheit weit aufgerissen, weil sie nicht fassen, nicht glauben konnte, was sie in diesen unzähligen SMS las und besser nie gelesen hätte, denn es war nicht für ihre Augen bestimmt und nicht dazu geschaffen, von ihren Lippen nachgesprochen zu werden, Worte, die niemals über ihre Lippen gekommen waren, noch jemals über ihre Lippen kommen würden. Und es waren keineswegs jene modischen Ausdrücke, die ihre Kinder aus der Schule mitgebracht hatten und gegen Esthers Willen auch zu Hause benutzt worden waren, sondern obszöne Wendungen, mal ausgeschrieben, mal abgekürzt, aber fast immer unmißverständlich. Es war einfach ekelhaft. Und er hatte geantwortet, indem er sie genüßlich, jedenfalls ungeniert wiederholte. Nein, Scham sprach nicht aus diesen kurzen und längeren Mitteilungen, es war die schiere Begierde, die aus ihnen sprach, aus seinem Mund.

Die Person, an die die meisten SMS gerichtet waren, kannte sie so wenig wie die Person, die sie ihr täglich mehrmals geschrieben hatte, da klaffte ein Loch, eine Kluft von der unermeßlichen Tiefe einer alpinen Schlucht zwischen Esther und der Unbekannten und Esther und diesem Tommy, den sie nicht kannte, denn der Mann, dem dieses iPhone gehörte, hatte nie anders als Thomas geheißen, nicht einmal Tom, wie die Jungen heute sich nannten, nein, Thomas, nur Thomas. Das war nicht sein iPhone. Sie mußte sich täuschen.

Natürlich war es sein iPhone.

Einen Tommy kannte sie nicht, erst recht keine Sabine. Sabine? Sabine? Sie überlegte. Sabine war natürlich kein außergewöhnlicher, eher ein ganz gewöhnlicher Name, aber es gab niemanden in ihrem Bekannten- oder Freundeskreis, der so hieß. Sabine hieß lediglich eine seiner medizinisch-technischen Assistentinnen, und die hatte sie nur flüchtig ein, zwei Mal zwischen Tür und Angel erblickt, da sie sich in der Klinik so gut wie nie zeigte. Sie war ja nicht die Sorte Arztgattin, die sich überall einmischte, alles besser wußte und den Eindruck vermittelte, auf jeden Rock eifersüchtig zu sein, den sie nicht selbst trug. Aber was bedeutete das schon, daß sie sie nicht kannte? Es bedeutete nur, daß sie nie einen Gedanken an seine Untreue verschwendet hatte. Es bedeutete, daß sie ahnungslos war und die anderen sich in Sicherheit wiegen durften. Genau das war der Punkt. Das war überhaupt die Voraussetzung.

Sie las SMS um SMS, sie las alles, was er dieser Sabine geschrieben und dann nicht gelöscht hatte und was diese Sabine ihm geschrieben und was dieser Tommy, dieser Fremde, nicht gelöscht hatte. Ein Fremder in meinem Bett. Das war ein Filmtitel, nicht wahr, ein Film, den sie nie gesehen hatte. Es war grotesk, aber angesichts dieser eindeutigen, zweideutigen, mehrdeutigen, schlüpfrigen, gemeinen, widerwärtigen, beleidigenden Mitteilungen dachte sie an Lady Diana, über die sie nie anders als abschätzig gedacht und gesprochen hatte wie über eine, die an ihrem Unglück, das sie der ganzen Welt mitzuteilen bereit gewesen war, selbst schuld war. So wie ihr mußte es dieser faden, jungen Frau, die inzwischen längst tot war, gegangen sein, als sie hörte, wie sich ihr Gatte seiner Geliebten gegenüber an einem Telefon geäußert hatte, das abgehört worden war, damit auch dies die ganze Welt erfuhr: Ich möchte dein Tampon sein, hatte der Prince of Wales seiner Geliebten zugeflüstert, nicht ahnend, daß die ganze Welt zuhörte, um sich danach um so informierter über die betrogene Gemahlin lustig machen zu können.

Während sie las, was die beiden Unbekannten einander über die Liebe geschrieben hatten, die sie füreinander empfanden, und die sie ausschloß, weil sie nichts weiter als die Gattin war, wurde ihr klar, daß es nicht um Liebe ging, sondern nur darum, sich gegenseitig immer wieder und in den tollsten Wendungen der Lust zu versichern, die man füreinander empfand.

Esther warf das iPhone von sich wie eine Schlange, die eben zugebissen hatte. Doch das Gift floß bereits durch ihre Adern und verteilte sich in ihrem ganzen Körper, von den Füßen bis zum Kopf. Sie starrte auf das iPhone, das auf dem Bett lag, dann griff sie erneut danach. Warum sollte sie sich das eigentlich gefallen lassen? Sie lachte. Sie würgte einen dicken Kloß hinunter und überlegte. Die Arztgattin ist vielleicht naiv, aber nicht so blöd wie ihr denkt.

Lorenz

Er brauchte die Augen nicht zu schließen, um das asiatische Mädchen vor sich zu sehen, denn um ihn herum war es so dunkel, daß er nichts erkennen konnte. Außer ihr. Ihren Namen kannte er inzwischen, er hatte sich schließlich getraut und sie angesprochen und danach gefragt, das war keine Stunde her. Er hatte sich über sie gebeugt und ihren Duft eingeatmet wie den einer Blume. Sie roch nach Nelken und Muskat. »Sabrina«, sagte sie.

Sie hieß Sabrina – sie sprach es mit einer kurzen Verzögerung nach dem »b«, und das r klang fast englisch –, wahrscheinlich nach dem Film mit Audrey Hepburn und Humphrey Bogart. Jemand aus ihrer Familie mußte ihn gesehen haben, als er vor fünfzig, sechzig Jahren ganz neu gewesen war. Sabrina war höchstens dreiundzwanzig. Als er sie gefragt hatte, ob er sie anrufen dürfe, hatte sie keinen Augenblick gezögert und ihm die Nummer gegeben. Einfach so, mit einem Lächeln, unkompliziert. Er hatte sie sich gemerkt, ohne daß sie sie wiederholen mußte. Es war wie früher: Den Zentralbauern hatte er gezogen, nun konnten die Läufer entwickelt werden.

Lorenz hatte sich in einem Kleiderschrank versteckt, das gehörte zum Plan. Nun war es kurz nach halb zwölf. Im Inneren des Schranks war es stockfinster. Das Haus war groß, verwinkelt, unübersichtlich und weitläufig, genau so, wie er es sich vorgestellt hatte. Es war nicht schwer gewesen, die Wege der Hausdame nicht zu kreuzen.

Er hatte sich unbemerkt aus dem Staub gemacht. Er wußte, daß sich weder Silvio noch die Hausdame noch einer der Köche fragen würde, wie ihm das gelungen war. Nichts lag ihnen ferner, als ihn zu vermissen oder ihm gar das zu unterstellen, was er sich vorgenommen hatte: etwas Illegales zu tun. Er war so unverdächtig wie ein Pudel, er war harmlos, das machte ihn unsichtbar. Sie sagten sich vielleicht, er sei ein Sonderling, was als Erklärung für das Verhalten eines Menschen, für den man sich nicht interessierte, genügte. Jawohl, er war ein Sonderling, der ohne Erklärung vom Erdboden verschwand und wieder auftauchte, wenn niemand es erwartete. Wenn er nicht da war, dachte keiner an ihn, außer Sabrina vielleicht, erlaubte er sich zu hoffen. Eine Hoffnung.

Nicht zum erstenmal stand er aufrecht in einem Schrank voller Kleider. Zum einen jetzt, zum anderen in einer fast verlorenen Erinnerung. Es war warm, und er genoß die Wärme. Es roch nach Rosenwasser und Lavendel. Er hatte sich versteckt wie damals und roch die fremden Gerüche, den trockenen Dunst, der den Kleidern entströmte, an die er sich schmiegte, während seine Hände langsam über den Stoff und zwischen die Falten fuhren, als könnten sie erkunden, was sich darunter verbarg, wenn sie den Körper bedeckten, dessen Kopf sich entschieden hatte, sie zu tragen, dazwischen ein schweres Parfum und würzige Seife und all das Unbeschreibliche, für das die Wörter fehlten, nicht aber Bilder, die sein Gehirn durchzuckten, teilweise klar, teilweise trüb. Er kannte die Besitzerin all dieser Kleider – und das war sicher nicht ihr einziger Schrank – nur von Fotos, und die zeigten eine Frau, die jünger war als heute. Tatsächlich war Verena Bentz schon über sechzig, aber vermutlich noch immer attraktiv. Eine gepflegte und imposante, anziehende Erscheinung.

Die Erinnerung, die ihm bis zu diesem Augenblick entfallen war, spielte in einem Schrank in seiner Kindheit. Dort hatte er sich versteckt und gewartet, daß jemand ihn entdeckte. Es war ein Spiel.

Ein Junge oder Mädchen hatte bis fünfzig gezählt, das Gesicht in den Händen verborgen, an eine Wand gelehnt, indes die anderen in alle Richtungen auseinanderstoben und im Haus oder Garten Verstecke suchten, in denen sie über kurz oder lang gefunden werden würden. Da war er zehn oder elf gewesen. Es hatte unendlich lang gedauert, bis ihn Beate aufgestöbert hatte, das Mädchen, in dessen Elternhaus sie sich befanden. Dieser vor langer Zeit entglittene Augenblick war unerwartet zurückgekommen!

Es war bestimmt kein Friseur gewesen, der ihr rotblondes Haar zu einem Topf geschnitten hatte, der die abstehenden Ohren und hervorquellenden Augen noch betonte. Froschgesicht hatten die, die sie nicht mochten, Beate genannt. Sie öffnete den Schrank und wollte ihn küssen, doch er entzog sich widerstrebend, wendete sich ab, als schüttelte er sich, und sagte: »Das gehört nicht zum Spiel.« Da hatte sie von ihm abgelassen, hatte ihn weggestoßen und die Schranktür von außen verriegelt. Er hatte sich nicht richtig verhalten, aber er bereute es nicht.

Er wartete darauf, daß jemand ihn suchte, er wartete vergeblich, es suchte ihn keiner. Die Rufe der anderen, die das Versteckspiel, in dem er längst keine Rolle mehr spielte, inzwischen beendet hatten, waren leiser geworden und schließlich verstummt. Er verlor jedes Zeitgefühl.

Er hatte sich selbst aus dem fremden Schrank befreien müssen, und das ging nur mit Gewalt. Er hatte also den

Körper mit ganzer Kraft gegen die Tür gestemmt, bis der Riegel das splitternde Holz durchbrochen hatte. Von der Dunkelheit ins blendende Licht geschleudert, war er vornüber ins Zimmer gefallen. Von Beate fehlte jede Spur. Er erinnerte sich nicht, sie jemals wiedergesehen zu haben, obwohl sie dieselbe Schule besucht hatten.

Natürlich hatte Lorenz keine Waffe dabei, er war ja kein Verbrecher. Weder wußte er, wo man sich eine beschaffte, noch wie man sie bediente. Er wollte sein Leben ändern, mehr nicht, zugegeben mit Mitteln, die den Zweck nur notdürftig heiligten. Er mußte nur alles richtig anstellen und mit etwas Fantasie vorgehen. Er mußte wendig sein und schnell reagieren. Einige Male hatte es an der Haustür geklingelt: Gäste, die das Konzert nicht besucht hatten, dem Pianisten – ohne von dem Skandal zu wissen – dennoch die Ehre erweisen wollten, oder Schmarotzer, die – ohne auch nur einen Gedanken daran verschwendet zu haben, das Konzert zu besuchen – auf das Büfett nicht hatten verzichten wollen. Die enttäuschten Besucher wurden von der Hausdame abgewimmelt. Seit einer Viertelstunde aber war es still. Kein Wagen, keine Klingel. Seit mehr als einer halben Stunde wartete er. Sabrina, die Köche und Silvio hatten das Haus längst verlassen. Die Gastgeber, die der Pianist mit seinem skandalösen Verhalten um ihre Soiree gebracht hatte, mußten jeden Augenblick zurückkommen.

Lorenz stieß die Schranktür, die nur angelehnt war, leise auf und trat auf Zehenspitzen ins Zimmer. Das war gar nicht nötig, denn das Parkett war aus massivem Holz und knarrte nicht. Erstarrte Erde, dachte er. Der Boden war fest und gab ihm Halt und Sicherheit. Im Badezimmer, das er noch nicht betreten hatte, war mit Marmor oder Granit, einem kalten Material, zu rechnen.

In der Küche hatte er eine Taschenlampe an sich genommen, die in einer Schublade lag, falls nötig ein Beweis dafür, daß der bevorstehende Raubzug nicht vorsätzlich, sondern spontan erfolgt war. Die Idee war ihm ja erst gekommen, nachdem der Abend eine Wendung genommen hatte, mit der niemand gerechnet hatte. Sein Raubzug war eine Folge von Olsbergs unvorhergesehenem Abgang.

Ganz ohne Licht, blindlings herumtappend, wäre die Unternehmung zu gefährlich, mithin aussichtslos gewesen. Das Licht der Taschenlampe an seinem ausgestreckten Arm strich über ein großes Bett, bei dem es sich nur um das Bett der Gastgeberin handeln konnte, denn alle Möbelstücke und Gegenstände zeugten von einer Frau, die viel Zeit in diesem weiträumigen Zimmer verbrachte. Über dem Bett ein bunter japanischer Holzschnitt, ein blaues Schiff vor schwarzem Himmel, zu aufwendig, es aus dem Rahmen zu lösen, vermutlich wertvoll, bestimmt keine Kopie. Das Risiko, das Blatt beim Zusammenrollen zu beschädigen und dadurch zu entwerten, war zu groß. Sinnlose Beschädigung wertvoller Dinge war nicht seine Absicht.

Er hatte keine Erfahrung, sich in fremden Häusern zwanglos zu bewegen, er war nun mal kein routinierter Einbrecher. Genau genommen war er überhaupt kein Einbrecher. Er war nicht gewaltsam in dieses Haus eingedrungen, man hatte ihm die Tür geöffnet und ihn hereingebeten. Er hatte es bloß nicht verlassen. Dietrich und Glasschneider waren nicht nötig, er hätte dieses Werkzeug auch gar nicht zu bedienen gewußt. Er war schon dagewesen, bevor ihm die Idee gekommen war, sich umzusehen und mitzunehmen, was ihm wertvoll genug erschien, um später verkauft werden zu können. Mitgehen lassen, hieß das richtig. An wen verkaufen, darüber würde er sich später den Kopf zerbrechen können. Im

Fernsehen und Kino wußten die Diebe immer, wo sie die Hehler fanden, die ihnen die geklaute Ware abkaufen würden. Er richtete den Lichtstrahl auf eine Kommode und zog vorsichtig die obere Schublade auf. Sie ging leichter, als er erwartet hatte. Sie glitt auf ihn zu, als liefe sie auf Schienen.

Sie war voller Schmuck. Voller Reichtum. Auf einen so prompten Erfolg war Lorenz nicht vorbereitet. Er atmete durch. Es lief wie am Schnürchen. Er kannte sich nicht aus, war aber überzeugt, daß diese Steine nur echt sein konnten. Echt und kostbar wie der Holzschnitt, der an der Wand hing und den er sich selbst überließ. Wie konnte es angesichts des Reichtums, mit dem dieses Haus imprägniert war, auch anders sein?

Er raffte alles zusammen und ließ es vorsichtig in eine der zwei Plastiktüten gleiten, die er in seine Taschen gestopft hatte, bevor er die Küche verließ. Er öffnete die zweite Schublade, in der sich nur Unterwäsche befand. In der dritten lagen Strümpfe, die vierte war leer, sie schien zumindest leer. Um ganz sicherzugehen ging Lorenz in die Hocke und tastete die Schublade ab. Seine Finger berührten Papier. Er griff danach, zog einen prall gefüllten Briefumschlag hervor und richtete den Strahl der Taschenlampe darauf. Seine Hände zitterten. Der Umschlag war zugeklebt gewesen und aufgerissen worden. Man hatte ihm also schon etwas entnommen.

Seine Vermutung traf zu, es waren nicht Briefe, es war Geld, das man womöglich längst vergessen hatte. Er zog die Scheine – lauter Fünfhunderter – heraus, er schätzte dreißig, eher mehr, vierzig, vielleicht fünfzig? Was für ein unverschämtes Glück, was für ein unverhoffter Zufall. Als ob das Geld auf ihn gewartet hätte. Im Grunde genügte das ja, um Sabrina glücklich zu machen und ihm die nötige Veränderung zu sichern. Ja, es genügte. Um ihn glücklich zu machen. Da er kein Spieler und nicht süchtig war, würde er sich damit begnügen.

Astrid

Sie versuchte, Verena Bentz zu erreichen, aber sie nahm nicht ab. Wahrscheinlich war die Handyklingel zu leise, um die Geräusche der Gäste zu übertönen, die sich jetzt in ihrer Villa um sie und Olsberg drängten. Ihre Festnetznummer hatte sie weder gespeichert noch notiert. Sie versuchte es bei Olsberg, doch bei ihm sprang sofort die Sprachbox an, die bekannte weibliche Stimme, die Englisch sprach und einen ältlichen Eindruck machte. Sie wartete nicht ab, sie hinterließ keine Nachricht, Marek würde sie heute abend ohnehin nicht abhören. Entweder hatte er sein Handy absichtlich nicht eingeschaltet, oder er hatte es, was wahrscheinlicher war, nach dem Konzert vergessen.

Astrid, die sich nur selten auf ihren schlecht ausgebildeten Orientierungssinn verlassen mußte, sah sich um. Sie hatte keine Ahnung, wohin sie sich wenden sollte. In manchen Winkeln war es so dunkel, daß sie aufpassen mußte, nicht zu stolpern.

Daß sie schließlich binnen kürzester Zeit im Freien stand, ohne beim Pförtner vorbeigekommen zu sein, grenzte an ein Wunder. Zielsicher und blind war sie einem dumpfen Gefühl gefolgt, und diese Entscheidung hatte sich ausgezahlt. Sie hatte eine Tür geöffnet, die in ein leeres, schwach beleuchtetes Treppenhaus führte. Ihre Schuhe klackten auf dem Steinboden. Sie hielt sich leicht am Handlauf fest. Sie nahm die Treppenstufen ohne Hast, sie konnte es noch immer nicht fassen, daß die Migräne sich zurückgezogen hatte. Die Angst, die Schmerzen nicht mehr loszuwerden, war eine der vielen Erscheinungen, denen das Denken während der Anfälle unterlag.

Sie hatte versucht, zwei Türen zu öffnen, von denen sie annahm, daß sie nach draußen führten, die erste war verschlossen, die zweite, ein Stockwerk tiefer, hatte sich tatsächlich öffnen lassen. Es regnete leicht.

Sie ging über den Parkplatz und sah zurück. Der Platz vor dem Bühneneingang war leer, niemand stand um ein Autogramm an, keine Fans, keine Freunde, die man nicht erwartet hatte, mit denen man in einer Stadt wie Berlin aber stets rechnen mußte. Im Gegensatz zum Bühneneingang war der Haupteingang dunkel. Einen Augenblick lang überlegte sie, zum Pförtner zu gehen und zu fragen, ob und wann er Olsberg gesehen hatte. Vermutlich hatten Verena Bentz und ihr Chauffeur ihn erwartet. Vielleicht auch Friedrich Franz Bentz, den sie nicht kannte, den unermeßlich reichen Besitzer eines Gartengeräteimperiums. In diesem Augenblick fuhr ein Taxi die Straße entlang, und da sie keinen Schirm bei sich hatte und ihr allmählich kalt wurde, und ein weiteres Taxi so schnell wohl nicht zu erwarten war, winkte sie es heran. Obwohl sie allein war und nichts und niemand sie zu irgend etwas drängte, hatte sie das ungute Gefühl, überstürzt zu handeln. Aber sie handelte ja nicht. Sie gab die Adresse in Potsdam an, die sie sich gemerkt hatte, und der Fahrer fuhr los. Im Wagen war es warm, und es roch nicht nach abgestandenem Qualm.

»Wie lange dauert es?«

»Dreißig Minuten«, sagte der Fahrer.

Fast genau dreißig Minuten später, in denen sie weder besonders gemächlich noch gehetzt über die Avus und später durch Straßen gefahren waren, hinter deren Toren

Villen in großen Gärten standen, die man wohl mit Recht als Parks bezeichnen konnte, hielten sie vor dem Haus, in dem die große Party zu Ehren von Marek Olsbergs Berliner Konzert stattfinden sollte. Daß sie nicht stattfand, wurde Astrid in dem Moment bewußt, als sie bemerkte, daß nirgendwo Autos standen. Im Haus brannte nur spärlich Licht, irgendwo ging eines an und wieder aus. Sie glaubte, den Schein einer Taschenlampe über die Scheibe huschen zu sehen. Sie registrierte es, mehr nicht.

Sie fragte sich, ob sie dem Fahrer die richtige Adresse angegeben habe. Ein Gedanke wider besseres Wissen. Es war mit Sicherheit die richtige Adresse, aber – ebenso sicher – der falsche Zeitpunkt. Es fehlte ihm alles, was ihn zum richtigen gemacht hätte: Luxuslimousinen, Bodyguards für die Politiker, offene Türen, offene Fenster, Lichter, Glanz und Glamour, Lieferwagen des Cateringservice, Menschen, die auf dem Kiesplatz vor der großen Eingangstür standen und sich rauchend unterhielten. Abendkleider, das Klirren aneinanderschlagender Champagnergläser, Bravorufe, Klatschen. Sie bückte sich etwas, um das Haus besser in Augenschein nehmen zu können. Bei Nacht sah alles etwas anders aus als bei Tageslicht. Andererseits sahen sich Villen wie diese in dieser Umgebung ähnlich. Aber sie hatte genug gesehen. Das war ohne Zweifel das Bentzsche Anwesen. Sie bat den Fahrer, sich zu gedulden, und kramte in ihrer Handtasche nach dem Zettel, auf dem sie die Adresse notiert hatte.

Es war die richtige Adresse.

»Es ist die richtige Adresse, aber irgend etwas stimmt nicht«, sagte sie, ziemlich leise, es kam nicht darauf an, daß der Taxifahrer verstand, was sie sagte, wichtig war nur, daß sie sich irgendwie bemerkbar machte.

»Warten Sie bitte.«

»Wie lange soll ich warten?«

»Zwei, drei Minuten. Ich klingle und komme dann sofort zu Ihnen zurück.«

Er gähnte und zuckte mit den Achseln.

Der Fahrer machte keine Anstalten, ihr beim Aussteigen behilflich zu sein, als sie die Tür aufstieß. Sie hatte nicht damit gerechnet.

Sie hatte auch nicht damit gerechnet, daß sich das Eisentor so einfach öffnen ließ. Sie brauchte nicht auf die Klingel zu drücken, damit das Tor aufging. Es ließ sich leicht aufstoßen, als ob ein unsichtbarer Mechanismus die Gegenwart des Gastes erkannt hätte, vielleicht war es ja auch so.

Sie ging den Kiesweg entlang eilig auf das Gebäude zu und stieg die vier Stufen der breiten Treppe hinauf, die von Olivenbäumen in großen Töpfen gesäumt waren. Das Taxi wartete bei laufendem Motor und Abblendlicht.

Als hätte man sie erwartet, öffnete sich die Tür, als sie gerade im Begriff war, den Zeigefinger auf die Klingel zu legen. Sie erkannte die Frau, die sie bereits am Nachmittag gesehen hatte, die Frau, die sich um die Führung des Bentzschen Haushalts kümmerte.

Astrid wurde kühl begrüßt und umgehend ins Bild gesetzt, nachdem man sich darüber gewundert hatte, daß sie nicht wußte, was geschehen war.

Fassungslos erstarrte sie. Dann dauerte es nur noch ein paar Sekunden, bis sich die unvorstellbare Information zu einer kaleidoskopischen Vorstellung formte, die in alle Richtungen zersplitterte und zerstob, und schlagartig kehrte die Migräne zurück. Sie bat die Hausdame darum, es ihr noch einmal zu erklären, sie sei völlig überrascht und durcheinander, worauf sich auf deren Gesicht ein höchst mißmutiger, fast hämischer Ausdruck breitmachte, gerade so als ob Astrid an dem Ereignis, von dem so viele Menschen betroffen waren, und nicht zuletzt die Hausdame selbst und ihre Herrschaft, ebenfalls eine Schuld träfe. Astrid versuchte zu verstehen, was man ihr erklärte, und preßte beide Handflächen an ihre Schläfen, der Schmerz war unerträglich.

Unfähig ein Wort herauszubringen, suchte sie Halt am Türrahmen. Die Hausdame machte keinerlei Anstalten, sie hereinzubitten. Verzweifelt versuchte sie, sich an deren Namen zu erinnern. Vergeblich. Er war ihr entfallen.

»Davon wußte ich nichts. Das erfahre ich erst jetzt. Ich habe nichts mitbekommen. Ich habe geschlafen. Ich hatte Migräne. Und sie kommt wieder.«

»Das tut mir ja sehr leid«, sagte die Hausdame ungerührt, »aber das müssen Sie jetzt schon mit Ihrem Klavierspieler ausbaden. Die Party jedenfalls ist abgesagt. Die Arbeit war umsonst. Na ja, es gibt Schlimmeres, ein Erdbeben oder ein Tsunami zum Beispiel. Insofern sind wir ja noch einmal mit einem blauen Auge davongekommen.«

Der Scherz schien sie ein wenig aufzuheitern, und so grinste sie, als sie die Tür mit Nachdruck schloß, nachdem sie sich verabschiedet hatte, ohne Astrid gefragt zu haben, ob sie ein Glas Wasser wünschte. Ein Glas Wasser war es, was sie sich wünschte. Nur das. Sie wankte zum Auto zurück, so benommen, daß ihr nicht einmal auffiel, daß der Taxifahrer ein besorgtes Gesicht machte.

»Alles okay?«

»Haben Sie Wasser dabei? Ich muß eine Tablette nehmen.«

»Wasser? Nee, ich hätte höchstens Bier.«

Sie war technisch nicht besonders begabt, aber völlig unbegabt war sie auch nicht. Obwohl es vielleicht einen einfacheren Weg gab, um zum Ziel zu gelangen, wählte sie den, der keine langen Überlegungen und auch kein umständliches Telefongespräch mit ihrem Sohn erforderte, der ihr Dinge erklären würde, deren Ausführung meist komplizierter klangen, als sie tatsächlich waren. Nachdem die Idee einmal gereift war, ergaben sich die nachfolgenden Überlegungen von selbst. Sie reihten sich wie eine Kette schwarzer Perlen auf eine unsichtbare Schnur. Sie hatte einen hübschen, perfiden Plan. Wenn sie ihn jetzt nicht ausführte, würde sie es später bereuen. Wenn sie ihn jetzt ausführte, würde sie es später vielleicht auch bereuen. Es war ihr egal. Das Gefühl, sich in kleinlichen, peinlichen Racheaktionen zu ergehen, tat ihr gut. Es lenkte sie von der Sorge ab, über den Augenblick hinauszudenken. Was würde morgen geschehen? War dies das Ende ihrer Ehe? Nein, daran wollte sie nicht denken.

Sie wählte zwei Dutzend der Kurzmitteilungen aus, die Thomas an Sabine und Sabine an Thomas, beziehungsweise Tommy an Sabine und Sabine an Tommy, oder auch Dein Hengst an seine Stute beziehungsweise Deine Stute an ihren Hengst geschickt hatte, und leitete sie an ihre eigene E-Mail-Adresse weiter. Je plastischer sie deren Ausführung vor sich sah, desto besser gefiel ihr die Idee. Sie würde Thomas mit seinen ungelöschten Nachrichten mindestens so unangenehm überraschen wie er sie unangenehm überrascht hatte. Sofern unangenehm nicht völlig unangebracht war und sie nicht besser nach einem treffenderen Wort suchte.

Zwei Minuten später hob sie in ihrem Arbeitszimmer den silbergrauen Aludeckel ihres kleinen, hauchdünnen Laptops und schaltete ihn ein.

Die eingegangene E-Mail enthielt vierundzwanzig SMS von Thomas' iPhone. Vierundzwanzig Beweise dafür, wozu er fähig war, wozu sie ihn naiverweise aber nicht für fähig gehalten hatte. Sie öffnete die E-Mail. Schwarz auf weiß. Mit den üblichen Abkürzungen, Zeichenfolgen wie diesen: 8====>, sowie Flüchtigkeits- und Übermittlungsfehlern. Da und dort hatten sich Umlaute in griechische Buchstaben verwandelt, Fragezeichen waren durch Paragraphen ersetzt worden. Mehrere SMS waren mitten im Satz abgerissen, da war vermutlich sie ins Spiel gekommen: Esther stellte sich vor, wie sie – Esther – den Raum betreten hatte, in dem sich Thomas, eine SMS verfassend, gerade aufhielt – zum Beispiel das Bad oder Schlafzimmer –, weshalb er seine intime Korrespondenz mit Sabine abgebrochen hatte. Warum er die Nachrichten, die zwischen ihnen hin und her gegangen waren, nicht gleich gelöscht hatte, blieb ihr ein Rätsel. Sie sah sich ins Schlaf- oder Badezimmer treten und ihm einen Kuß geben. Er hatte unterdessen sein iPhone in seine Hosentasche gesteckt.

Je länger die Nachrichten waren, desto mehr Sprengstoff bargen sie. Es sollte sich ein hübsches Konvolut ergeben, übersichtlich, nicht zu dick, nicht zu dünn. Thomas sollte genügend zum Beißen, zum Nagen und zum Verdauen haben. Sie dachte kurz nach. Sie benötigte gutes Papier. Sie wunderte sich über die Kaltblütigkeit, mit der sie vorging, sie war ihr unerwartet zugewachsen. Sie erinnerte sich an schönes Papier und fand einen Stoß handgeschöpftes Bütten mit Wasserzeichen in einer der unteren Schubladen ihres Schreibtischs. Die Kinder – nicht Thomas – hatten es ihr vor Jahren geschenkt. Sie hatte es nie benutzt, weil sich nie die Gelegenheit ergeben hatte, einen feierlichen Brief zu schreiben. Schön verpacktes Original-Gmunder, business paper with esprit.

Daß die Not erfinderisch machte, hatte sie gehört, ohne es je am eigenen Leib erfahren zu haben. Von der Rachsucht hatte sie das nicht erwartet, obwohl es eigentlich auf der Hand lag. Sie wußte, daß es Rache war, die sie antrieb. Die Liebe war der Vergeltung gewichen, aus deren Köcher sie nun vergiftete Pfeile schoß.

Sie druckte dreiundzwanzig Botschaften aus. Die matten Seiten rutschten wie nichts durch den Drucker. Am Ende hatte sie acht einseitig bedruckte Büttenblätter in der Hand. Ein nettes Häufchen. Hätte ihr mehr Zeit zur Verfügung gestanden, zu einer anderen Tageszeit, hätte sie einen Copyshop oder Buchdrucker aufgesucht, um die Seiten akkurat binden zu lassen. Mitten in der Nacht war das leider unmöglich. Zuvor hätte sie die häßlichen Druckfehler vielleicht hervorgehoben.

Hübsch und verführerisch wie ein Geschenk sah es aus, mit dem niemand gerechnet hatte, schon gar nicht um diese Zeit. Hübsch und verführerisch war es nicht, auch wenn sein Inhalt von Verführung handelte.

Sie blickte auf ihre Uhr. Wann hatte sie gesagt, sei sie zurück? Es war nun zwanzig nach zehn. Konzerte dauerten gewöhnlich bis kurz nach zehn, je nach dem Erregungszustand des Publikums und der Länge der Zugaben oft etwas länger. Sie hatte schon erlebt, daß ein Pianist, unzufrieden über seine Leistung, eine ganze Partita wiederholt hatte, zum unterdrückten Unmut der einen, die eigentlich nach Hause wollten, zur lautstark geäußerten Freude der anderen, die gar nicht genug von ihm bekommen konnten. Aber länger als Viertel vor elf dauerte kein klassisches Konzert der Welt, das um acht Uhr begonnen hatte.

Thomas würde gleich da sein, auch wenn er darauf

zählen konnte, daß sie – wenn alles mit rechten Dingen zuging – vor Mitternacht nicht zurück sein würde. Sie mußte sich doch um die verlassene Solveig kümmern. Thomas konnte sich darauf verlassen, daß die beiden in irgendeinem angesagten Lokal noch etwas essen, etwas trinken, etwas plaudern würden. In diesem Augenblick klingelte völlig unerwartet ihr iPhone, so unerwartet, daß sie zusammenzuckte.

Sie nahm ab. Es war Thomas. Ihr blieben nur wenige Sekunden Zeit, um sich zu fassen und zur Ordnung zu rufen, denn er redete als erster. Sie hielt den Atem an. Sie versuchte sich vorzustellen, wo er war. Bis zu diesem Zeitpunkt hatte sie keinen Gedanken daran verschwendet. Sie versuchte ihm vorzumachen, sie sei unter Menschen. Sie zitterte. Sie würde als erstes sagen, es sei sehr laut hier, sie verstehe ihn kaum.

Er fragte obenhin, ob das Konzert schon aus sei. Sie sagte: »Wie? Ich versteh dich kaum.« Er wiederholte seine Frage und sie bejahte: »Gerade eben. Es ist wahnsinnig laut, ich versteh dich kaum!« Sie log, wie er log, nur daß ihre Lügen auf verschiedenen Fundamenten standen. Er erkundigte sich, wie es gewesen sei. »Du meinst das Konzert? Fantastisch!«

Daß sein Interesse an ihrer Antwort eher gering war, so gering wie sein Interesse an klassischer Musik überhaupt, hätte sie auch dann nicht gewundert, wenn sie wirklich dort gewesen wäre, wo er sie zu Unrecht vermutete, und wenn er wirklich dort gewesen wäre, wo zu sein er ihr täuschend echt vormachte, nur daß sie es diesmal eben besser wußte. Heute konnte er sie – zum ersten Mal seit wie langem? – nicht hinters Licht führen. Von welchem Apparat er anrief, konnte sie nicht erkennen. Wahrscheinlich war es ihr Festnetz. Wie hieß sie schon wieder? Der Name war ihr gerade entfallen. Sie hätte ihn jetzt fragen können. Sie hätte ihn einfach obenhin nach dem Namen seiner MTA fragen können. Solveig habe sie eben danach gefragt. Statt dessen wiederholte sie, das Konzert sei wirklich fantastisch gewesen, ganz unvergleichlich. Sie durfte auf keinen Fall sein Mißtrauen erregen. Er sollte ahnungslos sein und sich in Sicherheit wiegen. Das sanfte Ruhekissen, auf das er sein Haupt bettete, war ihre Gutgläubigkeit, das klassische Bettzeug der betrogenen Ehefrau.

Ein »laß dir Zeit« lag ihr auf der Zunge, aber sie hielt sich zurück. Scheinheilig fragte sie: »Und wo bist du?« Und statt ›im Bett‹ oder ›in der Küche‹ zu sagen, antwortete er: »Zu Hause. Zu Hause.«

»Ja, das weiß ich doch«, erwiderte sie lachend. Fast triumphierend. Es tat gut, ihn ein bißchen zu quälen. Es war befreiend. Doch merkte sie, daß sie damit die Last, die sie erdrückte, nicht abschütteln konnte. Sie hatte noch längst nicht erfaßt, was der Betrug, dessen Opfer sie war, für Folgen haben würde. Sie wußte nur, daß er nicht ohne Folgen bleiben würde. Sie spürte sie am ganzen Körper, aber wie geht man damit um? Sie quälte nicht ihn, sie quälte sich selbst.

Gewiß versetzte sie ihn in empfindliche Unruhe, als sie nun beiläufig erwähnte, sie sei müde und Solveig noch müder – »nicht wahr, Solveig?« –, denn Olsberg habe ja ein anspruchsvolles Programm absolviert, das nicht nur ihm, sondern auch dem Zuhörer das Äußerste an Konzentration abverlangt habe, und ihm dann aus heiterem Himmel ankündigte, daß sie deshalb gleich gemeinsam ein Taxi nehmen und nach Hause fahren würden.

»Ich lade Solveig bei ihr ab, und bin in zwanzig, fünfundzwanzig Minuten da. Bist du schon im Bett?«

»Nein, noch nicht, ich wollte gleich …«

»Du brauchst nicht zu warten. Geh schon ins Bett.«

»Natürlich warte ich. Ich muß jetzt –«, er unterbrach sich. Er hatte, dachte Esther, beinahe ›los‹ gesagt, verschluckte es jedoch zugunsten eines schnellen: »– noch was essen. Also bis gleich, Schatz. Bist du auch hungrig?«

Sie überhörte seine Frage und sagte obenhin: »Bis gleich.« Ein ›Schatz‹ kam nicht über ihre Lippen. Den ›Schatz‹ hatte sie in Ketten gelegt.

Das Gespräch war zu Ende. Er hatte keinen Verdacht geschöpft. Er hielt sie noch immer für genauso blöd und ahnungslos, wie sie es bislang gewesen war. Leicht zu hintergehen, mühelos zu täuschen, ganz einfach zu betrügen. Darauf, daß das klappte, hatte er sich bis heute abend verlassen können.

Aber während sie sich Gedanken über ihn machte, war sie sich bereits darüber im klaren, daß dies das letzte Mal gewesen war, daß sie sich scheinbar unbefangen miteinander unterhalten hatten, ein Ehepaar, das sich gegenseitig auf die Loyalität des anderen verlassen konnte. Nach der Zäsur von heute abend würden die harten Jahre beginnen, das Alter, die Verbitterung, der Rückzug, die Unsicherheit und das Bedauern. Für sie, nicht für ihn. Er würde mit seiner Sabine – Susanne? – einer gesicherten Zukunft und einem friedlichen Alter entgegengehen. Vielleicht würde sie ihn eines Tages verlassen, Esther würde es nicht einmal erfahren. Und wenn, würde es ein schwacher Trost am Ende eines langen gemeinsamen Wegs und einer Trennung sein, mit der niemand gerechnet hatte, auch er vermutlich nicht, damals, als heute war, in dieser Nacht, an die sie sich ihr Leben lang erinnern würde.

Kein Wunder, daß plötzlich Tränen aus ihr hervorbrachen. Gab es noch irgend etwas, was sie ihr eigen nennen konnte, nachdem sie alles in diese Ehe investiert hatte, was ihr gehörte? Vielleicht zu wenig. Vermutlich zu viel. Was an Zinsen dazugekommen war, würde zu einem glücklichen Leben nicht reichen. Warum dachte sie so? In Kapital und Dividende, Gewinn und Verlust. Wie kam es, daß sie in diesem Augenblick überhaupt irgend etwas denken konnte? Sie dachte klar und chaotisch zugleich. Sie sah sich mit einem Messer herumfuchteln, konnte aber nicht zustechen. Sie war wehrlos. Er hatte sie in dieser Nacht vergiftet. Sie würde ihn nie mehr berühren.

Sie hörte sich selbst sagen: »Für immer vergiftet.«

Wie es in manchen Büchern hieß, und was sie stets als abgegriffene, leere Floskel betrachtet hatte, gab es also: Man sprach, ohne es vorgehabt zu haben, und konnte sich selbst sprechen hören. Der Schmerz saß tief im Inneren und kam über ihre Lippen. Jenseits des Panzers, den man nicht durchbrechen konnte, stand eine Person, die Ähnlichkeiten mit ihr hatte und ihr zuhörte wie einer Fremden, die vor sich hin flüsterte: »Für immer vergiftet.«

Und wenn sie sich weiterhin den Schein der Ahnungslosigkeit gab und die Papiere einfach vernichtete, statt sie ihm unter die Nase zu halten?

War das nicht eine verlockende Alternative zum tiefen Absturz, der unweigerlich folgen würde, wenn sie den Weg tatsächlich ging, den sie eingeschlagen hatte, als sie die verräterischen SMS ausdruckte?

Noch konnte sie nach diesem Rettungsanker greifen, der hilfreicher war als das jähe Ende dieser Musterehe. War sie dazu etwa nicht fähig? Noch konnte sie das Steuer herumreißen. Doch dazu mußte sie von hier verschwinden. Sie durfte jetzt nicht zu Hause in ihrer Wohnung sein. Sie mußte im Taxi auf dem Weg nach Hause sitzen. Thomas würde erfahren, daß das Konzert vorzeitig beendet worden war, sie hatte ihm am Telefon nichts davon erzählt. Dafür ließe sich eine Erklärung finden. Seine Erleichterung, daß sie nicht früher nach Hause gekommen war, seine Abwesenheit also nicht bemerkt hatte, würde sein Mißtrauen zerstreuen. Sie schwankte zwischen zwei sehr unterschiedlichen Möglichkeiten: stillhalten, als ob sie nichts wüßte, und ihm das Lügen überlassen, oder ihm noch heute abend zu verstehen geben, was sie wußte. Dazu genügte es, den Plan auszuführen, der ihr eben noch so originell und umwerfend erschienen war. Originell war er, keine Frage, doch begann sie daran zu zweifeln, ob er tatsächlich so umwerfend und befriedigend war, wie sie zunächst gedacht hatte.

Was sie in Händen hielt, waren unwiderlegliche Beweisstücke, die nicht nur ihre Ehe, sondern auch ihre Zukunft beenden würden. Sie würde so nicht leben können. Oder vielleicht doch? Würde sie wie Solveig leben können? Würde sie das nächste Mal die Philharmonie als Verlassene betreten und als Verlassene verlassen, Arm in Arm mir ihrer Freundin, die nicht zu beneiden war und von Friseuren träumte, die unter ihrem Niveau waren?

Sie betrachtete das Bündel Papier in ihrer Hand. Das Papier war dort, wo sie es umklammerte, etwas umgeknickt. Die Zeit begann zu rasen. Sie hatte seit über zwanzig Jahren nicht mehr geraucht. Sie hatte Lust auf eine Zigarette.

Die Blätter enthielten einen Teil der Wahrheit, aber nicht die ganze Wahrheit. Sie versuchte es so zu betrachten, wie Thomas es gleich betrachten würde, wenn sie sie ihm übergab. Doch in ihre Betrachtung mischte sich eine Verzweiflung, die Thomas fremd sein mußte. Er würde über seine Dummheit erschrecken, aber sich kaum schuldig fühlen, oder nur ein bißchen. Gefühlsmäßig kamen sie sich nicht in die Quere. Er konnte mit beiden leben, mit ihr und seiner Geliebten.

Sie würde ihm das armselige Häufchen Papier mit den Worten ›Ein Geschenk, da sind viele schöne Überraschungen drin, auch Sinnliches, Erotik, Sex, alles, was ein Mann sich wünscht‹ überreichen. Sie könnte es mit einem Lächeln sagen, oder auch mit einem ironischen Unterton. Das würde die Wucht des Aufpralls, der folgen würde, sobald er die erste Nachricht las – erst begriffsstutzig, dann schockiert über seine eigenen Worte und daß sie entdeckt worden waren, weil er sie nicht gelöscht hatte – noch nachhaltiger gestalten. Wäre er jetzt vor ihr gestanden, hätte sie ihn geschlagen. In den Bauch und ins Gesicht, und wenn er ihr den Rücken zugekehrt hätte, in den Rücken.

Nie zuvor war es ihr so schwergefallen, einen Entschluß zu fassen. Aber die Zeit drängte. Sie sah auf die Uhr. Bald. Vielleicht war es auch ganz leicht, sich nicht zu entscheiden und die ausgedruckten Blätter zu vernichten oder zu verstecken, sein iPhone an den Ort zurückzulegen, wo sie es gefunden hatte, das Haus zu verlassen und in einer dreiviertel Stunde noch einmal mit dem Taxi anzukommen.

Johannes

Der Abschied von Bettina alias Marina war kühl verlaufen, als ob sie Fremde wären, das waren sie ja auch, jedes weitere Wort ein Wort zu viel und eine Berührung ein Eingriff in jene Privatsphäre, die zu betreten sie ihm doch eben noch gestattet hatte. Um ihn abzuwehren, war keine Gewalt nötig gewesen, nicht einmal eine Bewegung, ein kurzer Blick hatte genügt. Was war es, wovor sie sich nun schützen mußte? Doch nicht etwa vor der Gefahr, daß er seinem besten Freund von der Begegnung mit seiner Tochter erzählen würde? Die Vorstellung, es zu tun, war unerträglich. Nicht einem Feind hätte er das angetan.

Etwas anderes als Widerstand und Kälte hatte er doch nicht ernstlich erwarten dürfen, auch wenn er sich etwas anderes gewünscht hatte. Zur Realität, das wußte er aus Erfahrung, gab es stets die Kehrseite, die ebenso plastisch war wie das, was man sah. Nur daß sie unsichtbar blieb, selbst wenn man sie erkannt hatte.

Kein Händedruck, kein freundschaftlicher Blick, ratlos standen sie einander gegenüber.

Er brauchte gar nicht auf die Uhr zu schauen, um zu wissen, daß hier gleich Mitternacht sein würde. Während woanders der Abend erst begann, war es nun Zeit, Renate anzurufen. Gestern – oder vorgestern? – hatte er um diese Zeit aus New York telefoniert. Es gab in seinem Leben einige Regeln und Grundsätze, die er eisern einhielt, über die er aber mit niemandem sprach. Die, auf die sie angewendet wurden, wußten Bescheid, das genügte, zu ihnen gehörte Renate. Zu diesen Regeln gehörte nicht nur der tägliche Anruf, das tägliche Gespräch über Hunderte oder Tausende von Kilometern hinweg, dazu gehörte die Treue zu seiner Frau, die das Fremdgehen nicht ausschloß, wie auch die Tatsache, daß er sich nur noch selten Gedanken darüber machte, was Renate von ihm dachte und was sie wußte, ein bequemer Zustand, den zu bewerten er anderen überließ.

Nun war Marina fort, geblieben war ein schwacher Rest ihres Parfums auf seinem Körper, auf dem Kissen und auf dem zerwühlten Laken, das er nun über seinen Körper zog. Er würde duschen, und die Erinnerung an ihren Körper würde bald zu verblassen beginnen. Es gelang ihm nicht, sich einen Reim auf das zu machen, was er an diesem Abend erlebt und erfahren hatte. Er wurde das verstörende Gefühl nicht los, einen Fehler begangen zu haben. Welchen Fehler? Darüber hätte er gern mit jemandem gesprochen. Aber darüber konnte er mit niemandem sprechen. Er hätte es gern ungeschehen gemacht, aber es ging nicht. Mit Hilfe eines Therapeuten. Er kannte keine Therapeuten.

Bevor er Renate anrufen konnte, wurde er vom Schlaf überwältigt.

Als er erwachte, dämmerte bereits der Morgen, und die Erinnerung an den vergangenen Abend hatte sich ein wenig abgeschwächt. Je weniger er daran dachte, desto schneller wäre die Sache vergessen, auch dann, wenn er Bettinas Vater wieder gegenüberstand. Ein Rudiment ihres Parfums war noch da.

Es war kurz nach sieben. Sein Flugzeug ging um 11.35 Uhr ab Tegel. Er mußte sich nicht beeilen, aber er war froh, einen Termin einhalten zu müssen. Er duschte und rasierte sich, wie immer in dieser Reihenfolge. Er konzentrierte sich auf sich, um an nichts anderes zu denken, was ihm nicht schwerfiel.

Er war hellwach und frisch, als Renate den Anruf entgegennahm und er ihr von dem beeindruckenden Konzert erzählte, das er in der Philharmonie gehört hatte, und daß er sie nicht angerufen hatte, weil er vom Schlaf überrascht worden war. Was er ihr erzählte, unterschied sich in nichts von dem, was er ihr sonst erzählte, egal, wo er war, ob in Berlin oder New York.

»Wie schön. Ein Konzert! Wer hat gespielt?« wollte sie wissen. Er war auf die Frage nicht vorbereitet, erinnerte sich aber, daß es sich um einen Pianisten gehandelt hatte. Er suchte noch nach dem Namen, als sie ihn schon nannte. Renate hatte ein phänomenales Gedächtnis.

»Etwa Marek Olsberg?« fragte sie.

»Genau. Wunderbar, ein toller Pianist.«

»Ich habe davon gehört«, sagte Renate, ohne hinzuzufügen, was sie eben in der WDR-Morgensendung gehört hatte: daß der weltweit gefeierte Marek Olsberg sein Konzert in der Berliner Philharmonie kurz vor der Pause ohne Angabe von Gründen abgebrochen und nicht wiederaufgenommen hatte.

»Und?«

»Alles in Ordnung. Wenn der je in der Tonhalle spielt, gehen wir zusammen hin, versprochen. Du mußt ihn hören. Der Mann ist wirklich überwältigend.«

»Ja, ich weiß. Natürlich. Ich glaube allerdings nicht, daß der jemals in der Tonhalle spielen wird.«

»Nein? Na, dann vielleicht in Köln«, sagte er, und sie wechselten das Thema so leichthin, wie sie darauf gekommen waren.

Erst später im Flugzeug las er in der Zeitung, was geschehen war und wovon er keine Ahnung gehabt hatte. Wie auch? Er begann zu lesen, dann erst kam ihm Renate in den Sinn, in jedem Fall, wie man es drehte und wendete, zu spät.

Vielleicht wußte sie mehr, als sie zugeben wollte, es war gut möglich, daß sie bereits gehört hatte, was geschehen war, als sie miteinander telefonierten. Wie gut und überzeugend log sie, und wenn sie log, wie schwer fiel ihr das Lügen, wie leicht? Warum tat sie es, wenn es so war? Wie war es denn?

Er fühlte sich ertappt. Er begann zu schwitzen. Fiel ihr das Lügen leichter, als zuzugeben, was sie wußte? Schützte sie sich, indem sie ihn schützte, oder schützte sie ihn, und blieb dabei wissend und schutzlos? Was nützte ihr das Wissen, wenn sie nichts damit anfing? Welche heimliche Freude bereitete es ihr, zuzusehen, wie er sich um Kopf und Kragen redete oder nicht einmal wußte, daß er genau das hätte tun müssen, um glaubwürdig zu bleiben: sich um Kopf und Kragen reden? Er fühlte sich ertappt wie ein kleiner Junge. Ein Angeber, ein Schwindler, ein Hochstapler. Ein Betrüger. Sie hatte ihn mit Absicht aufs Glatteis geführt. Ihr war klar gewesen, daß er nicht wußte, was geschehen war, als sie sich nach dem Konzert erkundigt hatte. Er hatte es als erster erwähnt, nicht sie. Geistesgegenwärtig, wie sie war, hatte sie ihn dann einer Prüfung unterzogen. Darauf vertrauend, daß er ihr Geheimnis eines Tages erraten würde, ohne darauf reagieren zu können, konnte sie nun triumphieren. Und dann? Er wußte nicht, was dann. Hätte er die Zeitung früher gesehen, hätte er ihr erzählt, was sie schon wußte, und ihr wäre nichts anderes übrig geblieben, als ihm zu glauben. Sie wäre gar nicht auf den Gedanken gekommen, ihm zu mißtrauen. Wie dämlich und unvorsichtig er sich doch angestellt hatte. Hätte er behauptet, früh zu Bett gegangen zu sein, weil er zuviel getrunken hatte, hätte er Renate keinen Anlaß zu Vermutungen gegeben.

Es war zu spät, die Dinge ins Lot zu bringen, indem er sie in ein anderes Licht rückte. Lot und Licht. Zwei L, zwei Metaphern, zwei falsche Bilder, mit denen heute keiner mehr etwas anfangen konnte. Was machte er sich nur für Gedanken, litt er noch immer unter dem Jetlag?

Konnte er nach Hause kommen und ihr von dem unerwarteten Ereignis erzählen, das die Zuschauer in der Philharmonie erregt und zu wilden Spekulationen herausgefordert haben mußte, als ob er dabei gewesen wäre, oder blieb ihm nichts anderes übrig, als zu schweigen und zu hoffen, daß sie nicht mehr darauf zu sprechen kommen würde? Wenn sie ihn noch ein wenig quälen wollte, würde sie das Konzert ein weiteres Mal erwähnen, heute abend beim Essen im Restaurant, morgen früh beim Frühstück, später vielleicht in Gegenwart Dritter. Sie konnte auch eine CD von Marek Olsberg auflegen und schweigen und sich genüßlich ausmalen, was in ihm vorging, während er tat, als merkte er nicht, was hier gespielt wurde.

Dabei kannte er niemanden, der großzügiger war als seine Renate, ›meine Renate‹, wie er sie Freunden gegenüber stets nannte.

Er bestellte Kaffee, obwohl er – der sich dank seiner Vorliebe für guten Kaffee ein beträchtliches Wissen auf dem Gebiet des Kaffeeanbaus angeeignet hatte – Flugzeugkaffee verabscheute, egal welche Gesellschaft ihn servierte. Ein Whisky wäre ihm lieber gewesen, der Stunde seiner Schmach jedenfalls angemessener als das lauwarme, säuerliche Getränk, das man ihm gleich bringen und das er nach dem ersten Schluck mit einer Miene des Abscheus zurückgehen lassen würde. Ein Whisky wäre jetzt angenehm, dachte er, aber um diese Tageszeit war Alkohol unpassend.

Er mußte es einfach versuchen. Ein Funke Hoffnung bestand, daß Renate nichts wußte und er sich alles, was ihm eben durch den Kopf gegangen war, bloß einbildete. Zu Hause angekommen, würde er ihr erzählen, was er gelesen hatte, als hätte er es selbst erlebt. Da er kein Programmheft besaß, würde er auf dem Weg nach Hause im Internet nachschauen, was Olsberg gespielt hatte. Er würde ihr erzählen, wie Marek Olsberg mitten im Konzert aufgestanden und verschwunden war. Er blätterte weiter. Später würde man wohl mehr über die Gründe und seine Zukunftspläne erfahren, aber dann würden sich nur noch ein paar Fans dafür interessieren.

Schließlich trank er den Kaffee, den man ihm umgehend gebracht hatte, doch aus. Er schmeckte besser als erwartet, er war heiß, aber nicht zu heiß. Olsberg und Marina bildeten nunmehr ein Paar. Johannes selbst stand zwischen ihnen. Ihr Verhalten blieb ihm schleierhaft.

Über diesen Gedanken hatte er seinen Ärger über das Hotelpersonal fast vergessen, das ihm beim Auschecken für unerlaubtes Rauchen im Nichtraucherzimmer eine

Buße von hundertfünfzig Euro aufgebrummt hatte. Nicht etwa der Rauchmelder hatte ihn verraten, der – wie er nun erfuhr – nicht auf Rauch, sondern allein auf extreme Hitze reagierte, sondern die geschulte Nase der dafür zuständigen Angestellten, die das, was sie gerochen hatte, an die Rezeption gemeldet hatte, noch bevor Melzer unten in der Lobby war, um seine Rechnung zu begleichen. Nachdem man ihn darauf aufmerksam gemacht hatte, daß das Anmeldeformular, in welchem dem Gast diese Buße angedroht wurde, von ihm persönlich unterschrieben worden war, hatte er keine andere Wahl gehabt, als seine Kreditkarte mit einem Betrag belasten zu lassen, der nur geringfügig kleiner war als der, den er für das Zimmer bezahlt hatte.

Lorenz

Dann fiel etwas zu Boden, zerbrach, zersplitterte, und Lorenz wußte nicht, was es war, er hatte doch gar nichts berührt, war nirgendwo angestoßen. Und jetzt? Was war das gewesen, was sich innerhalb eines halben Atemzugs in einen Haufen Scherben verwandelt hatte? Eine Vase, ein leeres Aquarium, eine große Parfumflasche? Jedenfalls kein kleiner Gegenstand. Er mußte mit seiner Ungeschicklichkeit das ganze Haus alarmiert haben. Unmöglich, daß sich die Tür nicht gleich öffnen und jemand nachschauen würde, woher das Geräusch rührte. Jetzt hatten sie Verdacht geschöpft, er hatte ihnen den direkten Weg gewiesen. Deshalb versteckte sich Lorenz hinter der Gardine und wartete, wobei er sich des Risikos bewußt war, von der teilweise erleuchteten Straße aus gesehen zu werden. Falls sich dort jemand aufhielt und tatsächlich hochsah.

Er wartete. Ströme von Schweiß liefen ihm über den Rücken, er hatte nie zuvor so stark geschwitzt. Doch niemand kam. Dem Lärm, den er erzeugt hatte, folgte die gleiche Stille, die zuvor geherrscht hatte. Er hörte nur sich selbst, seinen Atem, seine Schritte. Offenbar war die Villa so gut isoliert, daß jeder Bewohner unbemerkt tun und lassen konnte, was ihm beliebte, demzufolge auch ungebetene Gäste, wie er einer war. Keine Schritte außer seinen eigenen, keine Türe, keine Stimmen, als hätten sich alle Bewohner bereits schlafen gelegt. Aber die Eigentümer waren noch nicht zurück.

Zumindest hatte ihn einfach niemand gehört, und wenn ihn doch jemand gehört hatte, dann hatte er geglaubt, dem Geräusch, das von weither an sein Ohr gedrungen war, nicht die Bedeutung schenken zu müssen, die ihm zukam. Lorenz richtete den Strahl der Taschenlampe, deren Leistung bereits etwas abgenommen hatte, auf den Boden. Bei den Scherben handelte es sich weder um die Überreste einer Vase noch um die eines Aquariums, sondern um einen gläsernen Vogel, den man dank des Schnabelbeutels, der heil geblieben war, leicht als Pelikan identifizieren konnte. Der Rest war unkenntlich, zertrümmert und wertlos. Es war bestimmt ein teurer Gegenstand gewesen. Etwas aus einer anderen Zeit, etwas, was Leute wie die Bentz' sich mit Leichtigkeit leisten konnten. Hießen diese gläsernen Antiquitäten nicht Lalique? Was spielte es für eine Rolle, wie sie hießen?

Die Plastiktüten waren nicht randvoll, aber gut gefüllt. Gut und übermäßig schwer, so schwer, daß er aufpassen mußte, daß sie nicht rissen, was ein Geräusch erzeugt hätte, wogegen jenes des splitternden Glases harmlos gewesen war.

Er war vielleicht nicht reich, aber er war – innerhalb einer halben Stunde – weit über seine bisherigen Verhältnisse wohlhabend geworden. Er hatte jetzt so viel Geld, daß er Monate, vielleicht Jahre davon würde leben können. Er mußte keine Schulden bezahlen, er konnte das Geld ausgeben, zum ersten Mal in seinem Leben war er ungebunden. Er konnte es auch anlegen. Es gab viele Möglichkeiten, Kapital aus dem schnellen Gewinn zu schlagen, doch die meisten Möglichkeiten waren mit Risiken behaftet, die er nicht eingehen würde. Er konnte das Geld in Aktien anlegen oder im Casino verspielen. Er würde es auf Sabrina setzen, den sichersten Wert, den er kannte, davon hatte sie ihn überzeugt, als sie ihm ihre Telefonnummer anvertraute. Morgen früh würde er sie anrufen. Morgen früh würde er sich auf morgen abend freuen. Morgen nachmittag würde er einen Flug für übermorgen buchen, das Ziel würde ihm Sabrina inzwischen genannt haben. Hongkong, Shanghai oder Beijing. Oder etwas ganz anderes: Italien oder die Karibik, Frankreich oder die Schweiz. Nun ging es darum, das Kunststück zu vollbringen, so unbemerkt ins Erdgeschoß und aus dem Haus zu gelangen, wie er durch die oberen Räume der Villa gegangen war. Im Schlafzimmer des Hausherrn hatte er fast nebenbei und natürlich unerwartet zwei Kreditkarten aufgestöbert und liegen gelassen, um statt dessen drei kleine Goldbarren mitgehen zu lassen, die man achtlos, wie nur reiche Leute große Werte vernachlässigen können, auf einer massiven Herrenkommode hatte liegen lassen. Das schien ihm weniger kriminell und nicht so gefährlich wie der Griff nach den Karten, mit denen er nichts anzufangen wußte. Sicher gab es hier auch einen Safe, in den der Hausherr die Goldbarren hatte versorgen wollen, bevor ihm ein Anruf oder ein neuer Gedanke dazwischen gekommen war. Nun war Lorenz ihm in die Parade gefahren. Fast hätte er gelacht.

So viel Glück und fehlender Widerstand waren nur

schwer zu fassen. Er hatte nicht gezögert und sein Glück beim Schopf gepackt, es hatte diesmal keinen Widerstand geleistet. Deshalb wogen die Plastiktüten jetzt so schwer und leicht zugleich.

Sicher würde Friedrich Franz Bentz den Verlust irgendwann bemerken, doch vermutlich würde er ihn leichter verschmerzen als den Verlust eines Haustiers, wobei Lorenz davon ausging, daß Bentz kein Haustier besaß. Einen Hund jedenfalls nicht. Wäre hier ein Hund gewesen, hätte Lorenz es niemals gewagt, seinen waghalsigen Plan auszuführen.

Ich war unerschrocken, sagte er sich, bevor die Tür aufging, das Licht aufflammte und eine gutaussehende Frau fortgeschrittenen Alters vor ihm stand und die Tür hinter sich ins Schloß fallen ließ. Zweifellos war das Verena Bentz, eine unerschrockene Frau mit eisgrauem, hochgetürmtem Haar. Zweifellos war das Haus in alle Richtungen gut isoliert, denn er hatte sie nicht kommen hören. Besonders erstaunt oder gar erschrocken wirkte sie nicht.

Marina

Marina öffnete ihre Handtasche und fuhr mit der Hand hinein. Eine Gänsehaut ließ sie erschauern. Was sie fühlte war nicht das, was sie berührte, nicht das Leder, vielmehr die Haut von Amadou, über die ihre Finger langsam und konzentriert hin und her strichen, weich, kühl und sanft war die Haut wie das Leder, das Leder wie die Haut. Eingegraben in der Erinnerung ihrer Fingerspitzen war die Erinnerung an seine Haut, das Leder war imstande, sie wiederzugeben, die Fingerkuppen waren imstande, sich zu erinnern.

Innen- und Außenleder der Handtasche war wie Amadous Haut, von derselben Farbe, derselben Textur und derselben Konsistenz. Sie fühlte sich seiden und lauwarm an mit einer leichten Tendenz zur Erhitzung, wenn Marinas Finger länger an ein und derselben Stelle hin und her fuhren. Am Ende der elften Nacht hatte er ihr diese Tasche geschenkt, eine Nacht vor der zwölften, der letzten, die sie gemeinsam verbracht hatten. Die Tasche, das Leder, die Farbe würden sie immer an das erinnern, was sie seither vermißte. Sie würde sich von der Tasche nie trennen. Sie würde sie stets bei sich tragen. Die Tasche hatte das Zeug dazu, sie zu überleben. Eher würde sie seine Stimme vergessen und welche Sätze sie artikuliert hatte, als seine Haut. Nicht seine Haut. Niemals. Von der Stimme war nur das Heisere, Gedämpfte geblieben, etwas, was ihr nicht erlaubte, je laut zu werden. Er hatte ihr die Tasche als Erinnerung hinterlassen, Farbe und Textur waren kein Zufall, Amadou war liebevoll und eitel, ebenso grandios liebevoll wie grandios eitel, am Ende aber doch wohl etwas weniger liebevoll als eitel, denn er war ohne Ankündigung weggegangen, und sie hatte seither kein Sterbenswörtchen mehr von ihm gehört. Ohne eine Erklärung – gewiß gab es für ihn keine Erklärung, jedenfalls brauchte er keine abzugeben – hatte er sich aus dem Staub in den Sand seiner Wüste gemacht, die vermutlich allein ihrer Imagination entsprungen war, und sie hatte lange gewartet, eigentlich wartete sie immer noch, worauf sonst als auf ihn? Sie hatte lange genug vergeblich gewartet und würde weiter warten, obwohl sie wußte, daß das Warten keine Früchte trug. Sie hätte es wissen müssen, als er ihr die Tasche schenkte. Die Tasche war Ausdruck all dessen, was er war und was er hinterließ. Mehr konnte er ihr von sich nicht geben. Als er ihr die Tasche – nachlässig in graues, an manchen Stellen zerrissenes Geschenkpapier gewickelt – mit einem offenen Lächeln überreicht hatte, hätte sie zumindest ahnen können, daß das der Abschied war: ein Andenken, seine unverwechselbare Art, sich zu bedanken. Sie hatte die Geste, die sie erst später verstand, zunächst für ein ganz normales, wenn auch teures Geschenk gehalten. Er war so anders. Das war alles. Dies aber auf jene vollkommene Art, die ihr – und sicher nicht nur ihr – den Atem geraubt hatte. Wenn er da war, und selbst noch als er weg war. Seine Haut war ein Spiegel, der ihr, je länger sie sich darin betrachtete, die Wahrheit sagte. Über ihn und über sie und über alles Weitere.

Die Tasche war im Pariser Atelier Renard an der Place du Palais Bourbon hergestellt worden, der hinter der Nationalversammlung im Schatten großer Häuser aus dem 18. Jahrhundert vor sich hin döste. Hier wandelte Proust, hätte ihr Vater dazu gesagt, und vielleicht hatte er recht, vielleicht auch nicht, Proust hatte sie so wenig gelesen wie seine Droste. Ganz und gar unwahrscheinlich, daß Amadou sie dort gekauft hatte, ebenso unwahrscheinlich, daß er sie überhaupt gekauft hatte. Man konnte diese Taschen nicht irgendwo kaufen. Es gab sie nicht in irgendwelchen Geschäften an irgendwelchen Boulevards, weder in Paris noch sonstwo. Er hatte sie gestohlen. Für ihn war das ein Kinderspiel, mit diesen schmalen, flinken, kenntnisreichen Fingern. Oder eine Gewohnheit. Oder etwas Unverzichtbares. An ihm war alles anders als das, was man von anderen kannte. Ob er sie für Marina oder für eine andere Frau hatte mitlaufen lassen, nachdem sein Berberauge ihren Wert sofort erkannt hatte, würde sie nie erfahren. Es nicht zu wissen, war weniger schmerzhaft, als es zu wissen. Jedenfalls war die Tasche neu, oder zumindest so selten benutzt worden, daß sie wie neu aussah. Wo er sich jetzt aufhielt, wußte sie nicht, ob er noch lebte, wußte sie nicht, sie wußte nur, daß sie ihn sich nicht eingebildet hatte. Amadou war so wirklich wie diese Tasche. Das Leder schien lebendig, so lebendig wie er. Ihre Hand strich über das Leder, bis sie an die Stelle gelangte, wo das Firmenzeichen eingeprägt war, nicht außen, sondern innen, denn Diskretion gehörte zu den Geboten, die von der kleinen, von einer Frau geführten Täschnerwerkstatt mit einer Selbstverständlichkeit hochgehalten wurde, die höchstens durch das Qualitätsbewußtsein und den Preis, den man dafür bezahlte, überboten wurde. Renard, längst konnte sie den Schriftzug wie eine Blinde mit ihren Fingern lesen. Renard, der Fuchs, tatsächlich war auch Amadou ein Fuchs gewesen.

Monate später war sie eines Tages – nur für einen Tag und eine Nacht – nach Paris geflogen und hatte sich mit dem Taxi direkt vom Bahnhof zur Assemblée nationale fahren lassen. Das Taxi hatte vor dem Haus gehalten, in dem sich das Atelier Renard – Sellier Maroquinier à Paris – befand, vor der Nummer 3, gleich neben einem Restaurant, auf dessen Terrasse eine Menge Leute saßen, vor allem Männer in dunklen Anzügen, Frauen in dunklen Kostümen, kaum Touristen, ein paar Anwohner. Mittags verkehrten hier offenbar die Abgeordneten, die in dem beeindruckenden Parlamentsgebäude ihre Reden hielten, sich gegenseitig beschimpften und am Ende genau jene Stimmen abgaben, die man von ihnen erwartete. Ein Bienenschwarm von Wichtigtuern, zwischen denen sich ein paar Japaner sichtlich wohl fühlten. Anders als in Berlin sprach man in Paris nicht über die Touristen. Man ignorierte sie.

Selbstverständlich hatte Amadou die Handtasche gestohlen. Aber bestimmt nicht aus dem Pariser Atelier, denn es lag versteckt und vor Dieben geschützt in einem eleganten, kühlen Innenhof, der durch einen Code und eine schwere Eisentür mehrfach gesichert war. In einem

Dutzend schwerer Tontöpfe blühten Oleander. Auf den Fensterbänken wucherten exotische Pflanzen und Efeu. Nicht jedem wurde Einlaß gewährt. Es gab eine Gegensprechanlage, man wollte wissen, wer sie war. Sie würde behaupten, sie interessiere sich für eine Tasche. Sie hatte Amadous Tasche nicht dabei. Zweifellos hätte man die Tasche erkannt und sich gewundert, daß man sich an deren Besitzerin nicht erinnerte. Sie hätte sagen können, sie habe sie geschenkt bekommen. Das stimmte ja auch. Vielleicht würde die Täschnerin sie als jene erkennen, die man einer Kundin geklaut hatte. Dem wollte sie sich nicht aussetzen, nie würde sie die Tasche zurückgeben.

Erst aber hatte sie sich auf der Terrasse des Restaurants niedergelassen und sich teilnahmslos den Blicken der Männer ausgeliefert, die, wie zu erwarten, bei der Begutachtung ihrer übereinandergeschlagenen Beine ansetzten, um schließlich an ihrem Mund, ihrer Nase und ihren Augen hängenzubleiben, bevor sie ziemlich schnell zu den Beinen zurückwanderten. Sie bestellte einen Kaffee, sie hatte keinen Hunger. Sie hatte seit dem Frühstück nichts zu sich genommen. Später vielleicht würde sie irgendwo etwas Süßes essen, sie hatte Lust auf Süßes. Sie hätte öfter nach Paris fliegen können. Obwohl es bereits halb drei war, war das Lokal immer noch voll, immer neues Publikum drängte an ihr vorbei auf den hinteren Teil der Terrasse unter die Markise oder ins Innere. Sie selbst saß in der prallen Sonne.

Dann hatte sie bezahlt und war eine Weile vor der blauen Holztür gestanden, bevor sie diese aufgestoßen hatte und eingetreten war. Dann hatte sie geklingelt. Man hatte sie eingelassen, nachdem sie durch die Gegensprechanlage darum gebeten hatte, sich ein paar Taschen anschauen zu dürfen. »Bien sûr, entrez! C'est juste devant vous, derrière à droite.« Man hatte ihr geöffnet, und sie war von der Besitzerin, die, wie sie erfuhr, das Atelier schon vor Jahren von Monsieur Renard übernommen hatte, herzlich begrüßt worden. Am wahrscheinlichsten war es leider, daß Amadou die Tasche, die er ihr geschenkt hatte, einer Frau auf der Straße vom Arm gerissen hatte. Aber darüber wollte sie nicht nachdenken. Daran wollte sie gar nicht denken. Auch nicht daran, daß das Opfer vielleicht hingefallen war und sich dabei verletzt hatte. Die Besitzerin und ihre Mitarbeiter waren sehr freundlich zu ihr, weit davon entfernt, sich einer Kundin gegenüber unterwürfig oder gar herablassend zu zeigen.

Die Täschnerin sagte: »Man muß die Taschen fühlen, berühren, und man muß sich eingehend darüber unterhalten.« Marina hatte ihre beschränkten Französischkenntnisse zu Rate gezogen und vermutlich richtig verstanden: »Sentir, toucher, palabrer.« Marina hätte stundenlang über ihre Tasche sprechen können. Sie würde keine zweite Tasche kaufen, sie brauchte keine zweite Tasche. Sie erfuhr, daß sie aus Ziegenleder war und an die zehntausend Euro gekostet hatte. Es wunderte sie nicht, aber als sie die Summe hörte, erschrak sie doch.

Als sie das Atelier verließ und über den Hof ging, kamen ihr zwei Frauen entgegen, die ihr irgendwie bekannt vorkamen, sie lachten und verschwanden im rückwärtig gelegenen Haus, nicht ohne ein paar Worte mit der Besitzerin des Taschenateliers gewechselt zu haben. Es schienen glückliche Menschen zu sein in einem glücklichen Haus. Schauspielerinnen?

Sie nahm das Geld, das sie von Melzer erhalten hatte, aus ihrer Tasche und breitete es vor sich aus. Sie betrachtete es, während ihre Finger über Amadous weiche, hellbraune Haut strichen. Er würde wiederkommen, er würde nicht wiederkommen. An Melzers Gesicht erinnerte sie sich kaum noch. Vorbei.

Zunächst trank er gierig das Bier aus, auf das er sich im voraus so gefreut hatte, danach bestellte er einen Moscow Mule, was in gewisser Weise die Unumkehrbarkeit seines in die Tat umgesetzten Entschlusses besiegelte, denn selbst wenn ihn jetzt – was unwahrscheinlich war – jemand ausfindig machen würde, wäre es ihm unmöglich, auf das Konzertpodium zurückzukehren. Er hatte nie auch nur eine einzige Note vor Publikum gespielt, wenn er etwas getrunken hatte.

In der Bar herrschte jene warm abgedunkelte Nüchternheit, die er an den Bars in den Großstädten der USA so schätzte. Wie dort bot auch diese hier tröstliche Geborgenheit.

Das sich über drei unterschiedliche Ebenen erstreckende Lokal war weitläufig und unübersichtlich. In den diversen Buchten und Nischen war man vor den Blicken Neugieriger sicher, ohne sich eingeengt oder abgedrängt fühlen zu müssen. Fast die Hälfte des größten mittleren Raums nahm eine ovale, mahagonifarbene Bar ein. Am kleinen Flügel in der einen Ecke saß kein Barpianist. Daß das Instrument nicht verstaubt war, besagte nicht mehr, als daß es täglich abgestaubt wurde. Außer dem Barkeeper, der sich gerade nach Eis bückte, das er in einen Champagnerkübel schaufelte, war vermutlich keiner der Angestellten älter als vierzig, wobei niemand älter als höchstens fünfunddreißig aussah. Es waren deutlich mehr Männer als Frauen, und alle trugen weinrote Jacketts.

Die Musik aus den unsichtbaren Lautsprechern stammte von Diana Krall, die sich erst kürzlich geschmeichelt gefühlt hatte, von Olsberg zu ihrem außergewöhnlichen Talent als Pianistin und Sängerin beglückwünscht zu werden. So hatte sie das jedenfalls gesagt, und er hatte keinen Grund gehabt, an ihrer Ehrlichkeit zu zweifeln. Sie hatte von ihm weder Konkurrenz zu befürchten noch irgend etwas zu lernen. Das war, wenn er sich recht erinnerte, anläßlich eines Konzerts der Künstlerin in Toronto oder Montreal gewesen, wo Marek einen Tag später aufgetreten war. Was würde sie von ihm denken, wenn sie von dem Berliner Zwischenfall erfuhr?

Nun saß er also allein in einer Bar, lauschte Dianas Stimme und schloß die Augen, the boulevard of broken dreams. Hatte sie nicht sogar eine CD mit Weihnachtsliedern aufgenommen? Seine Gedanken schweiften ab, die Stimme verhallte und machte einer anderen Platz, vermutlich einer schwarzen. Eine schwarze Stimme. Was unterschied schwarze von weißen Stimmen? Irgendwann bestellte er einen weiteren Moscow mule. Wenn er so weitertrank, würde er bald beschwipst sein. Seine Blicke suchten einen Spiegel, damit er sich selbst zuprosten konnte, fanden aber nur ein paar unregelmäßige Lücken zwischen unzähligen Flaschen, also hob er das Glas nur leicht und setzte es an seine Lippen. Er trank einen winzigen Schluck. Er schmeckte köstlicher als alles, was er seit langem zu sich genommen hatte. Was tat er hier, warum war er hier?

Er würde irgendwie für den Verlust aufkommen müssen, das würde ihn eine Menge Geld kosten, fünfzigtausend, hunderttausend, aber Geld spielte keine große Rolle. Er hatte keine Ahnung, was auf ihn zukam, er kümmerte sich nur nebenbei um das, was man die Geschäfte nannte. Er würde sich entschuldigen, er war reich, er hatte sein Geld hauptsächlich in Londoner Immobilien und auf einem Schweizer Konto angelegt. Die Londoner Immobilienpreise hatten sich verdoppelt, verdreifacht, vervielfacht. Es fiel ihm schwer, sich daran zu erinnern, wie die Preise vor fünfzehn Jahren gewesen waren, er wußte auch nicht, wie hoch sie jetzt waren – zehntausend, zwölftausend? Darüber, daß sie ins Unermeßliche gestiegen waren, herrschte kein Zweifel. Er war reich. Er hatte sich den Reichtum mit seinen Händen, seinem Gedächtnis und seinem Talent erspielt. Er würde denen, die ihn kannten, die Wahrheit sagen, auch wenn er nicht wußte, was die Wahrheit war. Er würde keine Interviews geben, er würde sich nicht aus der Reserve locken lassen. Er würde seinen Rechtsanwalt mit der Sache betrauen. Der würde schnell herausfinden, welche Unkosten dem Veranstalter, der Agentur und ihm selbst entstanden waren. Vielleicht würde eine Versicherung einspringen, er hatte im Lauf seines Lebens mehr als eine Versicherung abgeschlossen, die er nie in Anspruch genommen hatte. Waren die für diesen Fall zuständig? Cheek to cheek, diesmal nicht Diana Krall. Er erkannte den Begleiter am Klavier sofort: André Previn, unter dessen Leitung er in Washington gespielt hatte, als er noch mit Orchestern auftrat. Man würde sich einigen. Man würde die überanstrengten Nerven des Künstlers berücksichtigen. Wie viele Konzerte hatten Benedetti Michelangeli oder Fischer-Dieskau im Lauf ihres Lebens abgesagt? Und er? Aber war je einer aufgestanden und gegangen, obwohl der Saal voll war, obwohl die Zuhörer mucksmäuschenstill waren, obwohl das Klavier nicht verstimmt war, keine Handys klingelten, keine Hörgeräte zirpten, niemand hustete oder mit Silberpapier raschelte? Er nippte wieder an dem Glas und hob den Blick.

Sie tat etwas, womit er nicht gerechnet hatte. Sie legte den Zeigefinger der linken Hand auf ihre Lippen und streckte ihm die rechte Hand entgegen. Er sollte sie nehmen, als sei er ein willkommener Gast. So jedenfalls verstand er ihre Geste. War er also ein willkommener Gast? Statt zu schreien und nach dem Ehemann und der Polizei zu rufen, wie es wohl jede andere getan hätte, begrüßte sie ihn wortlos. Sie lächelte nicht, aber es fehlte wenig zu einem Lächeln. Was hatte sie vor? Warum tat sie das? Natürlich wußte sie nicht, wer er war, hatte ihn nie zuvor gesehen, aufgrund seines Anzugs jedoch war leicht zu erkennen, wie er hereingekommen war, daß er nicht den Weg eines gewöhnlichen Einbrechers genommen hatte, sondern mit hoher Wahrscheinlichkeit zu den Angestellten des Cateringservice gehörte, die eines Anlasses wegen, der nicht stattgefunden hatte, in ihr Haus gekommen waren.

Statt verärgert oder besorgt, wirkte sie amüsiert. Um ihr Leben schien sie nicht zu bangen. Modern gekleidet, machte sie den Eindruck, aus einem anderen Jahrhundert zu stammen, was nicht nur an ihrer eigentümlichen Frisur lag, die über ihrer Stirn aufragte. Kein Strähnchen hatte sich gelöst.

»Sie sind hier, um uns zu bestehlen, und wie es aussieht, waren Sie schon erfolgreich.« Sie deutete auf die beiden Plastiktüten. Lorenz' Beine wurden schwach, seine Kehle war trocken, was wollte sie von ihm hören?

»Möchten Sie sich setzen?«

Er brachte kein Wort heraus, aber es gelang ihm, den Kopf zu schütteln.

»Hat es Ihnen die Sprache verschlagen?«

Er suchte nach Worten und sagte schließlich: »Es war nicht geplant.« Sie wartete auf weitere Erklärungen.

»Ich bin kein Einbrecher und kein Dieb, ich bin ein völlig harmloser Mensch. Es ist das allererste Mal, so etwas ist mir bis heute nicht einmal in den Sinn gekommen. Das ist gegen meine Natur. Das dachte ich jedenfalls bis heute.«

»Sie wollen damit sagen, daß wir Sie dazu ermuntert haben? Erst die Umgebung, in die wir Sie gelockt haben, hat Sie zu dem gemacht, der Sie jetzt sind, aber nur vorübergehend, wenn ich richtig verstehe?« Bei dem Wort Umgebung hatte sie eine Geste gemacht, die offenbar das ganze Haus mit einschloß. »Da haben wir uns ja was Schönes eingebrockt.«

»Mein Leben ist eine einzige ...« Er suchte erneut nach Worten. »Ich habe ...«

Verena Bentz setzte sich. Sie wirkte nachdenklich und abwesend. Endlich sagte sie leise:

»Es war ein langer Abend, der keinen Abschluß fand. Insofern war er unbefriedigend. Andererseits wäre ich ohne diesen Abend nicht in den Genuß dieses Augenblicks gekommen. Dieser Augenblick entschädigt mich für das abgebrochene Vergnügen, und er ist mindestens so ungewöhnlich wie Olsbergs Abgang. Für mich jedenfalls, und für Sie offenbar auch.«

»Werden Sie die Polizei rufen?«

»Natürlich nicht! Ich sagte doch Genuß.«

»Ich werde alles dorthin zurücklegen, woher ich es genommen habe.«

»Nein«, sagte sie leise, und erst jetzt bemerkte sie die Scherben, den Pelikan aus Glas.

»Luckenwalde«, sagte sie, »meine Familie stammt daher. Der Pelikan ist das krönende Wappentier der Stadt. Man fragt sich, wie der nach Luckenwalde kam.«

»Ich würde Ihnen das gerne ersetzen.«

»Auch von meiner Familie ist nicht viel mehr übrig als diese paar Scherben.«

Dennoch bückte sie sich nach dem Schnabel und hob ihn hoch. Sie betrachtete ihn eine Weile und ließ ihn dann fallen, er zerschellte wie der Rest des gläsernen Vogels. »Eine Erinnerung«, sagte sie, »dabei bin ich nicht melancholisch gestimmt. Luckenwalde, das ist sehr lange her.«

Sie musterte ihn.

»Wie alt sind Sie?«

»Achtunddreißig, bald neununddreißig.«

»Wie ein Kellner sehen Sie nicht aus.«

»Das ist aber, was ich tue, und nicht nur, um Geld zu verdienen.«

»Sie verdienen damit Ihr Geld, aber Sie sehen nicht so aus, als ob Ihnen das reichen würde.«

»Doch, es reicht. Ich kann ausschlafen, ich kann so lange schlafen, wie ich will.«

»Heute abend haben Sie offenbar entdeckt, daß es doch nicht für alles reicht.«

Sie wußte nichts. Er würde ihr nichts von Sabrina erzählen. Er schwieg.

»Sie wissen selbst nicht so recht, was Sie wollen. Wollen Sie jetzt gehen?«

Ja, er wollte gehen. Er nickte.

»Mein Mann ist schon in seinem Zimmer. Wir schlafen getrennt. Bis morgen früh kommt er da nicht mehr raus. Dank seiner Tabletten schläft er tief. Ihre Kollegen sind längst nach Hause gegangen. Die anderen sind schon im Bett. Ahnungslose Gäste sind nicht mehr zu erwarten, es ist fast Mitternacht. Inzwischen weiß jeder, was heute passiert ist. Ich meine die Geschichte mit Olsberg. Ich werde Sie hinausbegleiten. Ach ja, soll ich Ihnen ein Taxi bestellen? Sie können es ja selbst bezahlen. Bis zur S-Bahn ist es zu weit, wie Sie ja wissen. Das wollen Sie sich sicher nicht antun.«

Sie bestellte von ihrem Handy aus ein Taxi. Ihre Stimme war fest, der Ton bestimmt.

»Stellen Sie sich besser vors Tor, ich möchte nicht, daß der Taxifahrer klingelt. Mein Mann könnte das hören oder unsere Hausdame, die Sie ja sicher kennengelernt haben. Und vergessen Sie Ihre Tüten nicht.«

Er hatte die beiden Tüten neben sich auf den Boden gestellt. Er wollte etwas sagen. Sie ließ ihn nicht zu Wort kommen. Sie sprach fast sanft.

»Es interessiert mich nicht, was darin ist. Es ist mir egal, was Sie mitgenommen haben. Packen Sie ruhig noch was ein.« Wieder machte sie diese ausladende Handbewegung.

Doch Lorenz schüttelte den Kopf. Er würde sich nicht bücken. »Danke, das ist nett von Ihnen, aber es ist nicht angebracht.« Ihm fehlte das richtige Wort. Doch es genügte, um sich irgendwie verständlich zu machen.

Sie hob eine der Tüten auf und griff hinein. Ob es die Goldbarren waren, auf die sie stieß, die ihr ein kaum vernehmliches »Oh« entlockten, wußte er nicht. Sie fischte das Bündel mit den Geldscheinen heraus und drückte es ihm in die Hand.

»Das nehmen Sie aber bitte mit, das ist ein Geschenk, das Sie nicht zurückweisen dürfen, wenn Sie nicht sehr unhöflich und undankbar erscheinen wollen. Das ist der Lohn dafür, daß Sie sich getraut haben und nicht die Flucht ergriffen haben. Sie hätten mir ja auch eins über den Schädel schlagen können. Theoretisch könnte ich jetzt in meinem Blut daliegen. Aber so sehen Sie ja auch nicht aus. Weder wie ein Dieb noch wie ein Kellner. Eher wie mein Sohn. Ich habe aber keinen Sohn, ich habe bloß drei streitlustige Töchter. Zwei sind mit Anwälten verheiratet, die dritte eben geschieden. Was deren Mann gearbeitet hat, habe ich übrigens nie verstanden. Sie können sich vielleicht vorstellen, was das bedeutet?«

Nein, das konnte er sich nicht im entferntesten vorstellen, aber warum sollte er ihr das sagen? Sie hatte es ja auch mehr zu sich selbst gesprochen. Verena Bentz öffnete die Tür und begleitete ihn hinaus. Sie machte Licht, und sie gingen gemeinsam die Treppe in die Halle hinunter, in der es ganz still war, sie dicht an der Wand, er am offenen Geländer entlang. Unten angekommen, öffnete sie die Tür und ließ ihn hinaus. Wieder legte sie die Finger auf ihre Lippen. Sie schloß die Tür hinter ihm. Er stand draußen, es war kühl, aber es hatte aufgehört zu regnen. Als wäre dies das Ende eines heimlichen Rendezvous.

Am Tor stand Sabrina. Nein, das bildete er sich nur ein. Oder doch? Das Taxi würde wohl noch etwas auf sich warten lassen.

Nico und Marek

»Ein Bier.«

Der Rücken des Barkeepers verstellte Marek den Blick auf die Person, die sich, wie er hörte, kurz räusperte und dann ein Bier bestellte. Nachdem der Kellner zur Seite getreten war, fiel Mareks Blick auf einen jungen Mann, der sich ihm schräg gegenüber an die Bar gesetzt hatte und vor sich hinstarrte, bevor auch er aufblickte und Marek erkannte. Jawohl, der Junge wußte ohne Zweifel, wer er war. Er war ihm hierher gefolgt! Das war Mareks erster Gedanke. Daß das unwahrscheinlich war, sein zweiter. Er hätte das bemerkt. Keiner hätte ihm heimlich folgen können, er war schneller als die anderen gewesen, schneller aufgestanden und schneller verschwunden. Der Junge strahlte ihn an. Marek lächelte zurück. Der Junge war jung und wirkte hellwach. Was tat er hier? Was geschah mit ihm? Sein Eindruck, der Junge bewege die Lippen und sein Mund forme seinen Namen Marek Olsberg täuschte ihn nicht. Danach strahlte der Junge noch mehr. Er freute sich, sie freuten sich beide.

Marek nickte, eine stumme Antwort. Er war noch immer Olsberg, auch wenn er nicht mehr spielte.

Sie bewegten sich wie Eisen und Magnet aufeinander zu. Sie standen gleichzeitig auf und setzten sich gleichzeitig hin, wo sie sich trafen, am spitzen Ende des Ovals der Theke, wo sie einander auf den Barhockern fast gegenüber saßen und mit Leichtigkeit hätten berühren können. Der Barkeeper sah dem regungslos zu. Stumm stellte er Nicos Bier an Nicos neuen Platz. Dann ging er zu Mareks altem Platz, nahm Mareks halbvollen Cocktail und stellte ihn an Mareks neuen Platz. Cocktailglas und Bierbecher klangen gedämpft, als sie einander berührten.

»Sie sind Marek Olsberg, nicht wahr? Warum spielen Sie nicht, warum sind Sie hier? Sie sind doch nicht sein Doppelgänger?«

Marek lachte.

»Vielleicht bin ich sein Doppelgänger.«

»Es ist doch erst …«, Nico stockte, er wollte nicht auf die Uhr sehen. »Das Konzert dauert länger. Jedes Konzert dauert länger. Wenn Olsberg spielt, gerät das Publikum in einen Taumel, habe ich gehört.«

»Ich habe eben aufgehört. Woher wissen Sie, wer ich bin?«

»Also sind Sie nicht Olsbergs Doppelgänger?«

»Manchmal vielleicht schon, aber jetzt sicher nicht.«

Marek lachte leise, niemand konnte hören, worüber

sie sprachen, nicht einmal der scheinbar unaufmerksame Barkeeper.

Marek lächelte ihm zu. »Wie heißen Sie?«

»Nico.«

»Und woher kennen wir uns?«

»Kennen wir uns?«

»Irgendwie schon.«

»Ich kenne Ihre Aufnahmen.«

»Wie alt bist du?«

»Vierundzwanzig.«

»Mein Gott, so jung. Ich könnte dein Vater sein.«

»Könnten Sie nicht.«

Marek hob eine Augenbraue.

»Nein?«

»Warum sind Sie hier?«

»Warum bist du hier? Bist du kein Fan? Bist du nicht einer von denen, die alles dafür tun würden, um eine Konzertkarte zu kriegen, um mich zu hören und zu sehen?«

»Doch. Ich war heute schon mal auf dem Weg zu Ihnen. Daraus ist nichts geworden.«

»Und warum nicht?«

»Sie kennen Claudius.«

Marek staunte. »Ach?«

»Claudius und ich waren auf dem Weg zur Philharmonie, als wir zu streiten begannen. Wir saßen im Auto, wir haben gestritten, und ich bin irgendwo ausgestiegen.«

»Claudius und du?«

»Er hatte mir versprochen, ich würde Sie nach dem Konzert kennenlernen. Er hätte mir sicher erlaubt, Ihnen die Hand zu drücken und ein paar Worte des Danks und der Begeisterung zuzuflüstern. Und dann gemeinsam zur Party.«

Sein Zeigefinger streifte Mareks Hand wie eine Fliege,

so flüchtig, daß Marek fast glaubte, es sich bloß eingebildet zu haben.

»Aber dann kam es zu dem Streit, und ich bin ausgestiegen und ins Kino gegangen, und er ist allein weitergefahren und allein ins Konzert gegangen.« Er machte eine kleine abfällige Handbewegung, danach blieb die Hand ganz nah an Mareks Händen, als klebte sie an der Bar fest.

»Wir haben uns ständig gestritten.«

»Wir auch.«

»Wir passen nicht zueinander. Wir sind uns vielleicht zu ähnlich, so heißt es doch immer in den Filmen, und darum funktioniert das offenbar nicht. Keine Ahnung. Ich glaube, es ist etwas anderes. Ich kann es nicht benennen. Muß ich auch nicht. Er ist allein zu Ihrem Konzert weitergefahren, vielleicht denkt er jetzt, ich wollte ihn bestrafen. Ich hätte Sie gern spielen gehört. Daß ich hier bin, ist reiner Zufall. Was für ein Zufall, daß ich Sie ausgerechnet hier treffe. Aber was machen Sie hier?«

»Na, ich unterhalte mich mit dir. Was sonst?«

»Wollen Sie wissen, warum wir gestritten haben?«

»Nein, aber ich wüßte gern, warum du mich siezt, während ich dich duze. Vielleicht doch, weil ich dein Vater sein könnte?«

»Mein Vater sieht ganz anders aus. Vielleicht ist er sogar jünger als Sie. Aber eine Ähnlichkeit besteht nicht. Nein, keine Ähnlichkeit. Er ist für mich von einem anderen Stern wie ich für ihn von einem anderen Stern bin. Haben Sie mit Claudius gesprochen?«

»Heute?«

»Ja.«

»Nein, wir telefonieren nur selten. Er macht seine Arbeit, ich mache meine Arbeit, jeder geht seine eigenen Wege, jeder tut, was er kann, und Claudius ist ein guter Agent, einer der besten.«

»Was ist passiert?«

»Das ist zu lange her.«

»Ich meine, was ist heute abend passiert?«

Marek schwieg. Er machte eine lange Pause, doch statt betreten in die Luft zu schauen, blickte er in Nicos veilchenblaue Augen, die bei näherer Betrachtung gar nicht veilchenblau, sondern hellgrau, am Ende aber doch eher katzenaugengrün, nur nicht bernsteinfarben waren wie die von Claudius, an die er sich vage erinnerte, eigentlich erstaunlich genau. Sie waren einander so nah gewesen, so nah wie er jetzt diesem jungen, gerade erwachsen gewordenen Fremden war, dessen Gegenwart ihn so verwirrte und zugleich entspannte, daß er Dinge sagte, die er keinem sonst, seinen besten Freunden nicht, schon gar nicht seinen besten Freunden gesagt hätte.

»Ich weiß bloß, was passiert ist, aber ich habe keine Ahnung, warum es passiert ist. Ich hatte manchmal den Eindruck, nur dann zu existieren, wenn ich spielte. Ich weiß nicht, ob das ein Ende haben muß, aber mir scheint, es hat heute ein Ende gefunden, ein gutes Ende, denke ich. Ich bin aufgestanden und gegangen.«

Nico starrte ihn mit großen Augen an.

»Ich bin aufgestanden und gegangen.«

»Wie? Während des Konzerts?«

»Mittendrin. Ich wußte, daß es so nicht weitergehen kann. Unmöglich. Ich muß aufhören. Wenn ich nicht aufhöre, geschieht etwas viel Schrecklicheres, als wenn ich einfach aufhöre und damit, zugegeben, eine Menge Leute brüskiere. Ich muß aufhören oder es geschieht gar nichts, es geschieht gar nichts mehr. Wie entsetzlich wäre das, so weit, denke ich, darf es nicht kommen. Ich kann es dir nicht erklären, weil ich es mir selbst nicht erklären kann, und ich muß es ja auch nicht.«

»Während der Hammerklaviersonate?«

»Kurz vor dem Ende der großen Fuge.«

»Wow!«

»Ich bin aufgestanden und abgegangen, ohne ein Wort zu sagen. Ich hatte es mir nicht vorgenommen. Es war kein langgehegter Wunsch. Es war nicht vorgesehen, niemals war etwas in meinem Leben weniger vorgesehen als das. Selbst mit dem ersten Preis beim Grand Concours de Budapest habe ich damals eher gerechnet. Was auch immer die Leute sich gedacht haben, am Ende werden sie sagen, sie seien bei einer großen Sache dabei gewesen, Marek Olsbergs letztem Konzert! Das wird ihren kurzfristigen Ärger bei weitem aufwiegen, das Umdenken beginnt schon morgen. Der Ärger verfliegt so schnell, wie er kam. Die Leute kennen nichts als die Gier auf Sensationen, den schnellsten Chinesen, den lautesten Deutschen, den sahnigsten Wiener, die exaltierteste Französin. Ich nenne keine Namen. Ich nenne niemals Namen, weil ich weiß, wie ungerecht ich bin, besonders, weil man mich für glaubwürdig und seriös hält. Erzähl mir von dir. Du bist Claudius Freund? Seit wann? Ihr lebt zusammen?«

Nico schüttelte den Kopf. »Weder das eine noch das andere.«

Marek streckte die Hand aus und berührte Nicos Schulter, ohne sich darüber Gedanken zu machen, ob Nico sich dadurch belästigt fühlen könnte. »Aber er hat dich nicht einfach benutzt?«

»Keine Ahnung, was heißt das schon? Ich bin ein erwachsener Mensch, oder nicht? Nicht sehr alt, aber auch nicht ganz jung. Jedenfalls kein Kind mehr. Ich lasse mich nicht benutzen, was heißt das schon. Ich weiß, was ich tue.«

»Immer? Natürlich.«

Marek hatte Nicos Schulter losgelassen und stand auf.

Er blickte sich kurz um und sagte: »Gut, daß du mich hier gefunden hast. Gut, daß du gekommen bist.«

Er durchquerte den Raum und ging auf den verwaisten Flügel zu. Er klappte ihn auf und setzte sich hin. Einen Augenblick schien es, als wollte der Barkeeper ›Moment mal, das geht aber nicht‹ rufen, aber da lagen Olsbergs Finger bereits auf den Tasten, und spätestens da begriff jeder Anwesende, daß es sich bei dem Gast nicht um eine der üblichen Nervensägen handelte, die, sobald sie ein Klavier nur von weitem erblickten, schon glaubten, darauf herumklimpern zu müssen.

Marek Olsberg spielte Chopins Nocturne in Es-Dur, Nummer 2, Es-Dur für seinen neuen Freund, von dem er nicht mehr als den Namen wußte und daß er Claudius' Freund war oder gewesen war. Während er spielte, veränderte sich sein Blick, den er nicht von Nico abwandte, und vom ersten Takt an richtete sich die Aufmerksamkeit der wenigen anwesenden Gäste von dem ab, was sie bis zu diesem Augenblick getan hatten. Der Barkeeper schaltete die Musikanlage aus, und wer oder was auch immer in diesem Augenblick gesungen oder gespielt hatte, verstummte. Der Raum, für den diese Musik nicht gedacht war, wurde zu einem Raum, in dem diese Musik entstand und entschwand, erwachte und entschlummerte, geboren wurde, starb.

Nachdem der letzte Ton verklungen war, ging eine seltsame Unruhe durch den Raum. Doch sie legte sich bald und Marek schloß den Flügel und umarmte Nico.

Coda

Zwei Wochen nach Olsbergs denkwürdigem letzten Konzert, über das die Weltpresse während einiger Tage ausführlich berichtet hatte, spielten wieder die Philharmoniker unter Sir Simon Rattle. Das Konzert wurde mit Joseph Haydns Sinfonie L'horloge eröffnet und schloß mit Gustav Mahlers Erster Der Titan. An diesem Abend wäre es kaum aufgefallen, wenn jemand aufgestanden wäre und mit dem Satz: ›Das war's dann‹ den Raum verlassen hätte. Natürlich geschah das nicht. Kein Geiger, kein Oboist, kein Cellist machte sich aus dem Staub.

Von dem unerhörten Vorfall sprach man noch länger als zwei Wochen, und manche, die nur davon gehört hatten, taten bereits so, als wären sie dabeigewesen.

Das wäre Stoff für eine Novelle, meinte Solveig, als sie ein paar Wochen später mit ihrer Freundin Esther das Konzert eines Klavierduos besuchte. Wäre an diesem Abend einer der beiden Pianisten aufgestanden, hätte ihn der andere mit Sicherheit zurückgehalten. Eine Wiederholung dieses Vorfalls war also nicht zu befürchten.

»Und wer soll die schreiben?« fragte Esther in Gedanken woanders, fast schnippisch. Sie hatte immer schon den Eindruck gehabt, daß Solveig keine Ahnung von Literatur hatte, auch wenn sie hin und wieder behauptete, gerade dieses oder jenes Buch zu lesen, das im Gespräch war.

»Ich meine, worum soll es dabei gehen? Einer hört auf zu spielen, steht auf und sagt: ›Das war's dann‹ – und geht. Was ist das für eine Geschichte? Das hat er doch gesagt, oder? Das war's dann.«

Solveig zuckte mit den Achseln und konzentrierte sich auf die Musik, die sie auf andere Gedanken bringen würde.

Da das Duo auf zwei Klavieren spielte, erwartete den blinden Klavierstimmer Dr. Hiller mehr Arbeit als damals vor zwei Wochen, als Marek Olsberg das Podium verlassen hatte und für immer aus der Öffentlichkeit verschwunden war. Er saß wie immer oben in Block C, letzte Reihe links.

Danksagung

Zu großem Dank verpflichtet bin ich meinen eminenten Klavierbegleitern Yaara Tal und Andreas Groethuysen, die mir gleich doppelt durch den pianistischen Dschungel geholfen haben; ebenso dankbar bin ich dem Berliner Philharmoniker und Orchestervorstand, dem Oboisten Andreas Wittmann, der Licht ins Dunkel meiner Unkenntnis nicht nur der Hinter- und Unterbühne der Berliner Philharmonie brachte; bedanken möchte ich mich auch bei Brigitte Montaut, der Inhaberin des Pariser Ateliers Renard, die mich alle möglichen Lederarten fühlen und mich großzügig an ihrem Wissen teilhaben ließ. Ohne meine unsichtbaren Helfer wäre dieses Buch um einige Aspekte ärmer.

Danken möchte ich auch der UBS Kulturstiftung, der Fondation Jan Michalski sowie der Landis & Gyr Stiftung für die finanzielle Unterstützung und die Möglichkeit, ein halbes Jahr in Berlin zu leben.